Manhattan by GOLDMANN

Buch

Eigentlich gehört seine Liebe dem Film, Zen und der japanischen Literatur. Aber dafür bleibt Connor McKnight, dem Journalisten des Lifestyle-Magazins *CiaoBella!* kaum Zeit. Denn auch er gehört zu all jenen, die ihren Platz in den erlesenen Zirkeln der New Yorker Szene behaupten müssen, und schließlich erwartet seine Chefin, daß ihm keine gute Story entgeht. Aber im Moment hat Connor noch andere Sorgen: Als seine Freundin Philomena, ein Model mit hochfliegenden Karriereplänen, für einen Fototermin nach Los Angeles entschwindet, beschleicht ihn das flaue Gefühl, daß sie nicht die Absicht hat, in seine Arme zurückzukehren. Rastlos streift er durch Manhattan, aber mehr und mehr durchschaut er die von Egomanie und Starkult überhitzte Atmosphäre auf Partys, bei Dinners und in Clubs. Auch sein Freund Jeremy, der Schriftsteller, der seinem ersten Auftritt auf dem Parkett der Arrivierten mit Bangen entgegensieht, und seine neurotische Schwester Brooke tragen nicht eben dazu bei, seine Stimmung zu verbessern. So treibt er durch die Tage und Nächte, läßt sich mitreißen vom Fieber der Stadt, aber dennoch spürt er, daß er in der funkelnden Glamour-Welt, in der er scheinbar lebt, nicht zu Hause ist. Was ihm bleibt, ist sein beißender Zynismus – und Philomena, am Ende dann doch.

In einer kaleidoskopartigen Serie von *short cuts*, in denen schlaglichtartig wechselnde Schauplätze, Dialoge und Ereignisse aufblitzen, entfaltet sich Connors Geschichte – und in ihr demaskiert McInerney Starrummel, Eitelkeit und Verliebtheit in den schönen Sachen.

Autor

Jay McInerney, geboren 1955 in Hartford, Connecticut, gilt seit seinem Romandebüt »Ein starker Abgang« als einer der ganz großen jungen Erzähler Amerikas. Er wuchs in London, Vancouver, Tokio und New York auf und studierte amerikanische Literatur in Princeton. McInerney lebt mit seiner Frau und zwei Kindern in New York und Franklin/Tennessee.

Außerdem bei Goldmann erschienen

Das Haus Savage. Roman (44274)
Einhandklatschen in Kyoto. Roman (44031)
Alles ist möglich. Roman (43581)

Jay McInerney

Der letzte Schrei

Roman

Deutsch
von Hans M. Herzog

Manhattan by GOLDMANN

Die amerikanische Originalausgabe erschien 1998
unter dem Titel »Model Behavior«
bei Alfred A. Knopf, New York

Umwelthinweis:
Alle bedruckten Materialien dieses Buches
sind chlorfrei und umweltschonend

Manhattan Bücher erscheinen im Goldmann Verlag

Deutsche Erstausgabe 7/99

Die Nutzung des Labels Manhattan
erfolgt mit freundlicher Genehmigung
des Hans-im-Glück-Verlags, München
Umschlaggestaltung: Design Team München
Umschlagfoto: IFA/IT/tpl
Satz: Uhl + Massopust, Aalen
Druck: Graphischer Großbetrieb Pößneck
Verlagsnummer: 54105
Redaktion: Tina Schreck
CN · Herstellung: Katharina Storz/Str
Made in Germany
ISBN 3-442-54105-5

1 3 5 7 9 10 8 6 4 2

Für Scott Sommer

Traumpaar

Wenn Philomena in den Spiegel schaut, sieht sie ein feistes und unattraktives Geschöpf. Und das, obwohl ihr Foto für teuer Geld benutzt wird, um das Interesse an bestimmten Konsumgütern zu wecken. Oder besser gesagt: *eben deshalb*. Übertriebenes Körperbewußtsein ist eine Art Berufskrankheit. Während sie sich für die Party ankleidet, schreit sie, sie sei aufgedunsen und habe nichts anzuziehen.

Bei dieser Behauptung klammere ich mich an meinen Prä-Party-Martini. »Du siehst phantastisch aus«, sage ich.

Sie schnappt sich mein Glas, schmeißt es gegen den Spiegel, und beide zersplittern.

Das geht schon in Ordnung. Ich trinke sowieso zuviel.

Die Party

Die Party heißt »Die Party, auf der man schon sechshundertmal war«. Alle sind da. »Alle deine Freunde«, stellt Philomena in einem Tonfall fest, der sich nur als ätzend beschreiben läßt. Ich habe den Eindruck, daß es *ihre* Freunde sind, daß *sie* der Grund ist, weshalb wir diese tolle Party mit unserer Anwesenheit beehren, die im Wartesaal der Grand Central Station stattfindet, so daß vermutlich Dutzende von Obdachlosen über Nacht vertrieben werden mußten. Angeblich kommt unser Obulus dem Kampf gegen eine Krankheit zugute, doch wir kamen gratis rein, genau wie alle anderen, die wir kennen. »Ich hab die Nase voll von diesem ganzen sinnlosen Luxus«, verkündet meine luxuriöse Freundin. »Ich will das einfache Leben.« Das ist mittlerweile ein immer wiederkehrendes Thema. Man ist das Leben in der Metropole mit all seiner dickdarmhaft verschlungenen Komplexität leid. Ich frage mich, ob dieses Angeödetsein irgendwie mit dem anderen nicht angesprochenen häuslichen Thema zusammenhängt: Sex, dessen Seltenheit.

Wir werden von dem beliebten Transvestiten Belinda angesprochen, der mit ziemlicher Sicherheit ein Freund meiner Freundin ist, aber nicht meiner. Ich weiß nicht mehr genau, ob ich ihn nur aus den Klatschspalten oder persönlich kenne, von vergleichbaren Veranstaltungen. Belinda befindet sich in Gesellschaft einer echten, alterslosen Frau, die auffallend dunkle Augenbrauen und kurzgeschnittene weiße Haare hat, eine Frau, die immer auf solchen Partys ist, und die ich immer vage wiedererkenne. Eine von den Frauen mit drei Namen: Hallo Wiegehts Freutmichsehr. Neuerdings haben alle Frauen entweder drei Namen oder nur einen. Sogar die Frauenimitatoren.

»O Gott, wie peinlich«, sagt die Frau, deren Namen ich immer vergesse, »da ist Tommy Kroger, mit dem hatte ich vor etwa fünftausend Jahren ein mieses Date.«

»Hast du mit ihm geschlafen?« fragt Philomena und zieht eine ihrer perfekt geformten Brauen in die Höhe, die wie eine weit im Hintergrund fliegende Krähe auf einem Gemälde von van Gogh aussieht.

»Meine Güte, wer kann sich denn an so was noch erinnern?«

»Wenn du's nicht kannst, hast du«, stellt Belinda fest. »So lautet die Regel.«

Aha, *so* lautet die Regel.

»Hallo, ihr Süßen.« Das muß ja wohl die berühmte Modeschöpferin Delia McFaggen sein, die zielstrebig auf Belinda zusteuert und unterwegs an jedermann Küßchen verteilt. Ich trete den Rückzug an, schlängele mich auf der Suche nach Getränken durch die Menschenmassen, der erste von etlichen Ausflügen.

Ein freundliches Gesicht

An der Bar stoße ich auf Jeremy Green, eine an diesem Ort unerwartete und deplazierte Gestalt, deren goldene Lockenpracht sich mehr als üppig über die eckigen Schultern seines geliehenen Smokings ergießt – eine Kombination, die an eine Schar in fließende Gewänder gehüllte Engel auf der Spitze des Seagram-Buildings erinnert. Er ist ein echter Freund, sogar mein bester Freund, reagiert aber auf meine mehrfach wiederholte Begrüßung nicht. Meine Existenz nimmt er erst gnädigerweise zur Kenntnis, als ich ihm Wodka aufs Hemd kippe.

»Verpiß dich.«

»Verzeihung. Sind Sie nicht Jeremy Green, der berühmte Kurzgeschichtenautor?«

»Das ist eine Contradictio in adjecto; genau wie *lebender Dichter*, *französischer Rockstar* oder *deutsche Küche*.«

»Und was ist mit Tschechow?«

»Tot.« Jeremy verkündet dieses Verdikt im Stil eines poète maudit, allerdings klingt mehr als nur ein Hauch von Neid durch. Zwar verkneift er sich die Worte *der Glückliche*, doch offenbar denkt er das.

»Carver?«

»Dito. Und glaubst du eigentlich, daß der Typ, der seinen Gaszähler ablesen kam, wußte, wer Carver war? Glaubst du, dieser Barkeeper hier weiß es?«

Der Barkeeper, ein aufstrebendes männliches Model, sagt *»Shortcuts«*, während er gerade einen Drink eingießt. »Ich hab den Film gesehen.«

»Das«, sagt Jeremy, »beweist wohl, daß ich recht habe. Und komm mir bloß nicht mit Hemingway.«

»Fiele mir nicht im Traum ein. Ignorierst du mich aus irgendeinem bestimmten Grund?«

»Ich glaube einfach, ich fühle mich besser, wenn ich so tue, als kenne ich niemanden auf diesem widerwärtigen Schweine-Event.« Schließlich sieht er mich mit zornigem Blick an. »Außerdem bist du, wenn mich nicht alles täuscht, die erbärmliche Kreatur, die mich überredet hat, diesen Furz von einem Fest aufzusuchen.«

»Deine *Lektorin* hat dich dazu überredet«, erinnere ich ihn. »Ich habe dich lediglich mit der Bemerkung ermuntert, *ich persönlich* wäre vergnügter und weniger verdrießlich, wenn du dich unter die Meute mischtest.«

Warum, frage ich mich, machen alle Jungs und Mädels heute abend *mir* Vorwürfe? Ein Buch von Jeremy steht kurz vor der Veröffentlichung, und seine Lektorin, Blaine Forrestal, fand, er sollte sich mal in der Öffentlichkeit sehen lassen. Blaine ist von dieser Welt. Sie trägt umwerfende Kostüme, hat am Radcliffe-College studiert und ein Haus in Sag Harbor; Jeremy ist der am wenigsten kommerzielle Autor, den sie verlegt. Ja, man könnte vermuten, daß sie Jeremy als eine Art Buße für den seichten, überaus erfolgreichen Müll publiziert, den sie ansonsten auf den Markt wirft – Memoiren von in Ungnade gefallenen Politikern, Autobiographien von Fernsehstars, die irgendwann mal einen Emmy bekommen haben. Jeremys Storys erscheinen meist in *Antaeus* und der *Iowa Review* und sind häufig in psychiatrischen Kliniken angesiedelt.

»Ich fühle mich«, sagt er, »wie eine Nutte.«

»Jetzt weißt du, wie wir anderen uns fühlen.«

»Wenn ich der gesamten Medienelite demonstriere, daß ich in derselben Kloake schwimmen kann wie sie, bekommt meine literarische Glaubwürdigkeit gewiß ungeheuren Auftrieb.«

»Keine Bange, die Medienelite schwimmt heute abend offenbar in einer anderen Kloake.« Und so ist es, von ein paar schwarzgekleideten Voguettes und meiner Wenigkeit abgesehen, ist kaum ein Angehöriger des vierten Standes anwesend.

»Wer ist dieser beschissene Zwerg da drüben, der mir gesagt hat, mein erstes Buch sei ›ganz nett‹?«

Jeremys Adlernase mit Blicken folgend, entdecke ich Kevin Shipley, den Buchkiller der *Beau Monde*, im Gespräch mit der *New York Post*.

»Großer Gott, hoffentlich hast du ihn nicht beleidigt. Das ist Kevin Shipley.«

»Er hat gesagt, er habe es auf dem Krabbeltisch bei Barnes and Noble gekauft, worauf ich erwiderte, ich fühlte mich zutiefst geehrt, daß er glaube, einen adäquaten Gegenwert für seine einsfünfundneunzig bekommen zu haben.«

»Bete zu Gott, daß er das neue Buch nicht rezensiert. Seine Tastatur besteht aus menschlichen Zähnen.«

»Schon möglich, aber wie kommt er da bloß ran?«

Endlich drang ich bis zur Bar vor, wo ich mehrere Cosmopolitans bestellte, von denen ich einen Jeremy gab. »Dein Problem«, sagte ich, »besteht darin, daß du nicht genug trinkst. Wo ist eigentlich Blaine?«

»Als ich sie das letztemal sah, hat sie sich bei irgendeinem

Hollywoodarsch eingeschleimt. So einem beschissenen Troll von Sony Pictures.«

»Komm, suchen wir Phil«, schlage ich vor. »Vielleicht kannst du sie aufmuntern.«

Was ist los mit Philomena?

Die Liebe meines Lebens ist augenscheinlich reizbar und nervös. Ich würde sie ja nach dem Grund fragen, weiß aber nicht recht, ob ich ihn erfahren will. Wir bräuchten so was wie eine Ecstasytherapie, sollten ein paar Pillen einwerfen, uns eine lange Nacht der Wahrheit und Sinnlichkeit gönnen. Die Ekstase kam in letzter Zeit zu kurz. Vom Sinnlichen ganz zu schweigen.

Zum Glück ist bei ihr, als ich sie endlich finde, offenbar ein Stimmungsumschwung eingetreten. Vor Freude, Jeremy zu sehen, küßt sie ihn, und danach obendrein mich.

Ich stelle mich einer attraktiven jungen Farbigen vor, mit der sich Phil unterhalten hat und deren Name mir bekannt vorkommt.

»Kenne ich Sie?« frage ich.

»Begegnet sind wir uns noch nie«, antwortet sie. »Ich bin Chip Ralstons persönliche Assistentin.«

»Tja«, sagt Jeremy, »wie schön für Sie.«

»Ich habe Cherie gerade erzählt«, berichtet mir Phil, »daß du das Porträt für *CiaoBella!* schreibst.«

Plötzlich taucht ein Fotograf auf: »Philomena, Zeit für ein Foto.«

Meine bildschöne Begleiterin stellt ihr Lächeln auf Autopilot und greift tapfer nach meinem Arm, doch, schüchtern wie ich bin, sage ich: »Laß dich mit Jeremy fotografieren, wir wollen ihn mehr ins Blickfeld der Öffentlichkeit rücken.« Ich schiebe die beiden zusammen und folge der sich entfernenden persönlichen Assistentin.

»Ist Chip *da?*« frage ich.

»Sie haben ihn knapp verfehlt«, sagt sie. »Er fliegt heute abend nach L.A. zurück, aber ich habe ihm Ihre Nachricht ausgerichtet. Bestimmt wird er sich nächste Woche bei Ihnen melden.«

Gern hätte ich nachgebohrt, ich muß mit dem Bastard reden, und zwar bald, doch auf einmal sehe ich, daß sie sich direkt auf Jillian Crowe zubewegt, meine hinreißend glamouröse Chefin; so sehr ich Jillians Instinkt in Modefragen und ihre redaktionellen Fähigkeiten bewundere, zur Zeit würde ich ihr doch lieber aus dem Weg gehen. Während meines Rückzugs stoße ich auf Philomena, die Jeremy gerade wegen der Karriere aufzieht, die ihn als Model erwartet. So lebhaft wie jetzt habe ich sie schon seit Tagen nicht mehr gesehen; Jeremy ist ein solcher Trauerkloß, daß seine Begleiter neben ihm vor Witz und guter Laune nur so sprühen.

Von etlichen ungewohnten Cocktails unterstützt, hält Philomenas gute Laune bis in den frühen Morgen an; sie überrascht mich, als sie einverstanden ist, eine Gruppe Modeleute in die Baby Doll Lounge zu begleiten, einen miesen Stripschuppen in TriBeCa.

Während wir mit drei anderen Gästen – Satelliten des Planeten Mode – im Taxi hinfahren, sitzt sie auf meinem Schoß und nippt an einem Glas, das sie aus der Party geschmuggelt hat. »Ich kenne einen Witz«, verkündet sie unvermittelt.

Oben ohne und ohne Hemmungen

Im Baby Doll bestellt Philomena noch einen Cosmopolitan und kommentiert – durchaus wohlwollend – die Figuren der Tänzerinnen. Bei dem Körper, den Phil von Gott bekommen hat, kann sie es sich leisten, großzügig zu sein. Schließlich schlägt ein gewisser Ralph, den Philomena als »Frisurengenie« vorgestellt hat, vor, Philomena solle ihre Titten zeigen. Dieser Ruf wird von Alonzo – der sich selbst als »eine Puderfee« vorgestellt hat, was Philomena mit der Fußnote »Typ von der Maske« versah – und gleich darauf von den Nachbartischen aufgegriffen. Zu meinem Erstaunen springt sie auf den Tresen und zieht ihr Kleid bis zur Taille herunter, so daß wir einen ausgiebigen Blick auf volle Brüste werfen können. Und es mag als Indiz für deren herausragende Qualität gelten, daß ich fast ohnmächtig werde – falls man überhaupt *fast* ohnmächtig werden kann –, obwohl ich sie während der letzten drei Jahre beinahe täglich zu sehen bekam. Von Begierde übermannt, versuche ich, Philomena nach Hause zu locken, sobald sie vom Tresen herunterhopst. Aber sie ist nicht zu bremsen. Will tanzen. Will noch einen Cosmopolitan.

Ich rüttle zum drittenmal an der Tür zum Männerklo, doch die ist immer noch verschlossen.

Flüchtige Bekanntschaften

Wir amüsieren uns weiterhin königlich, doch mittlerweile habe ich nicht mehr das Gefühl dazuzugehören, sondern stehe sozusagen am Rande und beobachte, wie Philomena ihre Freunde unterhält, obwohl ich genausoviel tanze und trinke wie alle anderen auch. Es stört mich nicht, ich bin froh, sie so zu erleben. Alonzo, auch kein Kind von Traurigkeit, steckt mir seine Telefonnummer zu und findet, wir sollten uns gelegentlich mal treffen. Ich antworte, das sei zwar eine nette Idee, doch da sei er auf dem Holzweg. Eine Augenbraue skeptisch in die Höhe gezogen, stemmt er eine Hand kokett in die Hüfte. Da ich für eine Frauenzeitschrift arbeite, deren Schwerpunkt im Bereich junge Mode liegt, ist dieser Verdacht für mich nicht neu.

Als ich gerade mal nicht hinsehe, schlägt Philomenas Stimmung um, vermutlich etwa zu dem Zeitpunkt, als Ralph mir seine Karte gibt und mir kundtut, ich müsse, zum Wohle der Nation, sofort etwas wegen meiner Haare unternehmen. »Mit der Frisur haben sie dich echt in die Redaktion von *CiaoBella!* gelassen?«

»Vielleicht ist er *wirklich* hetero«, sagt Alonzo.

Als wir endlich im Taxi sitzen, ist meine Geliebte stumm und schwermütig. Während wir uns zum Schlafen ausziehen, verkündet sie prophylaktisch, sie sei fix und fertig.

Also kein flottes Nummerchen, du Dummerchen.

Endlich Sex

Der inzwischen leicht verkaterte Erzähler ist Philomena am Tag nach der Party behilflich, die Klamotten für ihre Reise auszuwählen – ein vielseitig verwendbares graubraunes Kostüm von Jil Sander, ein Versace-Jackett und zerrissene Jeans für den Flug, ein entzückendes kleines Etuikleid von Nicole Miller für das Vorsprechen und noch ein Paar zerrissene, ausgebleichte Jeans samt drei makelloser weißer T-Shirts. Dazu ein Paar hübsch klobige Boots, die sowohl bei schweren Bauarbeiten als auch bei einem leichten Einkauf in SoHo tragbar sind. Wäre er aufmerksamer gewesen, hätte der Erzähler womöglich aus dem, was gepackt wurde, oder auch in ihrem Verhalten gewisse Hinweise entdecken können, daß diese Reise eventuell etwas anders war, aber er ist von Natur aus kein mißtrauischer Mensch, und seine Fähigkeiten als Beobachter werden von einer Hormonwelle weggespült. Als sie das Etuikleid, nachdem sie es anprobiert hat, wieder auszieht und ihn bittet, ihr aus der Kommode einen Slip zu reichen, erfaßt ihn Begierde nach dem straffen, goldbraunen Fleisch unter ihrem Teddy.

»Bitte«, fleht er, »nur ein Quickie.« Er erinnert sie daran, daß das letzte Mal schon fünf Tage, neun Stunden und sechsunddreißig Minuten her ist. Und sie sind noch nicht einmal verheiratet.

»Genau, das sind wir nicht.« O weh, ein taktischer Fehler seinerseits, diese Erwähnung des Ehestands. Das ist ein wunder Punkt, den er in den letzten paar Jahren immer mal wieder ansprechen wollte. Während sie darauf wartet, daß er die große Frage stellt, wartet er darauf, daß er sich dieser Ehre würdig erweist; er glaubt nicht, daß irgendeine Frau, und schon gar nicht Philomena, wirklich ihre glänzende Kutsche an seinen lahmen Wallach spannen will. Doch aus irgendeinem Grund hat sie offenbar genau das vor. Solange er nur ihr Freund ist, nimmt er an, daß sich sein Schicksal noch im Fluß befindet, daß es sich bei seiner untergeordneten Position lediglich um ein Reifestadium handelt. Sie hingegen ist der Meinung, das eigentliche Hindernis sei seine Arroganz. Glücklicherweise vertieft sie das Thema nicht, denkt aber vielleicht an das Fehlen eines Heiratsantrags und läßt ihn daher niederknien und betteln.

Es folgt feiges, kriecherisches Betteln, als wäre das die Norm. Doch bei ihm kommt es von Herzen und ist ehrlich gemeint. BITTE BITTE BITTE. Er kommt sich vor wie das Zielpublikum des neuen Bierwerbespots, in dem sie ölig glänzend und in einem Bikini auftrat, und sagt zu ihr, er werde alles tun. Er werde bellen wie jeder x-beliebige Hund, der ihr spontan einfalle, und sich wenn nötig auf dem Rücken wälzen. Schließlich schält sie sich aus ihrem Teddy und legt sich in der Pose von Manets *Olympia* auf das Bett, reif und überheblich, eine gelangweilte Odaliske.

»Aber rasch«, befiehlt sie, »und nicht schwitzen.«

Der Erzähler nimmt, was er kriegt, ein dankbarer Konsument.

Danach

Als wir danach im Bett liegen, schimmert auf Philomenas Wange eine einzelne Träne, wie ein Edelstein. Als ich sie frage, was los ist, zaubert sie ein Lächeln herbei und schüttelt den Kopf.

»Nicht traurig sein«, sage ich, ohne zu wissen, was ich mit dieser abgedroschenen Floskel meine. Obwohl ich mir große Sorgen um meine Zukunft mache, habe ich das Gefühl, meine Gattin, mein armes kleines Mädchen trösten zu müssen.

Es folgt ein Augenblick perfekter Melancholie: Ich sehe zu, wie Philomena an dem Frisiertisch vor dem zersprungenen Spiegel ihre Schminkutensilien einsammelt, dämmriges Morgengrauen, von pulsierendem roten Licht erfüllt, das durch die Lücken in den Fensterläden unserer Souterrainwohnung dringt. Dieses grelle Leuchten symbolisiert einen endgültigeren Tod als den, welchen ich gerade erlebt habe; auf der anderen Straßenseite steht ein Alten- und Pflegeheim, wo ziemlich regelmäßig Krankenwagen vorfahren.

»Bleib doch«, sage ich, plötzlich von Angst erfüllt.

»Es ist doch nur für ein paar Tage«, antwortet sie und kämmt sich die Haare.

»Ich liebe dich«, sage ich – was sie viel zu selten von mir hört.

Sie lächelt mich aus einer Spiegelscherbe an.

Lage, Lage, Lage

Wir wohnen im West Village, in Flußnähe, am südlichen Rand des Meat District, westlich genug, daß uns die Vandaleninvasionen von Provinzjugendlichen mit ihren Ghettoblastern weitgehend erspart bleiben. An einem Sommerabend ist die Luft häufig vom Geruch verwesenden Fleisches erfüllt, der von den Schrotthaufen der Lagerhäuser herüberweht; nach Einbruch der Dunkelheit übernehmen Transvestiten und die Wagen ihrer Freier die Straßen hinter den Schlachthäusern; oft werden wir nachts von lautem Flüstern und den Lustgeräuschen im Treppenhaus direkt vor unserem Schlafzimmerfenster wach. Liebe und Tod. »Bei Immobilien in Manhattan muß man immer Kompromisse machen«, teilte uns die Maklerin fröhlich mit, ehe sie siebzehn Prozent unserer ersten Jahresmiete verlangte.

Postkoitale Betrachtungen

Überlegungen zu der merkwürdigen Tatsache, daß ich, während ich mit Philomena schlief, in Wirklichkeit an einen früheren Beischlaf dachte. Mit Philomena – eigentlich hat sie also keinen Grund zur Klage, auch wenn ich ihr diese Einsicht nicht zur Kenntnis bringe. Eine frühere sexuelle Episode heraufzubeschwören, während eine neue gerade im Gange ist, ist beinahe zu einer Art Gewohnheit geworden, als besäße die Erinnerung eine Frische, die der körperlichen Gegenwart fehlte. Als wäre, sagen wir, Philomenas Brust, so entzückend sie leibhaftig auch sein mag, erst in der Phantasie wirklich erotisiert worden. Aber warum genügt die leibhaftige Version nicht?

Man verfügt über ein Repertoire sexueller Erinnerungen, zu denen sich der letzte Akt irgendwann gesellen kann, aber während er sich ereignete, erlebte ich ihn durch den Filter eines recycelten hochsommerlichen Liebesspiels hinter einem Strandhaus in Amagansett. Auf diese Weise wird der eigentliche Sex zum reinen Rohmaterial eines ästhetischen Vorgangs.

Blutsverwandtschaft

Meine Schwester Brooke bewohnt eine winzige mietpreisgebundene Wohnung im Seniorenkiez in der Nähe vom Beekman Place. Kurz nachdem ich Philomena in ein Auto Richtung Flughafen gesetzt habe, rufe ich sie an, aber sie nimmt nicht ab. Ich weiß, daß sie zu Hause ist und sich anhört, was man auf den Anrufbeantworter spricht. Das weiß ich, weil ich meiner Schwester Hüter bin. Vielleicht liegt es an meinem Kater, oder vielleicht hat mich der Krankenwagen nervös und unruhig gemacht; jedenfalls ist mir die Zerbrechlichkeit des Lebens, der Liebe und sozialer Kontakte stark bewußt. Daß bald etwas Schlimmes geschehen wird, ist genauso greifbar wie die Tatsache, daß Regen in der Luft liegt. Ich bin kurz davor, die Fluggesellschaft anzurufen, um herauszufinden, ob

Phils Flugzeug auch nichts passiert ist. Ich weiß bloß überhaupt nicht, welche Fluggesellschaft oder welcher Flug.

Statt dessen schlendere ich unter den gelb werdenden Stingkobäumen zur Hudson Street. Ich warte auf ein Taxi und teile mir den Bürgersteig mit nächtlichen Tauben, die wie korpulente Touristen nordwärts watscheln.

An der Tür von Brookes Wohnhaus, wo ich versuche, sie aus ihrer Höhle zu scheuchen, was länger dauert als die Taxifahrt durch Manhattan. Schließlich erwacht knackend die Gegensprechanlage. Sie beamt mich rauf, nachdem ich mich als ihr einziger Bruder zu erkennen gegeben habe. Ich trete durch die lädierte Tür ein und finde sie im Bett liegend vor, sie liest, die Knochen bohren sich durch die Decke, ihre schönen, rotblonden Haare sind ungewaschen. Als ich sie küsse, hat ihr Atem den dumpf-modrigen Geruch einer Verhungernden, eines sich selbst verzehrenden Körpers. Ich bemühe mich, nicht beunruhigt auszusehen.

»Sie haben die Körperteile auf verschiedene Stapel gelegt«, sagt sie zur Begrüßung. »Beine auf den einen Stapel, Arme auf einen anderen. Lebende Torsi auf einen zwei Meter hohen Stapel anderer Torsi. Ihre Nachbarn. Menschen, mit denen sie jahrelang zusammengelebt haben.«

»Bosnien?«

»Ruanda.«

Brooke liest Protokolle des UNO-Kriegsverbrechertribunals. Auf das geschwungene Kopfende ihres Betts hat sie eine Landkarte des ehemaligen Jugoslawien geklebt. Sarajewo, Mostar, Srebrenica und andere bedauernswerte Städte sind rot eingekringelt. In letzter Zeit beschäftigt sie sich mit den neuesten Greueltaten in Zentralafrika.

Bei der Durchsuchung ihres Küchenschranks entdecke ich zwei Fingerbreit Orville Redenbachers Popcorn auf dem Boden eines Glases und einen Fingerbreit Olivenöl in einem anderen. Ich bereite eine Schale zu, trage sie ins Schlafzimmer und stelle sie unauffällig in Reichweite ihrer zarten, sommersprossigen Hand aufs Bett.

»Wie geht's Mad Dog?« frage ich, was meine ironische Bezeichnung für Dr. med. Doug Halliwell ist, ihren aktuellen Verehrer. Doug ist Chirurg für Traumapatienten; seine Bekanntschaft machte Brooke in der Notaufnahme des New York Hospital, nachdem sie an der Rockefeller-Universität eine Treppe runtergefallen war. In meinen Augen ist er es nicht wert, daß ihm meine Schwester ihre Aufmerksamkeit schenkt, von ihren mittlerweile geflickten Körperteilen ganz zu schweigen. Wobei ich mir mitnichten vorstellen kann, daß Doug sich derer bereits bemächtigt hat. Brooke erholt sich gerade von einer buntbewegten Ehe, daher ihre plötzliche Toleranz gegenüber Beige.

»Ich wünschte, du würdest ihn nicht so nennen. Doug geht's gut. Und was macht die Schaufensterpuppe? Beherrscht sie schon das Alphabet?«

»Sie ist zu einem Dreh nach San Francisco geflogen«, antworte ich. »Und zu deiner Information: Für unterwegs hat sie *Anna Karenina* mitgenommen.«

»Das gefällt dir, stimmt's? *Zu einem Dreh. Am Drehort.* Der Jargon der Glanz- und Glitzerindustrie.«

»Na ja, sagen wir einfach, sie befindet sich auf einer Geschäftsreise.«

»Weißt du, daß die Hutus die Tutsi nur aus dem Grund hassen, weil die Tutsi als attraktiver gelten? Großgewachsen, schmale Nasen, hellere Haut.«

»Willst du damit andeuten, die Sekretärinnen von Ford und Click könnten sich erheben und die Models umbringen?«

»Klingt, als wäre sie in letzter Zeit viel auf Reisen.«

»Warum auch nicht?«

»Hmmmm«, brummt sie.

Brooke ist kein Fan Philomenas. Und das beruht auf Gegenseitigkeit. Phil nennt Brooke den Rühreierkopp. Was beweist, daß sie viel intelligenter ist, als Brooke je zugeben würde. Beiden gegenüber loyal zu bleiben, war nicht einfach. Zwar bin ich Brookes skeptische Einstellung gegenüber meiner Flamme gewohnt, doch heute abend macht sie mich nervös. Meine Rippen ziehen sich um die Lunge zusammen. Weiß Brooke etwas, das ich nicht weiß?

Wieso habe ich immer das Gefühl, alle anderen haben mehr Informationen als ich? Dabei weiß Brooke sehr viel, was ich nicht weiß: sie kennt den Unterschied zwischen natürlichen und unnatürlichen Zahlen, die Bedeutung der Heisenbergschen Unschärferelation, Gödels Unvollständigkeitssatz, die wahrscheinliche Anzahl der Toten und Verwundeten in Banja Luka und Umgebung. Noch vor kurzem studierte Brooke Physik an der Rockefeller-Universität, hat aber jetzt eine längere Pause eingelegt, von Depressionen und einer übersteigerten Sensitivität für menschliches Leid lahmgelegt. Meine Schwester gleicht einem dieser Brutkastenkinder, die ohne Immunsystem zur Welt kommen; sie besitzt keine schützende Membrane, die den Lärm und Schmerz anderer Wesen herausfiltert. Sie ist völlig porös.

Laut Mom und Dad rührt das daher, daß sie mit sieben Jahren Zeugin eines Mordes wurde. So etwas ist zwar genug, um die meisten von uns kaputtzumachen, aber Brooke ist eindeutig nicht die meisten von uns.

»Also, was hast *du* denn heute so gemacht?« frage ich, um etwas zu sagen. Irgendwas *muß* schiefgegangen sein, auf privater oder globaler Ebene.

»Was ich gemacht habe? Tja, mal sehen ... zunächst einmal

hat Jerry in der *Today Show* einer dankbaren Nation den Protonenbeschleuniger erklärt.«

Alles klar. Da haben wir die Erbse unter der Matratze, das Haar in der Suppe. Bis vor kurzem war Brooke mit dem genialen jungen Harvard-Professor Jerry Sakoloff verheiratet, der einen überraschenden Bestseller zum Thema Quantenphysik verfaßt hat und häufig im Fernsehen auftaucht, um subatomare Phänomene zu erklären. Brooke hat bei Jerry studiert; ihr Problem war, daß Jerry auch nach der Heirat immer noch mit anderen Studentinnen ins Bett stieg. Anders gesagt, das Problem bestand darin, daß er nicht einsah, was daran so schlimm war, wenn er die Mädchen mit nach Hause brachte, damit sie sich mit seiner Frau anfreundeten. Schwer zu sagen, was Brooke mehr mitnahm, die Untreue oder die Fernsehauftritte.

»Wie war er?«

»Charmant. Druckreif. Frisur und Schlips schief, um einen echt zerstreuten Professor zu geben. Vor den Auftritten hat er immer zwanzig Minuten an seiner Krawatte rumgefummelt, um den Eindruck zu erwecken, der Knoten hinge so tief, weil er vergessen habe, ihn bis ganz raufzuziehen. Und die Haare hat er akkurat gekämmt und sie anschließend mit den Fingern verwuschelt – als hätte er darin gewühlt, während er über die großen Probleme des Universums nachgrübelte.«

»Wäre ich hier gewesen statt in Japan, hätte ich nie erlaubt, daß du ihn heiratest.«

»Du hättest nie erlaubt, daß ich irgendwen heirate.«

»Du solltest ernsthaft ein Leben als Nonne in Betracht ziehen. Weiß Gott, die Kirche könnte dich gebrauchen.« Das ist eine Anspielung auf den abgelegten, aber unauslöschlichen Glauben unserer Vorfahren.

Ich tue so, als sähe ich mich ziellos im Zimmer um, während ich versuche, sie durch Willenskraft zu zwingen, das Popcorn zu essen. ISS ISS ISS ISS.

»Wie geht's den Jungen und Schönen?« fragt sie, greift nach unten und dreht ein Popcorn zwischen Daumen und Zeigefinger.

»Ganz ausgezeichnet, per definitionem«, antworte ich und beobachte aus dem Augenwinkel, wie sie das aufgeplatzte Maiskorn zwischen die Lippen führt. KAU KAU SCHLUCK SCHLUCK.

»Aber der junge Schauspieler, der gestorben ist? Der mit dem ausgeflippten Hippienamen.« Ihre Hand steckt wieder in der Schale, und sie kaut tatsächlich! »Hast du den gekannt?«

»Du meinst River Phoenix? Brooke, das ist aber wirklich Jahre her. Wir schreiben 1996.«

»Entschuldige bitte, ich bin nun mal keine große Expertin in Sachen Populärkultur.«

»Na schön, ich hab mal ein paar Stunden mit ihm im Olive verbracht, das war damals so ein Club in West Hollywood, als ich für einen Artikel über seine Freundin recherchiert habe. Sagen wir einfach: Es ist ein Wunder, daß er so alt geworden ist.«

Hör dich doch mal an

Meine Güte, hör dich doch mal selber reden. Wie peinlich, daß du so was überhaupt weißt. Wie erbärmlich, wie beiläufig du diese kleine giftige Wolke Insiderwissen von dir gibst.

Und dabei findest du es beunruhigend, daß Philomena in letzter Zeit *tatsächlich* viel herumreist. Und warum weiß sie nicht, wo sie wohnt? Oder wenn sie es wußte, warum hat sie dir nicht ihre Telefonnummer gegeben?

Aber halt, Moment mal – das ist doch lachhaft. Du vertraust ihr. Oder? Na ja, schon, auch wenn du den leisen Anflug von Mißtrauen, von böser Vorahnung, nicht ignorieren kannst, der bewirkt, daß sich sämtliche Härchen an deinem Nackenansatz sträuben.

In den Klauen der Anorexia

Sobald sich Brooke voll auf das Popcorn konzentriert, begebe ich mich in die Küche, um eine Dose Campbell's Hühnersuppe mit Nudeln warmzumachen. »*Hm-hm gut*«, rufe ich. »Genau wie Mom sie heißgemacht hat.« Nein, wenn ich's recht bedenke, Mom rief immer die Haushälterin Daisy, wenn es schwere Dinge zu tragen gab. Egal. Ich kippe die nahrhafte Flüssigkeit in einen großen Harvard-Becher, stelle ihn auf ein Plastiktablett und schleiche mich vorsichtig an, um das Opfer nicht zu verschrecken. Was essen angeht, benimmt sich meine Schwester ganz ähnlich wie der streunende Hund, den wir als Kinder in unsere Obhut nahmen und der es so gewohnt war, sein Fressen zu klauen, daß er nicht fressen konnte, wenn jemand dabei zusah. Jeder direkte Bezug auf Nahrung versetzt sie tagelang in Angst und Schrecken. Genausowenig darf man natürlich den Namen ihrer Krankheit erwähnen. Vor etlichen Jahren, auf dem Tiefpunkt ihrer Auszehrung, erzählte sie mir, der durchschnittliche Gewichtsverlust eines erwachsenen Bewohners von Sarajewo nach tausend Tagen Belagerung liege bei dreiundzwanzig Pfund, was ihrem Fasten eine symbolische Dimension verlieh, doch die Belagerung ist schon lange vorbei, außerdem hungert sie mit Unterbrechungen seit dem Vietnamkrieg.

Gegen Ende ihrer Ehe mit Jerry fügte sie sich Schnitte zu – kleine Verletzungen mit Rasierklingen an Armen und Beinen.

»In letzter Zeit mit den Alten geredet?« frage ich. Brooke ißt die Suppe zwar nicht, pustet aber hinein, ein gutes Zeichen.

»Dad hat vor ein paar Tagen angerufen«, antwortet Brooke.

»Wie war das?«

»Ich finde es merkwürdig tröstlich – das Geräusch von Eiswürfeln, die gegen Glas klirren.«

»Kristall«, korrigiere ich sie.

»Eins muß man ihnen aber lassen – unseren Eltern –, nämlich daß sie das einzige Paar in Amerika sind, das sich nach über vierzig Jahren immer noch nicht getrennt hat.«

»Allerdings.« Unser Vater hat in Mittelflorida Orangenhaine von seinem Vater geerbt, der mit fünfzig seinen Sitz in der New Yorker Börse verkauft hatte und in Richtung Sonne gezogen war. Die Plantage wirft gerade genug ab, damit sich mein Vater sein Leben lang ausreichend Bourbon, Hemden von Brooks Brothers und Buchclubempfehlungen des Monats leisten kann. Gerade genug, um ihm jeden Ehrgeiz auszutreiben, mal wirklich für seinen Lebensunterhalt zu arbeiten. Nicht genug, damit für uns nach Abzug der Erbschaftssteuern noch etwas übrigbleibt. Alle paar Jahre verkauft Dad zwei Hektar, um sich eine Europareise zu finanzieren. Also keine Sorge, daß ich eine gigantische Erbschaft erwarten könnte. Dad liest seine Klassiker – Grisham, Clancy und Crichton –, spielt Tennis und betrachtet mit väterlichem Stolz die Apfelsinen. Mom liest Gedichte, malt Landschaften und trinkt gern mal einen. Cummings ist ihr Lieblingsdichter, Bonnard ihr Malerheld und Pernod ihr aktueller Alk.

Apfelsinen sind nicht gerade arbeitsintensiv. Sie wachsen, während man schläft, während man trinkt, während man

Tennis spielt, während man malt, während man ein Nickerchen hält. Und sie wachsen immer noch, wenn man aufwacht, um sich den nächsten Cocktail zu mixen. Zweimal im Jahr kommen die Wanderarbeiter, um sie zu pflücken, und gelegentlich erfordert ein eiskalter Wind aus dem Norden, daß man zum Frosträuchern und extra starken Cocktails greift. Bequemerweise sind Orangen Zwitter, eine Blüte enthält beide Geschlechtsorgane – die faulste aller Obstsorten.

Im Gegensatz zu Brooke machen sich meine Eltern nicht genug Sorgen. Ihre Sorgenmuskeln sind total verkümmert. Jeden Herbst verbringen sie ein Wochenende in New York. In ein paar Tagen werden sie eintreffen, um mit uns in der Stadt das Erntedankfest zu feiern. Mampf mampf mampf.

»Wie können Menschen jahrelang zusammenleben und plötzlich anfangen, ihre Nachbarn abzuschlachten?« will Brooke wissen. »Was ist bloß los mit denen? Können die ihre moralischen Hemmungen mit einer Art Lichtschalter an- und ausknipsen?«

»Geht's jetzt um Ruanda?«

»Das *ist* ja das Deprimierende. Die Lage war in beiden Weltgegenden identisch.«

Davon habe ich zwar keine Ahnung, halte ihr aber den Becher an die Lippen und neige ihn in Richtung Kopf. Man versucht sowieso immer, sie von irgendwelchen fixen Ideen abzulenken. Wenn meine Schwester nicht deprimiert ist, erzählt sie dermaßen begeistert von Booleschen binären Gittern und ikosaedrischen Symmetrien, daß man ihr den Mund verbieten möchte.

Meine Schwester, meine schöne, burschikose Schwester mit einem IQ wie die Oberflächentemperatur des Planeten Venus.

Mount Olympus

Ich mache mich heimlich aus dem Staub, während sich Brooke im Fernsehen eine Sondersendung über Kriegsverbrechen ansieht, und halte an einem Geldautomaten, um zweihundert Dollar abzuheben, so daß auf meinem Konto ein Rest von dreihunderteinundsiebzig Dollar und ein paar Cent zurückbleibt. Muß mir von der Zeitschrift einen Vorschuß geben lassen. Unterwegs beschließe ich, Jeremy als möglichen Komplizen bei dem, was nun folgen mag, anzurufen. Von seinem Anrufbeantworter erfahre ich: »Hallo, entweder bin ich außer Haus, oder ich sitze hier und horche, wer mich anruft, bevor ich abnehme. Wenn Sie also eine Zurückweisung riskieren wollen, hinterlassen Sie ruhig eine Nachricht.«

Ich gebe mich als Mitglied des Auswahlkomitees für die Vergabe der MacArthur-Geniepreise zu erkennen. »Wenn Sie innerhalb der nächsten zehn Sekunden abheben, erhalten Sie fünf Jahre lang ein steuerfreies Stipendium in Höhe von sechzigtausend Dollar pro Jahr in Anerkennung Ihrer Verdienste für die Literatur, aber nur, wenn Sie umgehend reagieren.«

Was hat es zu bedeuten, wenn nicht einmal Freunde und Verwandte deine Anrufe entgegennehmen?

Also geht es im Taxi zum Mount Olympus, wo sich offenbar wenigstens der smokingtragende Portier freut, mich zu sehen. »Wie geht's Ihnen, Sir?« Angesichts seiner Jovialität fühle ich mich bemüßigt, ihm außer den fünfzehn Dollar Eintritt noch einmal fünf Dollar zu geben.

Ich betrete ein Universum doppelter Rundungen, den Silikonhimmel. Wie Sie vielleicht wissen, schlug man in grauer Vorzeit bei Carrara Marmorblöcke aus der Erde und verlieh ihnen die Ähnlichkeit von Göttern; heute verleihen Chirurgen und Fitneßtrainer lebendigem Fleisch die Form von Göttinnen. Sieh mal, da ist Cassandra mit ihrem Haar wie dunkelroter Wein, deren Brustwarzen in Nasenhöhe eines Glatzkopfes hüpfen. Und Demeter, die für drei wie hypnotisiert glotzende japanische Geschäftsleute ihren Hintern schwingt. *Kirei, desu ne?* Aber wo ist meine eigene persönliche Göttin, die himmlische Pallas? Eine mir unbekannte Hosteß in weißen Strapsen begrüßt mich und geleitet mich zu einem Tisch. Ich quetsche mich an den japanischen Geschäftsleuten vorbei – o weh, habe den japanischen Geschäftsmann *angerempelt*, der sich den Drink über seinen marineblauen Anzug kippt. *Domo summimasen*.

Endlich entdecke ich sie, drei Tische weiter, wo sie für einen alternden Sterblichen im weißgestreiften Anzug am Tisch tanzt. Aus dieser Entfernung sieht seine Haut unter den Haarbüscheln schuppig aus, und ich bin mir ziemlich sicher, daß er Hörner hat. Entsetzt sehe ich mit an, wie sich Pallas immer näher an ihn heranschiebt, ihre umwerfenden, rundum natürlichen Brüste nur Zentimeter von dem ekelhaften Wesen entfernt. Plötzlich schiebt sich eine straßbesetzte blaue Fläche in mein Gesichtsfeld. »Hi, ich bin Isis. Soll ich für dich tanzen?« Sie ist ausgesprochen hübsch, eine hellbraune Frau mit glatten, langen, obsidianglänzenden Haaren – keine dicken Flechten, wie man es von einer Fruchtbarkeitsgöttin erwartet hätte. Ich fühle mich unwohl dabei, daß ich sie abweisen muß, auch wenn ich weiß, daß sie vielleicht tausend Dollar pro Nacht verdient und es wahrscheinlich nicht persönlich nimmt. Nach diesem Prinzip funktioniert der Laden: alles *wirkt* irgendwie persönlich. Wie könntest du eine schöne junge Frau abweisen, die nur für dich tanzen will? Alles in allem ein recht wirkungsvolles Prinzip. Aber wenn ich mein Geld nicht zusammenhalte, bin ich – bei zwanzig Dollar pro

Tanz – in zwanzig Minuten pleite, und ich bin wild entschlossen, auf die göttliche Pallas zu warten. Was ist bloß aus der Devise »zehn Cent pro Tanz« geworden?

Die Hosteß erleichtert mich um meine Kreditkarte. Endlich, die wurde mir längst zu schwer in meiner Tasche. Knapp bei Kasse oder nicht, ich würde jedem hundert Piepen geben, der verspricht, jede einzelne existierende Aufnahme von Rod Stewarts »Do Ya Think I'm Sexy?« zu vernichten, was gerade gespielt wird und ein gutes Dutzend Becken samt korrespondierender Milchdrüsen dazu bringt, Parabeln vorgetäuschter Verführung zu vollführen.

Ich beobachte die anderen Männer. Jämmerliche Kreaturen. In Gruppen werden sie mutig, grinsen einander anzüglich an und blinzeln sich zu, wackeln mit ihren gehörnten Köpfen übertrieben lässig, doch die einzelnen sind so schüchtern und ernst wie japanische Rockfans, die nicht recht wissen, was sie mit ihren Händen oder Gesichtsmuskeln anfangen sollen. Mit anderen Worten, sie sehen lächerlich aus. Und ich bin einer von ihnen. Nackt vor Verlangen sitzen wir an den Tischen, für die Party unpassend gekleidet. Wir sind in wollene Anzüge und seidene Krawatten gepackte Penisse. Blinde Voyeure, die diffus ahnen, daß der Spaß auf unsere Kosten geht. Könnt ihr euch denken, wie sie, die Tänzerinnen, über uns reden? Gott sei Dank ist der Drink da. Noch bevor das Glas den Tisch berührt hat, kippen wir uns die Hälfte davon hinter die Binde. Eine andere Tänzerin nähert sich. »Hi, ich bin Dawn, wie heißt du?«

Lebenslauf

Der Erzähler heißt Connor McKnight. Das bin ich. Hallo. Hier spricht Connor. Zweiunddreißig und zwei drittel Jahre alt und nicht recht froh darüber. Wartet immer noch auf den Beginn seines Erwachsenenlebens. Ist *er* oder das *Leben* schuld daran? Eventuell könnte er es seinen Eltern in die Schuhe schieben; das wäre mal ganz was Neues. Oder vielleicht bestand das Hauptproblem darin, daß er sieben Jahre in Japan gelebt hat. Erst in Kioto, wo er japanische Literatur studierte, ein großer und äußerst spekulativer Einsatz von Zeit, dessen zweifelhafter Wert in dem Augenblick stark zurückging, als er beschloß, kurz vor der Promotion abzubrechen. Anschließend ging's in ein Zen-Kloster in Kamakura, wo er seine Atemzüge zählte.

Ich glaubte wirklich, daß ich einiges versäumte, als ich Japaner wurde. Und genau dieser Verdacht, daß ich zu Hause etwas versäumte, ließ mich hierher zurückkehren. Was das genau war, habe ich immer noch nicht herausgefunden. Nicht »Do Ya Think I'm Sexy?« von Rod Stewart – nö, das war praktisch der Soundtrack meines Aufenthalts in Nippon, er spielte in den versteckt im ersten Stock gelegenen »Imbißstuben«, den Kneipen von Shinjuki und in dem Bezirksbüro, wo ich jedes halbe Jahr meine Aufenthaltserlaubnis verlängern ließ, ein permanentes Surren, wie von einer Mücke im Dunkeln eines muffigen, sommerlichen Schlafzimmers, oder wie die Musik in einem Zeichentrickfilm der Warner Bros., die nicht verstummt, obwohl Elmer Fudd oder Sylvester the Cat soeben das Radio mit einem Vorschlaghammer zertrümmert, den immer noch singenden Hochtöner kaputtgemacht und in einen Brunnen geschmissen hat... auch dann hört man immer noch die leicht näselnde Stimme des schlecht frisierten Rodster.

Ich habe so was wie einen Job. Mein Job heißt »Damit bezahl ich die Miete, bis ich mein Originaldrehbuch über Wahrheit und Schönheit geschrieben habe«. Genauer gesagt: Ich verfasse Artikel über Prominente für *CiaoBella!* – eine Lifestyleillustrierte für junge Frauen. Ein Großteil dieses Magazins erzählt den Leserinnen, was sie anziehen und wie sie sich einen Freund angeln sollen. Ich bin Hagiograph ihrer Heiligen, also jener Männer und Frauen, die sich, indem sie auf dem Bildschirm und der Leinwand das wirkliche Leben simulieren, in Wesen verwandeln, die weit wirklicher sind als diejenigen, die sie sich ansehen.

Die neue Ontologie

In der neuen Ontologie existiert nichts, wenn es nicht zuvor auf Film (oder Videoband) kopiert wurde.

Connor McKnight, Ontologe

Ich kann nicht behaupten, daß es sich um Schwerstarbeit handelt, wenn ich den Alltag dieser neuen Idole überprüfe, ihre Eßgewohnheiten und Verabredungen schildere. Ja, ich habe sogar vor, ein Computerprogramm zu entwickeln, das all das ausspuckt, sobald man ein paar Tasten gedrückt hat, was mir erlaubt, noch mehr Zeit als bisher zu vergeuden. Es wäre ein ganz einfaches Programm, da dieses Genre nur wenige Variablen zu bieten hat. Mein Wortverarbeitungsprogramm enthält bereits Makros, die auf Tastendruck Formulierungen ausspucken wie: »Meidet das Rampenlicht Hollywoods, um sich auf einer riesigen Ranch in der Nähe von Livingston, Montana, seiner Familie zu widmen.« (CTRL, *Mont)* Und: »Nichts führt einem so gut wie das Kinderkriegen vor Augen, was im Leben wirklich zählt. Ruhm, Geld, Limousinen – das alles bedeutet mir nichts. Vater/Mutter zu sein, ist wichtiger, als es irgendeine Filmrolle je sein könnte.« (ALT, *Baby)* Und das ach so beliebte: »Was mein Aussehen betrifft, war ich eigentlich immer sehr unsicher. Jedenfalls halte ich mich nicht für ein Sexsymbol. Wenn ich mich im Spiegel sehe, denke ich bloß: *O Gott, wie schauderhaft!«* (SHIFT, *Was, ich und sexy?*) Doch das ist alles noch ziemlich simpel. Im Grunde braucht man ein Programm, das bestimmten Ziffern eine Tendenz zuordnet, von, sagen wir, 20 (Kopf kürzer machen) bis 1 (einen blasen und dann runterschlucken). Journalismus nach Schema F. Für meine Zwecke – und die der meisten anderen Hochglanzmagazine – wäre Nummer eins die Grundeinstellung. (»Trotz seines Images als rauher Bursche verbringt... den Abend am liebsten gemütlich zu Hause und schmökert in einem Lyrikband.«)

Mich belustigt immer, wenn mich jemand nach einem Schauspieler fragt, den ich mal interviewt habe: »Wie ist er denn wirklich?« Worauf die einzige ehrliche Antwort lautet: »Wie er *wirklich* ist? Herrgott noch mal, der Mann ist *Schauspieler.«*

Zur Zeit bemühe ich mich, ein Porträt über den jungen Filmstar Chip Ralston zu schreiben, bekomme ihn aber irgendwie nicht zu fassen. Obwohl er sich angeblich bereit erklärt hat, bei dem Artikel mitzuwirken, verhalten sich sein Agent, sein Manager *und* seine persönliche Assistentin allesamt ein wenig ausweichend, während sich seine PR-Tante wie ein echtes Ekel aufführt. Ob er sich an eine ziemlich negative – also gut, äußerst negative (18,5 auf der Skala) – Kritik erinnert, die ich vor ein paar Jahren über seinen zweiten Film für das *Tokyo Business Journal* geschrieben habe, in der ich feststellte, die beste schauspielerische Leistung liefere sein Auto, ein grüner, britischer Austin Healy mit attraktiven Sportfelgen und einer tiefen, rauchigen Stimme? Doch gerüchteweise verlautet, daß Chip gar nicht lesen kann.

Als ich das geplante Interview gegenüber Philomena erwähnte, sagte sie: »Soviel ich weiß, ist er ein ziemlicher Wichser.«

Worauf ich erwiderte: »Phil, Süße, er ist *Schauspieler.*«

Ohne daran zu denken, daß Philomena selbst eine aufstrebende Mimin ist.

Pallas

»Wow, ist bestimmt wahnsinnig interessant, diese vielen berühmten Leute kennenzulernen«, sagt Dawn, die rosige Finger hat, weil sie hier an den Hängen des Berges Olymp eiskalte Getränke herumschleppt.

»Na ja«, sage ich. »Außerdem schreibe ich ein Buch über Akira Kurosawa. Den Filmregisseur«, ergänze ich hilfreich. Das stimmt beinahe, obwohl ich gegenwärtig noch immer im ersten Kapitel stecke.

»Zu uns kommen eine Menge japanische Gentlemen.«

Endlich sehe ich Pallas auf mich zuschweben, eine Vision in goldenen Pailletten und entsprechenden Haaren. »Hey, Connor.« Der Klang meines Namens aus ihrem Mund macht mich schwach. »Soll ich für dich tanzen?« Sie ist so wunderschön, daß ich vom bloßen Ansehen Zahnschmerzen kriege.

»Noch nicht«, stoße ich hervor. »Wir wollen erst was trinken.« Ich kenne die Regeln: Sie zieht den Saum ihres langen, paillettenbesetzten Kleids die geschmeidige Wade hoch, über das Knie, und ich stecke zwei Zwanziger in ihr Strumpfband, in der Hoffnung, daß sie das eine Weile aufhält.

Pallas nimmt neben mir Platz. »Was weißt du?« Das ist ihre übliche Begrüßung, eine Formulierung, die sie wohl aus ihrer Heimat Kentucky mitgebracht hat.

»Ich weiß, wie *Die Kartause von Parma* ausgeht«, antworte ich, »will dir aber die Spannung nicht verderben.«

Sie lächelt ungerührt ob meines lahmen Versuchs, das Gleichgewicht der Kräfte wiederherzustellen.

»Eigentlich bekannt unter dem Titel *La Chartreuse de Parme*«, fahre ich fort, »von Stendhal, nicht zu verwechseln mit *Das Porterhouse von Chartres*, ein Buch, das ich vielleicht demnächst über die Rolle mittelalterlicher Ernährung bei der Entwicklung von Verbindungspfeilern verfassen könnte, oder mit *Der Portier von Chartreux* von Gervaise Latouche, was ich dir als ausgesprochen schmutziges, versautes Buch empfehlen möchte.«

Ich habe jedesmal eine andere Antwort auf Lager, und sie hört jedesmal zu und lächelt wie ein Arzt in Gegenwart eines skurrilen, aber harmlosen Patienten.

»Begleite mich morgen ins Theater«, schlage ich vor. »Ich habe Karten für das neue Stück von Nicky Silver.«

»Ich muß arbeiten«, entgegnet sie. »Ist das der Typ, der die *Lethal-Weapon*-Filme gemacht hat?«

»Nicht ganz.«

»Chip Ralston war vor ein paar Abenden hier«, verrät sie mit leuchtenden Augen.

»*Chip Ralston?*« Ich platze fast vor Neugier. »Ich suche den Bastard seit zwei Wochen. Und es war auch wirklich Chip Ralston?«

»Er war wirklich nett.«

»Dann war es wahrscheinlich jemand anderes.«

»Nein, echt. Er war ...« Sie hält inne, um den geeigneten Ausdruck zu suchen. »Nett.«

»Nett? Was soll das denn heißen?«

»Er war, halt so was wie ein ganz normaler Typ.«

»*So was wie* ist die Kernaussage dieses Satzes. Äußerlich *ähnelt* er einem menschlichen Wesen – ja, häufig verkörpert er eins –, er ist aber ein ekliger kleiner Drecksack mit Einlegesohlen und einem silikonverstärkten Ego. Du hast doch hoffentlich bemerkt, daß er kleiner ist als du? Er hat dir nicht zufällig seine Telefonnummer gegeben, oder?«

»Warum bist du so stinkig?« will Pallas wissen. »Was hat Chip Ralston dir getan?«

Wo soll ich anfangen?

»Was er mir getan hat? Alles. Ich bin total wütend auf ihn. Er macht mir das Leben schwer, weil er mich nicht zurückruft. Sieht man es in einem größeren Zusammenhang, zieht er jede Menge Ruhm, Geld und die Verehrung von Frauen auf sich, die – in einem gerechteren Universum – vielleicht jemandem zufielen, der ihrer würdiger wäre. Ganz generell lohnt es sich nicht, Filmstars zu mögen oder nicht zu mögen – meine Güte, sie sind wie das Wetter –, aber dieser Kerl geht mir allmählich mächtig auf den Keks.«

So ist Chip

Ich bemühe mich, ihr Informationen, Anekdoten, Schmutz, Skandale zu entlocken... alles, was ich für meinen Artikel gebrauchen könnte. Aber Pallas hält sich ausgesprochen bedeckt. Ob sie insgeheim Buddhistin ist, nach dem Prinzip ganz entspannt im Hier und Jetzt? Sie wiederholt permanent, er sei nett, als wäre er ein leuchtendes, wohlriechendes Gas. »Ich habe irgendwo gelesen, daß er eine Ranch in Montana hat«, berichtet sie.

»Hat er dich angemacht?«

Pallas zuckt mit den Schultern. »Ich glaube, na ja, daß er auf mich steht.«

»Hast du dich mit ihm verabredet?«

»Sein Bodyguard hat mir gesagt, ich soll ihn anrufen.« Offenbar war sie von dieser Aufforderung nicht überrascht, aber auch nicht unangenehm berührt.

»Du hast seinen *Bodyguard* angerufen?«

»Nein, sein Bodyguard hat mir gesagt, ich soll Chip anrufen.«

»Also *hast* du seine Telefonnummer?« Zwischen Eifersucht und beruflichem Ehrgeiz hin- und hergerissen.

»Ich hab sie irgendwo zu Hause liegen. Und wer weiß, ob es wirklich seine Nummer ist?«

»Hast du dich nach der Arbeit mit ihm getroffen?« will ich wissen. »Du hast, gib's zu!« Verzweifelt lege ich meinen Kopf auf den Tisch. Pallas streicht mir mütterlich über den Kopf.

»Connor, was willst du von mir?«

Was er von Pallas will

Er will von ihr nicht direkt Sex, obwohl es sicher mit Sex zusammenhängt. Was er von ihr will, gibt es mit ziemlicher Sicherheit überhaupt nicht: nämlich Pallas' platonische Essenz. Genau wie bei den Göttinnen von Leinwand und Laufsteg, liegt auch in der Unerreichbarkeit der Schlüssel ihres Reizes. Sie ist Teil seiner gegenwärtigen, spirituellen Krise, seines perversen Bedürfnisses, sich zu beweisen, daß er Philomenas würdig ist, auch wenn er sich ihrer unwürdig verhält. In nachdenklichen Augenblicken redet er sich ein, er wolle Pallas beweisen, daß die Liebe existiert, daß es neben dem rein auf Käuflichkeit basierenden Modell, dem sie sich verschrieben hat, noch ein anderes gibt; und dann könnte er glauben, trotz seines minimalen Marktwerts von Philomena geliebt zu werden.

Laut Plato gilt die Liebe dem dauernden Besitz des Guten; und doch ist nicht recht zu erkennen, wie sein Verlangen nach Pallas zu etwas anderem als Schwierigkeiten führen kann. In *Das Symposium* definiert Aristophanes uns, die Liebenden, als menschliche Wunden auf der Suche nach Heilung. Connor hat noch nicht ganz herausgefunden, wie er Philomena treu bleiben kann, obwohl er sich nach etwas anderem sehnt. Vielleicht sind weder Brooke mit all ihrer Vernunft noch die großen Sophisten Protagoras und Gorgias in der Lage, dieses Problem zu lösen.

Womit man sich begnügt

»Soll ich tanzen?« fragt sie und streicht dir immer noch über die Haare. Als Antwort schlägst du deinen Kopf auf die Tischplatte. Mehr bringst du momentan nicht zustande. Sie erhebt sich und zieht langsam ihr Kleid über die Schultern nach unten, den wohlausgeprägten Kamm ihrer Schlüsselbeine herunter und den aufsteigenden Hang ihres Brustkorbes hoch, bis schließlich jene Brüste enthüllt werden, die sogar in dieser Ruhmeshalle der Brustdrüsen für mich zu den großen Weltwundern der Moderne gehören, nicht zuletzt weil sie von Mutter Natur und der Schwerkraft geformt wurden. Darunter finden sich keine kleinen Narben. Neben ihrer jetzigen Stellung im Mount Olympus arbeitet Pallas noch als Brustmodell für etliche prominente Schönheitschirurgen. Sobald sie anfängt zu tanzen, werden auf eindrucksvollste Weise mehrere physikalische Gesetze illustriert, die, in deinem gesamten Bekanntenkreis, einzig und allein Brooke namentlich identifizieren könnte.

Die Maulwurfsmenschen

Es gibt Menschen, die unterirdisch leben, in den Röhren und Tunneln der Stadt. Es sind Tausende – ihre Kinder wachsen im Dunkeln auf, ihre kindlichen Augen werden schwächer, ihre Nasen und Nasenhärchen werden länger, sie fürchten sich vor dem hellen, oberirdischen Licht. Das Leben an der Oberfläche wurde zu kompliziert. Kaputte Hauptwasserleitungen ließen unterirdische Oasen entstehen. Vielleicht meint Philomena das mit dem einfachen Leben.

Warum die Japaner so gute Autos herstellen und einander selten umbringen

Unter anderem bewundert man an den Japanern insgesamt, daß sie so selten auf die Idee kommen, *warum* zu fragen. Aber ganz gleich, was du vielleicht einmal geglaubt haben magst, damals in Kioto, in deinem gemütlichen kleinen *uchi*, in deinem wollenen *hakata*, hölzerne *geta* an den Füßen, du bist kein Japaner und wirst auch nie einer sein. Als du ankamst, war der teleologische Konflikt schon vorprogrammiert.

Deine Schwester könnte eine Menge von den Japanern lernen.

Der Autor zu Hause

Als ich mich am folgenden Nachmittag in der Upper West Side aufhielt – nachdem ich in Central Park West eine Schauspielerin interviewt hatte (langweilig, bitte nicht fragen) –, beschloß ich, bei Jeremy vorbeizusehen. (Na gut, ihr geifernden Sabberer, ich gestehe euch einen Spruch zu, der direkt in meine Floskeldatenbank Eingang findet: »Ich betrachte mich nicht als Star. Ich bin einfach nur stolz darauf, Teil einer künstlerischen Gemeinschaft zu sein.«) (SHIFT, *Bloomsbury*).

Jeremy betätigt den Summer und beobachtet mich durch den Schlitz des Treppenhauses, wie ich die fünf Treppen nach oben trotte.

»Typ, eine Treppe hinaufsteigend«, verkündet er, und seine langen, blonden Haare hängen die halbe Strecke bis zum vierten Stock hinunter. Er nickt grimmig, geht vor mir in die Wohnung, wo er sich in seinem makellos ordentlichen, pflanzenbefallenen Wohnzimmer auf die Chaiselongue plumpsen läßt. Ich spüre eine gedrückte Atmosphäre inmitten der reichen Flora.

»Sie müssen der Mann von der Selbstmord-Hotline sein.«

»Nö. Präsident des Jeremy-Green-Fanclubs.«

»Du lügst. Der hat sich aufgelöst, gleich nachdem *In besten Händen* verramscht wurde. Zwei Mitglieder begaben sich in Gruppentherapie, und der andere hat mich im Stich gelassen und ist dem Dennis-Johnson-Fanclub beigetreten.« Jeremy seufzt und windet sich; obwohl man meinen sollte, ein gutaussehender Schriftsteller würde an den jungen Truman Capote erinnern, denkt man bei Jeremy unwillkürlich an jemanden, der von unsichtbaren Inquisitoren auf die Streckbank gebunden und gefoltert wird.

»Sieh dir das an«, fordert er mich auf und hält mir die *Daily News* unter die Nase. Dort, in der Gesellschaftsspalte, findet sich ein Foto des finster dreinblickenden Jeremy und einer strahlenden Philomena auf der Benefizveranstaltung.

»Herzlichen Glückwunsch«, sage ich.

»Das ist mir so was von peinlich.«

»Ist das ein Kommentar zu meiner Freundin?«

»Sie ist Model. Ihr macht es nichts aus, herumzustehen und in die Kamera zu grinsen – das ist schließlich ihr Job. Ich bin *Schriftsteller*, verdammt noch mal.«

»Ein Foto in der Zeitung schadet nicht zwangsläufig deiner künstlerischen Integrität.«

»Ich werde nie wieder eine ernsthafte Rezension bekommen.«

Jeremy ist dermaßen pingelig und hat solche Angst davor, auf Kosten des geschriebenen Wortes für sich zu werben, daß er das Angebot seines Verlages ausgeschlagen hat, anläßlich der Buchveröffentlichung eine Party für ihn zu geben. Einerseits bekundet er seinen Abscheu vor dem feuchten Kuß des populären Geschmacks, andererseits beklagt er sich bitterlich darüber, daß gewisse Autoren, die er für viel unbegabter hält, bekannter sind als er. Nach positiven Rezensionen in der *Sunday Times Book Review* sowie im *New Yorker* (eine kurze) wurden von der gebundenen Ausgabe seiner ersten Geschichtensammlung viereinhalbtausend Exemplare verkauft, keine schlechten Zahlen für eine Sammlung von Kurzgeschichten, die sich in großen Teilen mit Selbstmord beschäftigen; und obwohl er gerne behauptet, in der gesamten Republik gäbe es nur fünftausend ernsthafte Leser von Literatur, habe ich ihn auch abschätzig über den Vertreterstab seines ehemaligen Verlags reden hören. Seine kurz vor der Veröffentlichung stehende Sammlung heißt *Eingemauert*, eine Glosse über Thoreau – mit einer kleinen Verbeugung vor Poes »Das Faß Amontillado« –, in der die Insel Manhattan als dystopisches Spiegelbild des Teichs aus Walden fungiert, ein eiterndes Ökosystem, das seine Bewohner in Verzweiflung und Selbstmord treibt. Ich frage immer wieder nach den Druckfahnen, aber er vertröstet mich auf das fertige Buch.

Er erhebt sich, geht im Zimmer auf und ab und seufzt vielsagend. »Gibt es irgendwelche Ratschläge, die anderen Menschen erteilt werden, wie man morgens aufwacht und wirklich aufstehen *will*? Vielleicht irgendwas, das mir an der Pforte zu dieser Inkarnation entgangen ist? Gibt es eine Belohnung, von der ich nichts weiß, dafür, daß man sich nicht umbringt?«

»Ich glaube, die heißt Sex.«

»Du hast leicht reden. Du lebst mit dem Covergirl zusammen. Ich hingegen krieg nicht mal meinen verfluchten Hund wieder.« Jeremy steckt den Finger in einen der zahlreichen Blumentöpfe, runzelt die Stirn, geht in die Küche. Dabei war Philomena nie auf irgendeinemTitel – hat sich sogar weitgehend aus dem Modelgeschäft zurückgezogen, um Schauspielerin zu werden –, und Jeremy werfen sich permanent Frauen vor die Füße, umklammern seine Fußknöchel, flennen, wenn sie seiner ansichtig werden, betteln um seine Telefonnummer, eine Haarlocke, eine spontane Samenspende. Man stelle sich einen Rockstar mit prima Teint, guten Zähnen und obendrein noch einem verblüffend großen Wortschatz vor. Die meisten Männer würden, liefen sie in Jeremys Epidermis herum, zahlreiche Gründe finden, um glücklich zu sein. Was Jeremys ehemaligen hündischen Begleiter angeht – das ist eine lange, traurige Geschichte. Als Jeremy zurückkommt, hat er eine Gießkanne dabei, mit der er sich dem Ficus widmet.

»Ich dachte, du solltest das Vieh letzte Woche zurückkriegen.«

O weh, Verzeihung. Jeremy kämpft mit den Tränen. Er wendet sich von mir ab und widmet sich intensiv dem durstigen Ficus.

Der Junge und sein Hund

Sean war ein lebhafter irischer Setter, der gern Schuhe kaute und die Schaben anbellte, die in Jeremys Wohnung freie Bahn haben. Sean wurde nach Ableben von Mulligan erstanden, der dreizehn Jahre lang Jeremys treuer Begleiter gewesen war. Nach fast einem Jahr mit Sean befand Jeremy, er habe Mulligans Tod noch nicht überwunden, außerdem sei es nicht richtig, Sean als Ersatz zu behandeln. Des weiteren befand er, es sei ein Verbrechen, einen Hund, zumal einen so munteren und energiegeladenen wie Sean – der auf einem Parkettfußboden einen dreifachen Axel hinlegen konnte – in eine New Yorker Einzimmerwohnung zu sperren. Und so gab er Anzeigen im *Newsday* und im *Bergen County Record* auf, in denen er ein gutes Zuhause für Sean suchte, wobei er sich eine Farm in New Jersey vorstellte, mit sanft gewellten Feldern und Kaninchen zum Jagen. Während er darauf wartete, daß die Angebote hereinschneiten, überlegte er, wo die Umweltverschmutzung wohl schlimmer war, in New Jersey oder auf Long Island. Schließlich, nachdem er alle drei Anrufer befragt und Häuser in Patchogue und Nyack aufgesucht hatte, entschied sich Jeremy für die Jamisons, ein in der Nähe von Flemington, New Jersey, wohnendes kinderloses Ehepaar. Die Jamisons – Bob und Edie – waren damit einverstanden, daß Jeremy sie einmal im Monat besuchen würde.

Als Jeremy auf dem New Jersey Turnpike heimwärts fuhr, wurde ihm klar, daß er einen gigantischen Fehler gemacht hatte. Verzweifelt hielt er auf dem Seitenstreifen, um durchzuatmen und eine Klonopin einzuwerfen. Doch er riß sich am Riemen, versuchte, sich einzureden, daß Sean jetzt besser dran sei, und wartete drei ganze Tage, bis er anrief und die Jamisons bat, den Hörer an Seans Ohr zu halten. Am nächsten Sonntag fuhr er nach Flemington und blieb zwei Stunden, trotz der ursprünglich vereinbarten dreiwöchigen Wartefrist. Als er am Sonntag darauf wiederkam, waren die Jamisons vermutlich der Meinung, daß sie Jeremy häufiger zu sehen bekamen, als ihnen lieb war. Ich kenne nur Jeremys Aussage: daß er nicht schlafen und nicht schreiben konnte, daß ihm Sean fehlte und er ihn zurückhaben wollte. Außerdem fand er, als er bei einem seiner Besuche die auf dem Couchtisch liegende Lektüre durchsah, heraus, daß Mr. Jamison ein Schußwaffenfan und begeisterter Jäger war. Jeremy sagte den Jamisons, er habe seine Meinung geändert, was sie nicht weiter zu beeindrucken schien, Geschäft war schließlich Geschäft. In dem Gefühl, sie richtig einzuschätzen, bot Jeremy Geld. Sie erklärten sich mit fünfhundert Dollar einverstanden und machten dann einen Rückzieher. Er erhöhte sein Angebot auf tausend. Sie versprachen, sich wieder bei ihm zu melden.

Das Ganze hatte vor einem knappen halben Jahr begonnen. Wie die Verhandlungen beweisen – falls man Jeremy glauben kann, und ich möchte an dieser Stelle erwähnen, daß mein bester Freund dem Terminus »Unzuverlässiger Berichterstatter« eine neue Tiefe und ungeahnte Dimensionen verleiht –, handelt es sich bei Mrs. Jamison um eine durchaus geniale Sadistin. Der Ehemann erklärt sich bereit, den Hund herzugeben, überläßt die Einzelheiten aber Frauchen, dem es offenbar große Freude bereitet, andere zu foltern, komplizierte Verhandlungen zu führen, die irgendwie im letzten Moment ergebnislos abgebrochen werden. Nur die vereinten Bemühungen von Jeremys Seelenklempner und seinem Guru haben dazu geführt, daß er sich nichts angetan hat und vielleicht auch bewirkt, daß Mrs. Jamison noch am Leben ist. Doch tatsächlich bringt diese Frau Jeremys Credo der Gewaltlosigkeit ernsthaft in Gefahr.

Sobald die Gießkanne leer ist, geht Jeremy zu seinem Anrufbeantworter, spult das Band zurück und drückt auf WIEDERGABE:

Nachrichten von der Hundemutter

»Hallo, hier spricht Edie Jamison. Ich weiß, daß Sie dasitzen und zuhören, wie Leute in Ihr Gerät reden. Bestimmt hocken Sie jetzt gerade da, mit Ihrer lächerlichen, pompösen Frisur, und hören mir zu. Gibt Ihnen das ein Überlegenheitsgefühl, wenn andere Leute reden, während Sie so tun, als wären Sie nicht zu Hause, wie der Schriftsteller in Ihrer Geschichte? Genau so was macht doch jemand wie Sie, stimmt's? Sie glauben, andere Leute durchschauen Sie nicht, aber da haben Sie sich geschnitten. O ja, und wie man Sie durchschaut. Ich habe Ihr sogenanntes Buch gelesen, verstehen Sie. Was halten eigentlich Ihre armen Eltern von Ihrem Geschreibsel? Was halten sie von diesem Schund? Bestimmt trauen sie sich vor lauter Scham nicht auf die Straße. Wenn ich Ihre Mutter wäre, fände ich es unerträglich, daß ich einen verwöhnten, besserwisserischen und undankbaren Rotzlöffel großgezogen habe, der nicht einmal für seinen Hund sorgen kann, der seinen armen Hund weggibt und sich einbildet, er könne einfach so in das Leben anderer Leute eindringen und ihnen ein bißchen Geld anbieten, damit alles so wird, wie er es haben will. Also, passen Sie mal auf! Mein Mann mag ein leichtes Opfer sein, aber ich bin das nicht. Sie halten sich für was Besseres ...«

Von neuer Wut gepackt, reißt Jeremy den Stecker aus dem Anrufbeantworter.

»Wie hoch«, frage ich, »war dein letztes Angebot?«

»Zwei Riesen.«

»Scheiße, dafür spiel *ich* deinen Hund.«

Jeremys Miene vermittelt überdeutlich die Information, daß er das absolut nicht komisch findet.

Der Buddha der West 69th Street

Jeremy hat einen unbeständigen Humor. Das mag zum Teil daran liegen, daß ihm eigenes Leid ebenso präsent ist, wie meiner Schwester das Leid anderer Leute. Das bißchen Mitgefühl, das er gerade noch aufbringen kann, gilt nicht anderen Menschen, sondern anderen Lebewesen – von Säugetieren bis Insekten –, was ich mir immer wieder in Erinnerung rufe, wenn ich versucht bin, den Arm auszustrecken und die Schaben zu zerdrücken, die so ungestört und zahlreich durch die Wohnung streifen wie früher die Bisons durch den Wilden Westen. Jeremy lehnt es nicht nur ab, sie selbst zu töten, sondern verweigert auch dem vom Eigentümer geschickten Kammerjäger den Zutritt, was dazu geführt hat, daß sämtliche Schaben in diesem Mietshaus – die genau wissen, wo etwas zu holen ist – zu ihm ins oberste Stockwerk gewandert sind.

»Was sagt dein Swami dazu?«

»Swami sagen: ›Is manchmal serr serr schwierig, zu unterscheiden Hund von Mensch. Is auch serr serr kompliziert, dem Menschen die Wege von Hund zu verdeutlichen.‹« Ich fand schon immer verblüffend, wie Jeremy sich so leichthin über seinen Swami lustig machen kann, obwohl er ihn so verehrt und obwohl er sein Leben gemäß den salbungsvollen Anweisungen des Meisters führt. Einmal hat ihn der Swami tatsächlich überredet, für ein halbes Jahr ein Keuschheitsgelübde abzulegen. Vielleicht hat ja auch Philomena den alten Schwindler konsultiert.

Ich kann ihn nicht überreden, mit mir essen zu gehen. Nicht einmal die neue Kombination von Linsen, Kascha und anderem grausigen ballaststoffreichen Fraß im nahe gelegenen vegetarischen Hippie-boîte lockt ihn ins Freie. Als ich die Tür hinter mir zuziehe, liegt Jeremy wieder auf der Chaiselongue wie auf einem Nagelbett.

Die Bedeutung von John Galliano

Zu Hause gibt es seltsamerweise keine Nachricht von Philomena, aber eine von Connors Chefin Jillian Crowe, die über die neuesten Entwicklungen in Sachen Chip Ralston informiert zu werden wünscht. Chip war das, was sich Jillian unter einer Idee vorstellt. Sie hatte ihn, den jungen Mimen, ein paar Wochen zuvor bei den Modenschauen entdeckt, als er sich die Models ansah. Der Bericht kam als nachträgliche Idee während einer Redaktionssitzung zur Sprache, auf der Jillian verkündete, John Galliano könne durchaus der wichtigste Künstler des ausgehenden Jahrhunderts sein. Und zwar auf einer Sitzung der Featureredaktion, nicht der Modeabteilung. Wunderschön tonsurierte Köpfe, Jillians Höflinge, nickende Zustimmung rund um den Sitzungstisch. Im Reich der Mode, wo atemlose Begeisterung mit giftiger Langeweile im Duett singt, hat Jillian das absolute Gehör; sie ist wie eine PR-Agentin auf Junk und kann beim besten Willen nicht begreifen, warum man ihr noch nicht den Posten einer Chefredakteurin von *Vogue* oder *Harper's Bazaar* angetragen hat.

Connor unter den Plutokraten

Es gab eine kurze Zeit, da schien Connor gewußt zu haben, wie er Prinzessin Jillian zufriedenstellen konnte, einen Moment, als er bei ihr ein fast mädchenhaftes Interesse sowohl an ihm selbst als auch an seiner sogenannten Arbeit entdeckte, was darin gipfelte, daß er sie – zwar als kurzfristiger Ersatz für Boaz Mazor, aber immerhin als ihr Begleiter – zum Ball des Costume Institute ins Metropolitan Museum begleitete. Das war die Metropole, wie sie gesehen werden will, nämlich in das schmeichelhafte, aphrodisische Licht der eigenen Wichtigkeit getaucht, eine geniale Oligarchie, die sich aus Reichtum, Macht, Leistung und Schönheit zusammensetzt. Die Atmosphäre fröhlicher, gegenseitiger Wertschätzung erstreckt sich sogar auf Touristen wie Connor, da man gutgelaunt annimmt, ihre Anträge auf Vollmitgliedschaft würden bearbeitet. Er war mit Jillian Crowe da, also war er. Auch wenn er das Ganze zunächst mehr oder weniger als Scherz betrachtet hatte, in dem Bewußtsein ruhend, daß er ein Lakai und eine kurzfristig irregulär eingesprungene, heterosexuelle Eskorte war – gegen Ende des Abends hatte er sich dennoch erstaunlich gut mit seiner neuen Rolle angefreundet.

Beseelt von dem Wunsch zu gefallen, gestärkt von einem halben Dutzend Gläser Champagner, unterhielt er den Tisch mit schillernden Anekdoten über japanische Sexualpraktiken und den unbekannten Hintergründen zu einem kürzlich erschienenen Interview mit einer prominenten Persönlichkeit. Er trug seine Theorie vor, daß es genau zwei Sorten Filmstars gibt, die Solipsisten und die Verführer: der eine spricht nur von sich, da er nicht glaubt, daß außer ihm noch andere existierten; der andere scheint seine eigene Existenz immer noch nicht fassen zu können und muß sie sich von jedem anwesenden Fan permanent bestätigen lassen, wobei er sich wie ein Politiker verhält, in die großen, runden Spiegel unserer Augen schaut und versucht, uns alle gleichzeitig zu verführen. Am Nachbartisch saß Al Pacino, und Jillian fühlte sich stellvertretend für ihn gekränkt, was Connors Ansicht nach albern war, da der ohnehin nicht zuhörte, was irgendein anderer gerade erzählte, weder an seinem eigenen Tisch noch sonstwo.

Connor kann sich nicht vorstellen, daß Jillian seinen Auftritt so zu würdigen wußte, wie er im stillen gehofft hatte. In Wahrheit erinnert er sich nicht mehr genau. Vielleicht – möglich wäre es – hat er zuviel getrunken. Er weiß noch, daß sie zu ihm sagte: »Mein Lieber, wenn ich dir schon den kleinen *Finger* gebe, hack mir doch *bitte* nicht die ganze Hand ab.«

Es folgte Philomenas Reaktion: Sie war außer sich, weil das, was Connor als langweilige, rein geschäftliche Verpflichtung geschildert hatte, für sie verdächtig nach einem Date aussah. Er sei nichts weiter als ein Palasteunuch gewesen, versicherte Connor.

»Warum bittest du Jillian nicht, mit dir zu vögeln«, bekam er eine ganze Weile nachts regelmäßig zu hören. »Das macht sie bestimmt sehr gern – falls sie es nicht schon getan hat.«

Connor hatte den Eindruck, daß er für diese kleine Exkursion schwer hatte büßen müssen, und zwar sowohl zu Hause als auch in der Arbeit. Apropos Arbeit: Vielleicht war der Reiz des Neuen einfach verflogen, was seine Person betraf, und der Reiz des Neuen war im Wertesystem der Zeitschrift so etwas wie eine Kardinaltugend; oder vielleicht hatte Jillian gemerkt, wie zuwider ihm sein Job war. Egal, nach besagtem Abend traten zwischen ihm und Jillian Crowe spürbare Spannungen auf. Er kann sich nicht recht vorstellen, was er tun sollte, um Jillians Wohlwollen zurückzugewinnen, außer Anna Wintour ermorden.

Ein Omen?

Außerdem, neben dem Anruf der Crowe, eine Nachricht von Mrs. Combes, steinalte Vermieterin und Bohemienne aus dem West Village, die früher zur Clique um Edna St. Vincent Millay gehörte: »Hallo? Hallo? Funktioniert das Ding? O weh, ich hasse diese Geräte. Also, falls mich da draußen jemand hört, hier spricht Sharon Combes. Mr. McKnight, ich rufe Ihre Miss Briggs nun schon einige Male unter der Nummer an, die ich von ihr habe, aber sie, äh, hat mich nicht zurückgerufen. Bestimmt ist da irgendein Irrtum passiert, aber die Miete ist seit fast einem Monat überfällig. Heute ist der dreiundzwanzigste. Und sie war immer so pünktlich, normalerweise kriege ich ihren Scheck am letzten Tag des Monats, manchmal am ersten oder zweiten, was ich wirklich zu schätzen weiß, weil es fünf Tage dauert, bis der Scheck gutgeschrieben wird, und ich habe die Heizungsrechnung und die Hypothek und ...«

Du kippst dir ein großes Glas Jack Daniel's ein, um die wüsten Schmetterlinge in deinem Bauch zu ertränken.

Gelb

Jeremy ruft an, ist wütend auf John Cheever. In seinem Tagebuch, von dem ein Teil soeben in der *Paris Review* veröffentlicht wurde, hat Cheever ein paar unfreundliche Dinge über Bitterkeit zu sagen, was Jeremy persönlich nimmt, obwohl die kränkenden Bemerkungen in Wirklichkeit J. D. Salinger gelten.

»Hör dir das an«, schreit Jeremy ins Telefon. »›Seine Prosa ist großartig und vielseitig, aber man hat den Eindruck, es fehlt nicht viel, und er wird verrückt. Ich muß dabei an die Bitterkeit in meinem eigenen Werk denken, an eine Bitterkeit, die keineswegs Kunst ist, sondern das Gegenteil. Daher würde ich gern eine Geschichte schreiben, die nichts als gelb, gelb, gelb, leuchtend gelb ist.‹« Jeremy ist empört. »Wo ist denn diese ganze verfluchte Bitterkeit bei Cheever? Ein Fünkchen Bitterkeit wäre mehr als willkommen.«

Cheever ist über eins von Jeremys Lieblingsgefühlen hergezogen. Letzterer hat die Tendenz, jede Literaturkritik als kaum verschleierten Kommentar zu seiner Arbeit zu verstehen. Salinger ist eins seiner heimlichen Totems, und wenn Cheever ihn attackiert, und sei es auch noch so zurückhaltend, könnte er ebensogut Jeremy Green mit Schmackes in die Eier treten.

»*Gelb, gelb, gelb*«, sagt Jeremy höhnisch. »Was ist er denn – ein verdammter Japs? Also wirklich. Hätte Céline weniger *verbittert* sein sollen? Wäre er dann ein bedeutenderer Künstler gewesen? Und was ist mit Evelyn Waugh?«

»Ausländer«, gebe ich zu bedenken. »Europäer kriegen Zynismus immer besser hin.«

Mailand, Italien, Herbst '95

Betr.: Gelb. Es gibt eine senffarbene, matte, paradoxe melancholische Variante dieser überaus freundlichen Farbe, die man nur in Mailand findet. Connor war einmal mit Philomena da, als die Frühlingskollektionen vorgestellt wurden, um ein Porträt über eine Schauspielerin zu schreiben, die unbedingt vorab einen Blick auf die neuen Versaces werfen mußte. Arbeit. Und Vergnügen. Aber ja. Eines Abends nach etlichen Drinks im Four Seasons hatte Philomena von ihm verlangt, es ihr auf der Stelle zu besorgen, in der Via Gesù, an den Mauern des gelben, stuckverzierten Palazzos. *Na los, besorg's mir*. An die Mauer gelehnt, ihre Zunge in seinem Ohr. Die Straße gerade menschenleer. Bittersüßer Campari auf ihren Lippen. »Mach schon«, sagte sie und leckte sein Ohr. »Tu so, als wär ich eine Nutte. Eine Bordsteinschwalbe.« In der Toilette des Four Seasons war sie zwei russischen Prostituierten begegnet, die frisch aus dem Flugzeug kamen, ihre schicken Klamotten anzogen, sich schminkten und ihre Eindrücke von den Männern in der Bar verglichen. Als sie mit dieser Geschichte an den Tisch zurückkam, fand er das unübersehbar erregend.

Jetzt, auf der Straße, forderte sie ihn damit heraus: »Auf der Stelle, sofort.«

»Hier?« Aber er schob schon ihren Rock hoch, öffnete seinen Hosenschlitz, umfing sie im Zelt seines Kamelhaarmantels, umklammerte ihren kalten Hintern und schrammte seine Knöchel an der rauhen Fassade auf. Ein Paar ging vorbei, hielt sich auf der anderen Seite der schmalen Straße, aber Connor war das mittlerweile egal. Er war nicht da. Er war inzwischen an einem viel schöneren Ort als Mailand.

Mindestens Venedig.

Gotham, Herbst '96

Als ich mit Jeremy essen gehen will, behauptet er, dafür sei er zu entnervt. (Man könnte ihn sogar verbittert nennen.) Verzweifelt biete ich an, mich dem kulinarischen Ballaststoffhorror in der Upper West Side auszusetzen, aber er befaßt sich immer noch mit dem Kurzgeschichten-Titelkampf des Catcherverbandes World Wrestling Federation. Cheever in seinem hautengen Trikot reißt an Jeremys langer, blonder Mähne. Jeremy klatscht Salinger ab, der in den Ring springt und seine Zigarette auf Cheevers Hintern ausdrückt. Hinter den Seilen wartet Updike in einem Hasenkostüm darauf, Cheever abzulösen.

Habe ich erwähnt, daß Jeremy sich immer noch bemüht, mit Cheevers Bisexualität fertig zu werden? Für ihn ist das keine moralische, sondern eine persönliche Frage: Er fragt sich, ob ihm eine zentrale Komponente literarischer Erfahrung versagt bleibt, weil er nicht mit Männern schläft. Nächtelang haben wir dieses Thema analysiert; genau wie das Thema, ob er Heroin probieren sollte. Weil ich das Zeug ein paarmal geschnupft hatte, hält er mich für eine Autorität auf diesem Gebiet. Ich versuchte erst gar nicht, ihn mit der Bemerkung davon abzubringen, das sei gefährlich, denn darin liegt ja der Reiz des Authentischen. Das eigentliche Problem, redete ich ihm ein, bestünde darin, daß es so verdammt angesagt sei – der coole Freizeitstoff der jungen Hollywood-Elite –, wohlwissend, daß ihm das einen kalten Schauer über den Rücken jagen würde.

»Als Verfasser von Literatur«, sage ich, »stünde es dir gut zu Gesicht, öfter mal in die Welt hinauszugehen, damit die Quelle nicht versiegt. Mich beim Abendessen zu begleiten ist ein guter Anfang.«

»Ich bin zu deprimiert, um mich einem Raum wiederkäuender Yuppies auszusetzen. Und ich ertrage es nicht, einen Abend lang über den Tisch hinweg deine Freundin anzuglotzen. Es ist einfach zu niederschmetternd, sie aus der Ferne zu betrachten und sich vorzustellen, daß *du* mit ihr nach Hause gehst.«

»*Pas de* Angst. Sie ist zum Vorsprechen in San Francisco.«

»Bist du wahnsinnig? Weißt du denn nicht, was bei Dreharbeiten abgeht?«

»Sie ist nicht bei Dreharbeiten. Sie spricht nur vor. Oder macht Probeaufnahmen«. Auf einmal wird mir klar, daß der genaue Zweck der Reise nie erwähnt wurde.

»Dann hast du wohl noch nie von der Besetzungscouch gehört.«

»Ich vertraue ihr, klar?«

»Sag später nicht, ich hätte dich nicht gewarnt. Sex ist Medium und Währung dieser Branche. Das verkauft sie schließlich. Mit anderen Worten, Model sein ist auf einer bestimmten Ebene akzeptabel, wenn man eine wunderschöne junge Frau wie Philomena ist und irgendwie in den Job reinrutscht, während man überlegt, was man mit seinem Leben anfangen soll. Aber ein Model, das versucht, Schauspielerin zu werden – das ist doch ein vorsätzliches Klischee. Das ist grob fahrlässig.«

»Ich habe keinen Einfluß darauf, Jeremy. Sie ist volljährig.«

»Außerdem bewegt sie sich meiner Meinung nach gegen den gängigen kulturellen Strom. Models sind der Kulminationspunkt der Konsumgesellschaft. Image pur. Schauspieler müssen reden. Sie müssen Persönlichkeit simulieren. Sie müssen tatsächlich etwas *tun*. Pater hat gesagt, Dichtung strebe danach, den Zustand von Musik zu erreichen. Ich glaube, heutzutage streben Prominente danach, den Zustand von purem Image zu erreichen. Und als Model zu arbeiten ist die reinste Form von Performance, unbelastet von Inhalt.«

»Meiner Ansicht nach«, antwortete ich, »versucht Phil, ein wenig Inhalt in ihr Leben zu bringen. Und tun wir das nicht alle?«

»Komm bloß nicht an und heul mir was vor, wenn sie mit dem Regisseur rumvögelt.«

Und so schaffte es mein bester Freund, mir den Abend zu verderben. Ich lasse ein paar vietnamesische Frühlingsrollen kommen, um in der Nähe des Telefons zu sein, wenn Philomena aus San Francisco anruft. Ein Ort, der, wenn ich es recht bedenke, viel zu pittoresk, neblig und oft besungen ist, als ihm – oder mir – guttut.

Rotes Licht aus dem Altenpflegeheim blinkt durch die Jalousienritzen. Ein Zeichen? Wofür? Irgendwann überprüfe ich den Klingelmechanismus des Telefons, rufe von Philomenas Gerät aus mein eigenes an, um sicherzugehen, daß es funktioniert, und lausche dann dem Freizeichen – ein hohes und einsames Geräusch, das durch die vielen, leeren Räume in meinem Inneren hallt.

Onanistisches Intermezzo

Connor masturbiert, spielt das erotische Erlebnis vom Vortag – ein frischer Eintrag in die Gedächtnisbank – als magische Handlung noch einmal durch, vielleicht um Philomena näher zu sein, sie zurückzulocken. Das ist seine spezielle Form von Treue – daß Philomena bei dieser Tätigkeit seine einzige Muse ist. Es muß wirklich Liebe sein, überlegt er, wenn man sich nach drei Jahren beim Runterholen immer noch und ausschließlich seine Freundin vorstellt. Allerdings war es ihm bisher peinlich gewesen, dem Objekt seiner Begierde diese Information weiterzugeben. Sobald sie wiederkommt, beschließt er, wird er es ihr sagen. Er wird sein Herz öffnen, sein Leben ändern, danach trachten, der Mann für sie zu sein, der er bisher nie war.

Amen.

Draußen

Nichts auf dem Anrufbeantworter, als ich aufwache. Draußen sitzen drei alte Leutchen in Decken gewickelt in ihren Rollstühlen, optimistisch der silbrigen Novembersonne zugewandt. Als ich mich vorsichtig ins Freie wage, um einen Cappuccino und ein Schokocroissant zu mir zu nehmen, damit ich mich besser dem Tag stellen kann, gehe ich um einen riesigen, weißrosa Knochen mit Fleischresten herum, der vor der Bäckerei liegt – augenscheinlich der Oberschenkelknochen eines Mastodons.

An der Ecke, auf grünes Ampellicht wartend, ein flottes Mädel im Rollstuhl; sehr elegant, schwarze Jacke und Rock, die schwarz-goldenen Tigerstreifenhaare unter einer Baskenmütze, Doc-Martens-Stiefel auf der silbrigen Fußstütze. Die erste Liebe dieses Morgens. Verliebe dich mindestens zwölfmal täglich. Aber du, meine Liebe, bist jedenfalls meine erste Liebe auf Rädern...

Auf der anderen Straßenseite stehen zwei Polizisten.

»Matthew Broderick.«

»Den hab ich nicht gesehen.«

»Nein, das war er gerade. Eben gerade.«

»Echt?«

E-mail

Gratuliere, Mister McKnight. *»Sie haben Post!«* Mein Computer spricht mit mir.

An: Schreiberling
Von: Juragirl
Betrifft: Faule Weiße
Lieber Connor,
was ist bloß mit Brooke los? Flippt sie wieder mal aus? Sie reagiert weder auf meine Anrufe noch auf E-mail. Würdest du ihr *bitte* ausrichten, sich ASAP bei mir zu melden? Oder soll ich rüberkommen und Euch beide nach Strich und Faden vertrimmen? Sag ihr, daß ich es dieses Jahr Weihnachten wohl nicht schaffen werde, weil Onkel Errol in Freeport schwer krank ist und ich den alten Sack besuchen muß, solange es noch geht. Muß los. Dein kenntnisreicher, sensibler Artikel über Jude Nelson hat mir sehr gut gefallen.
Deine Dich liebende Schwester,
Corvetta

Sehr erfreulich, daß die hohe Kunst privater Korrespondenz noch nicht tot ist. Habe ich Corvetta erwähnt? Ihre von den Bahamas stammenden Eltern waren Wanderarbeiter und als Pflücker in den Orangenplantagen beschäftigt, bis ihr Vater mit einem Zuckerrohrmesser ihrer Mutter den Bauch aufschlitzte. Und zwar direkt vor Brookes und Corvettas Augen, die gerade vor dem Wohnwagen spielten. An all das erinnere ich mich nicht, aber meine Eltern führen Brookes nahezu pathologisches Einfühlungsvermögen unter anderem auf dieses Ereignis zurück. Corvetta hingegen, die man auf so gewalttätige Art ihrer Mutter beraubte, wurde so robust wie… nun, sagen wir einfach, daß sie Anwältin wurde. Als hätte Brooke in dem Augenblick, als das Messer niederfuhr und in Corvettas Mutter verschwand, alle eigenen psychischen Schutzmechanismen an ihre Freundin weitergegeben.

Brooke hat nie begriffen, warum meine Eltern Corvetta nicht adoptierten. In dem Versuch, sie zu überreden, trat sie ein paar Tage nach dem Mord in ihren ersten Hungerstreik. Corvetta wurde schließlich von Verwandten großgezogen, verbrachte aber die Sommer und die Weihnachtsferien bei uns, und meine Eltern zahlten ihre Ausbildung. Von Brooke heftig unterstützt, machte sie schließlich ihren Juraabschluß in Harvard, wo die beiden ein Zimmer teilten. Sie ist Brookes beste Freundin seit deren drittem Lebensjahr und arbeitet heute als Anwältin für Strafrecht in Oakland; damit hat sie es besser getroffen als ihre Freunde aus dem großen Haus, Brooke und ich, Opfer eines privilegierten Lebens.

Mehr E-mail

An: Schreiberling aol.com
Von: Jenrod inch.com
Betrifft: Ein Fan!

Lieber Connor,

es ist doch in Ordnung, wenn ich Sie Connor nenne, Mr. Schreiberling? Ihre Adresse habe ich aus der Rubrik »Ständige Mitarbeiter« vorne in dem Magazin. Ist Ihnen aufgefallen, daß die meisten guten E-mail-Namen schon besetzt sind? Eigentlich heiße ich Jennifer Rodriguez, ich überlege aber, ob ich den Namen ändere. Danach wollte ich Sie unter anderem fragen. Doch ehe Sie sich fragen, wer ist dieses durchgedrehte Girl und warum schickt sie mir eine E-mail, sollen Sie wissen, daß ich ein RIESENFAN von Ihnen bin! (Was nicht heißt, daß ich dick wäre, ich bin im Gegenteil sehr schlank!) Keine Ahnung, ob Schriftsteller »Fans« haben oder nicht, aber in Ihrem Fall wäre es echt angebracht! Damit meine ich, eigentlich sollte schreiben als Talent gewertet werden, genau wie schauspielern oder singen. Vielleicht könnte ich einen Connor-McKnight-»Fanclub« gründen. Bloß würd ich Sie erst mal lieber für mich allein haben. (War nur 'n Scherz!) Besonders gut gefallen hat mir letzten Monat Ihr Interview mit Jennifer Lopez, und zwar nicht nur, weil wir beide denselben Vornamen haben und beide Latinas sind (jedenfalls zur Hälfte, meine Mom ist irischer Abstammung). Ich hatte wirklich den Eindruck, daß Sie ein sehr einfühlsames Interview geführt haben. Jedenfalls ist es bestimmt echt cool, wenn man so viele interessante Stars und Prominente kennenlernt und sich gründlich mit ihnen beschäftigt. Aus manchen Artikeln erfährt man überhaupt nicht, wie die geschilderte Person wirklich ist, das liest sich wie HYPE, reine Publicity! Aber bei Ihren Artikeln habe ich wirklich das Gefühl, ich lerne die Leute kennen. Dabei sind Sie bestimmt genauso interessant. Nicht nur die Stars haben faszinierende Persönlichkeiten, auch wenn wir nicht alle berühmt sein können! Das »Porträtfoto« von Ihnen vorne im Magazin vom letzten Monat war echt süß, bestimmt könnten Sie selber ein Filmstar sein! Ob Sie's glauben oder nicht, das sagen die Leute auch über mich! Und nicht nur meine Mutter. (Haha!) Vielleicht schicke ich Ihnen einfach mein Foto. Mich hat der »Schauspielervirus« erwischt, als ich auf der Junior High-School die Molly Brown in »Goldgräber-Molly« gespielt habe, und danach habe ich Kurse belegt, und meine Lehrer sagen, ich hätte durchaus Potential. Unter anderem interessiert mich beim Lesen über die Stars, wie sie den großen Durchbruch geschafft haben. Ich warte immer noch auf meinen großen Durchbruch. Offenbar dreht sich alles nur um »wen man kennt« und »Beziehungen« statt um angeborene Begabung. Außerdem weil ich eine Halbdominikanerin bin, wo ich immer dachte, das spricht gegen mich, aber Jennifer Lopez und Daisy Fuentes und sonstwer haben's ja auch gepackt und vielleicht hab ich ja auch eine Chance. Dann ist mir noch aufgefallen, daß eine Tätigkeit als Model ein »Sprungbrett« für eine Schauspielerinnenlaufbahn sein kann, jedenfalls für Rene Russo trifft das zu, obwohl mir einige Zweifel gekommen sind, nachdem ich Cindy Crawford in diesem Film mit Billy Baldwin gesehen habe! (Das war wohl nix meint Jennie Rodriguez.) Vielleicht könnten wir uns mal auf 'nen Kaffee treffen. Ich kann jederzeit nach Manhattan kommen, außer Die und Donn abends, da hab ich meinen Schauspielkurs. Ist Ihnen Don Garrison ein Begriff? Das ist mein Lehrer, er hatte eine Rolle in der Serie »California High-School – Pausenstreß und erste Liebe« und hat in etlichen bedeutenden Theaterproduktionen mitgewirkt. Tja schätze ich hab wohl lange genug von mir gebrabbelt. Wie steht's mit Ihnen? Schicken Sie mir 'ne E-mail! PS Keine Bange, außer mir liest niemand meine E-mail.

Herbst

Gelbes Laub fällt an der Fassade des gegenüberliegenden Gebäudes herab, wie die Botschaften einer Prinzessin aus einem hohen Turm. Der faulige, nach Kotze eines Ginbruders riechende Gestank von Gingkoblättern, auf denen man im Village herumtrampelt. Noch ein Jahr rauscht vorbei.

Demi-Monde

Demi Moore ist wieder auf dem Cover von *Beau Monde*. Aber he, sie haben sich was ganz Neues einfallen lassen: Sie hat was an. Allerdings ist ihr Schädel diesmal nackt, kurz geschoren für einen Film, den sie gerade dreht. Falls jemand von euch frisch aus Kigali gekommen ist: Demi Moore ist eine Person, der man zwölf Millionen Dollar bezahlt, damit sie auf der Leinwand fiktive Charaktere verkörpert. *Beau Monde* ist eine

Hochglanzzeitschrift des ausgehenden zwanzigsten Jahrhunderts, die sich dem Abdruck von Aktfotos besagter Demi Moore verschrieben hat sowie von Artikeln über:

1. Internationale Angelegenheiten
2. Demi: die Frau hinter der Maske
3. La dolce vita
4. Wie es ist, wenn zwei internationale Superstars (Demi und Bruce Willis, ihr bekanntermaßen launischer Göttergatte und ehemaliger Barkeeper) dasselbe Haus bewohnen!
5. Das literarische Leben
6. Wie Demi von Kindesbeinen an wußte, daß sie irgendwann einmal ein Star sein würde
7. Das Geschlechtsleben der Heiligen
8. Demis Körper – was *sie* davon hält
9. Das britische Königshaus und der niedere Adel
10. Sie war noch ein kleines Mädchen, und doch wußte *jeder*, daß sie einmal ein Star sein würde, obwohl sie eine so *schwere Kindheit* hatte
11. Das Leben der Supermodels
12. Wie ihre Mutterschaft für Demi wichtiger als alles andere ist. (CTRL, *Baby*) Na ja, fast alles andere
13. Die Medien
14. Demis Ansichten zu narrativen Modalitäten in *Die Kartause von Parma*
15. Die beau monde
16. Demis Ansichten zu der Aussicht auf einen langfristigen Frieden auf dem Balkan
17. Madonna
18. Demis Körper: Was *wir* davon halten

19. Begeisterte Berichte über Modeschöpfer, die zufällig auch große Anzeigenkunden sind
20. Meta-Demi: Kluge Anmerkungen dazu, wie bisher in *Beau Monde* veröffentlichte Fotos von und Artikel über Demi ihren legendären Ruf modifiziert und vergrößert haben

Wichtiges Geständnis

Dieser Berichterstatter wurde zweimal abgelehnt, als er sich um einen Job bei *Beau Monde* bewarb. Was jedoch seiner Ansicht nach nicht bedeutet, daß seine Kommentare zu diesem Thema übertrieben voreingenommen wären – ihn hat schon so ziemlich jedes Periodikum der Stadt abgelehnt, von *Sassy* bis *Foreign Affairs*.

Persönliche Heimsuchung

Das Gefühl, daß mich Demi Moore verfolgt, läßt sich nur schwer abschütteln. Erst neulich habe ich sie im Mount Olympus gesehen. Früher einmal gab es Schutzengel und Schutzheilige; heutzutage hat man eine prominente Nemesis. Geben Sie es ruhig zu, das geht nicht nur mir so. Bestimmt haben Sie auch eine. Irgendeinen Prominenten, dessen Leistungen, Ruhm, Wohlstand und Wahl der Bettpartner Sie zutiefst persönlich beleidigen, der Sie dazu bringt, Ihr Exemplar der Zeitschrift *People* wutentbrannt quer durchs Zimmer zu schleudern. »Im Grunde halte ich mich für einen ganz normalen Menschen, der zufällig seine Brötchen mit schauspielern/singen/sich fotografieren lassen verdient.« (ALT, *normal*)

Und wo zum Teufel steckt eigentlich der jugendliche Filmstar Chip Ralston, verflucht noch mal? Seine verdammte PR-Agentin Judith Viertel ruft mich einfach nicht zurück. Ich habe es sogar geschafft, die Geheimnummer von Chips Strandhaus in Malibu herauszukriegen, höre aber immer nur eine bösartige Frauenstimme, die einem durch Mark und Bein geht. »Im Moment ist niemand da, um Ihren Anruf entgegenzunehmen, hinterlassen Sie bitte eine Nachricht, und man wird Sie sehr bald zurückrufen. Einen schönen Tag noch.« Aus irgendeinem Grund bilde ich mir ein, daß es sich um die Stimme meiner neuen E-mail-Freundin handelt.

Verdächtige Informationen

Connor ruft in der Modellagentur seiner Freundin an, um sich den Namen ihres Hotels in San Francisco geben zu lassen.

»San Francisco?« wiederholt die für die Buchungen zuständige Person. »Was ist in San Francisco? Ich habe für Philomena keine Buchung in San Francisco. Genauer gesagt habe ich überhaupt keine Buchungen. Sie hat sich abgemeldet. Mir hat sie erzählt, sie nimmt sich diese Woche frei.«

Connor verspürt einen schmerzhaften äußeren Druck auf beiden Seiten seines Schädels, über und hinter den Ohren, als wüchsen ihm Hörner.

Neutrale Informationen, d. h. nackte Fakten

Philomena Briggs, geboren am 13. Juli 1971 in Oklahoma City, Oklahoma. Größe: 1,77 Meter. Haarfarbe: kastanienbraun. Konfektion: 36. Schuhgröße: 39. Maße: 86-61-86.

Interpretation

Obige Daten stammen von ihrer Setcard, die von Phils Modellagentur verbreitete, mit Fotos illustrierte Visitenkarte, und sind keineswegs nackt, sondern komplett verkleidet. In Wirklichkeit wurde sie 1969 geboren. Der Geburtsort ist so klein, daß man ihn auf keiner Karte findet. Die Maße sind offensichtlich suspekt. Und als ich ihr das letztemal ein Kleid kaufte, mußte ich die 36 zu Barney's zurückbringen und eine Größe 38 holen. »Die Verkäuferin hat gesagt, daß es klein ausfällt«, erklärte ich ihr, während sie es anprobierte, weil ich wußte, daß sie mich tagelang nicht ranlassen würde, wenn sie mit ihrem Aussehen unzufrieden war. Von der Gefahr für die in der Nähe stehenden Keramik- und Glasgegenstände ganz zu schweigen.

Wie ich meinen Job bekommen habe

Im Büro kursiert der Witz, Jillian Crowe, unsere geliebte Chefredakteuse, habe mir die Prominentenecke bei *Ciao-Bella!* angeboten, als sie hörte, ich lebte mit einem Model namens Phil zusammen. Außerdem sprach der Anzug für mich, den ich bei meinem Vorstellungsgespräch trug, ein echter, grauer Flanellanzug von Brooks Brothers, ich habe ihn von meinem Dad geerbt; Jillian glaubte, ich sei trendy genug, um die Rückkehr des Einreihers vorwegzunehmen. Mittlerweile hat sie ihre Irrtümer entdeckt und bemerkt, daß es mir an Promigeilheit mangelt. Außerdem habe ich mich in der gesamten Redaktion unbeliebt gemacht, als ich mich weigerte, das Seventies-Revival zu unterstützen; mein Einwand war, es sei schlimm genug, daß sich viele von uns jedesmal Fotos von sich in diesen Klamotten, diesen Schuhen, mit diesen Frisuren ansehen müssen, wenn sie alte Familienalben durchblättern, und zwar ihr Leben lang. Aus ganz anderen Gründen fürchte ich mich vor dem unweigerlich bevorstehenden Achtziger-Jahre-Revival. Wulstschultrige Ritter in glanzlosen Armanis.

Daß ich nicht ein einziges Kleidungsstück mit Prada- oder Gucci-Logo besitze, ist in der Redaktion eine Quelle kollektiven Schamgefühls. Auf meinem Schreibtisch finde ich regelmäßig Hinweise auf Musterverkäufe mit der Notiz »Zur Kenntnisnahme«.

Mein Vertrag läuft am Jahresende aus, also in knapp sechs Wochen. Niemand hat mich wegen einer Verlängerung angesprochen. Mein Arbeitsbereich auf der »Redaktionsetage« wurde langsam, aber sicher von Abstellflächen umzingelt; da ich meine Artikel per Modem aus meiner Wohnung in die Redaktion faxe, befinde ich mich in Sachen virtuelles Büro an der Spitze des Fortschritts. Wenn ich mal wieder persönlich in den Büroräumen auftauche, hat man erneut die Trennwand um meinen Arbeitsbereich verschoben – inzwischen ist nur noch Platz für meinen Schreibtisch und einen Stuhl. Vielleicht sollte ich die Titelgeschichte dieses Monats lesen, »Die neun Geheimnisse des Bürolebens«. Nehmen wir die Nummer 2: »Seien Sie keine Einzelgängerin; der Arbeitsplatz ist kein Ort für markigen Individualismus, Freundin!«

Unser Büro ist eine wahre Brutstätte weiblicher Hormone. Der elegante Harrison James, die einzige männliche Vollzeitkraft der Redaktion, stellt sich im Büro häufig als Anprobemodell für Fotos zur Verfügung. Ich, der Heteromann, gelte als großstädtisches Pendant des Dorftrottels – harmlos, aber für alle peinlich. Mein einziges institutionelles Prestige verdanke ich meiner Beziehung zu Phil, die mehrfach sowohl Anzeigen als auch redaktionelle Seiten des Blattes geziert hat.

Auftritt Phil

Ich lernte sie in Tokio kennen, in der Ginza-U-Bahn-Linie zwischen Akasaka-Mitsuke und Shimbashi. Über sechs Jahre lang hatte ich in Japan etwas gesucht. Vielleicht war es ja eine junge Frau aus dem Südwesten der USA gewesen.

Als ich eines wichtigen Morgens in Kioto aufwachte, fühlte ich mich wie ein Fremder auf diesem Planeten, so eigenartig und sinnlos erschien mir der bisherige Verlauf meines Lebens. Nachdem ich den Glauben verloren hatte, der mir als Rechtfertigung für meine obskure Beschäftigung mit der japanischen Literatur gedient hatte, widmete ich mich dem angeblich so simplen Zen-Buddhismus. Und dann, nach sieben Monaten langem Zazen in einem Kamakurakloster, zu beschließen, daß ich auch nicht bereit war, die Welt des Überflusses und des schönen Scheins hinter mir zu lassen. Es erschien mir wie eine Rechtfertigung dieses Entschlusses, daß ich keine zwei Monate, nachdem ich mein Mönchsgewand an den Nagel gehängt hatte, Philomena fand. Wenn schon nicht *satori*, so war es doch eine Art Erleuchtung.

Natürlich konnte ich sie nicht übersehen, die einzige andere Gaijin in dem U-Bahn-Abteil, einen Kopf größer als die einheimische Bevölkerung, das schwarze Modelbuch schützend vor den Oberkörper gepreßt. In diesem Umfeld verkörperte sie in meinen Augen eine bestimmte amerikanische Schönheit, deren Aussehen ich fast vergessen hatte, und zum erstenmal seit vielen Monaten verspürte ich Heimweh und mußte mich sehr zusammenreißen, um sie nicht anzuglotzen. So schön sie war, glaubte ich doch, mehr zu sehen als jeder andere – eine geheime Facette ihrer Schönheit, die nur mich ansprach. Und mich beschlich Trauer bei der Vorstellung, daß sie bald für immer aus meinem Blickfeld verschwinden würde. »Wenn man bedenkt, was man weiß«, sagte der Klumpfuß Kashiwagi in Mishimas *Der Tempelbrand*, »ist Schönheit nie ein Trost.« In diesem Moment kam ich mir vor wie der Krüppel, der den goldenen Tempel betrachtet. Peinlich berührt wollte ich gerade wegschauen, als sie plötzlich meinem gebannten Blick begegnete.

»Verzeihen Sie. Wissen Sie, welche Haltestelle Ginza ist?«

Ich ließ mir Zeit und meine Augen über eine ganze, bedeutungslose Zeile auf der Seite meiner *Cinema Nippon* wandern, ehe ich aufschaute. Am liebsten hätte ich gefragt: »Woher wissen Sie, daß ich Englisch kann?« Nach den vielen Jahren in Japan bildete ich mir blöderweise ein, ich würde nicht weiter auffallen. Und ich war immer noch sauer auf sie, weil sie so aussah. Aber ihr Gesichtsausdruck traf mich ins Mark, eine Mischung aus typisch amerikanischer Naivität und dem Argwohn einer schönen Frau.

Angriff des anderthalb Meter großen Japanmannes

Sobald ich irgendwie meine Stimme wiederfand, antwortete ich, Ginza sei der nächste Halt. Als sie sich abwandte, war ich unfähig, meinen Vorteil zu nutzen, befand mich also, von Scheu und Schüchternheit übermannt, vierzig Sekunden in Gefahr, sie für immer zu verlieren, da kam mir ein merkwürdiger Held zu Hilfe. Während ich verstohlen auf die Stelle linste, wo ihre Oberschenkel im Rock verschwanden, bemerkte ich, wie sich eine Hand näherte und sie in den Hintern kniff. Sie kreischte auf, und ich trat schützend näher. »*Anata no kobun shiteru*«, sagte ich zu dem Mann, der mich verdutzt anblickte – ein sprechender Gaijin. Ich nahm sie beim Arm und brachte sie in eine symbolisch sichere Entfernung.

»Was haben Sie zu ihm gesagt?« wollte sie wissen, als wir schließlich in dem Café nahe des U-Bahnhofs saßen.

»Ich hab gesagt, ich kenne seinen Chef«, antwortete ich. »Was, transkulturell betrachtet, etwa das gleiche bedeutet, wie einem amerikanischen Lüstling zu sagen, man kenne seine Frau. In dieser Weltgegend zählt der Tadel der eigenen Frau nicht sehr viel.«

Eine Okie im Ausland

Die aus einem kleinen Ort in Oklahoma geflohene Philomena war in Japan, um ihre Modelfotomappe und ihr Sparkonto zu füllen. Sie war seit zwei Monaten dort und teilte sich mit drei anderen jungen Frauen eine Wohnung. Sie kam aus äußerst bescheidenen Verhältnissen. Ich selbst war ein ziemlicher Waschlappen und bewunderte ihren Mut. Sie war eine der Frauen, die sich in einer Schlange vordrängen können, ohne daß jemand sauer wird. *Hallo, Sie haben doch nichts dagegen, danke sehr. Siehst du, ich hab dir doch gesagt, daß er uns vorläßt.* Kaum ein Mann hätte etwas dagegen einzuwenden, daß sich Phil vor ihn drängte. Bei ihrem Aussehen hatte man das Gefühl, von ihr persönlich berührt zu werden, und sie war sich dieser Macht durchaus bewußt. Sie hatte gelernt, das zu benutzen, was ihr gegeben war.

Das erste Mal

Nachdem ich Philomenas Nachteile als Sexualpartnerin – oder besser gesagt: als erwünschte Sexualpartnerin – bereits skizziert habe, sollte ich sie ehren, wo ihr Ehre gebührt: Nach dem ersten Abend, als sie mich nach Hause begleitete, hielt ich alles, was ich bisher für Sex gehalten hatte, nur noch für einen schwachen Abklatsch der platonischen Variante von Ficken, die ich unter Philomenas Aufsicht erlebte. Es fing so schauderhaft an, jedenfalls dachte ich das; wir hockten auf dem Boden meiner kalten Wohnung, tranken Tee, und sie erzählte mir von ihren ehemaligen Freunden, einschließlich dem, den sie sich mit einer Freundin »geteilt« hatte.

»Ich sah immer einen Typ im Fitneßstudio«, sagte sie, »und der war echt scharf. Wir haben uns irgendwie taxiert. Aber kein Wort miteinander gesprochen. Eines Tages gingen wir gleichzeitig. Und ohne ein Wort folgte er mir einfach nach Hause, warf mich aufs Bett. Das passierte ein paarmal. Als ich dann eines Tages mit meiner Freundin Cindy essen war und ihr von diesem Typ erzählte... saß er plötzlich in dem Restaurant und sah mich an. Als ich aufstand, um aufs Klo zu gehen, kam er einfach hinterher. Ging mir nach in die Toilettenkabine und machte die Tür hinter uns zu. Das Tolle dabei war, daß es einfach bloß um Sex ging und um sonst gar nichts.«

Ich wollte, daß sie schwieg, doch es war schon zu spät, so als müßte ich mit ansehen, wie ein Auto langsam über eine Klippe fuhr; ich war machtlos, konnte mich weder abwenden noch eingreifen.

»Das war zu gut, ich durfte es nicht für mich behalten«, fuhr sie fort. »Ich sagte, er solle warten. Und dann ging ich zurück zum Tisch und sagte zu Cindy, sie solle auf die Toilette gehen. Es war, als würde man seiner besten Freundin von einem tollen Musterverkauf erzählen.«

Ob diese Geschichte nun stimmte oder nicht, sie hatte mich so mitgenommen, daß Philomena unberührt aus meinem Leben verschwunden wäre, hätte sie nicht an diesem Abend den diem gecarped. Doch mittlerweile war mir klargeworden, daß sie genau wußte, was sie tat. Sie hatte mich erst in die Verzweiflung getrieben, um mich dann wieder aufzurichten – zu ihren Bedingungen. Als wir schließlich unter die Decken des Futons krabbelten, keusch in unserer Unterwäsche, war ich ein bibberndes Wrack. Eine Minute, vielleicht fünf Minuten lagen wir nebeneinander im Dunkeln. Als sie die Hand ausstreckte und mich gleich unterm Ohr an der Wange berührte, erstarrte ich; als sie meinen Oberschenkel berührte, mußte ich ein Schluchzen unterdrücken. Ich war sauer über diese Geschichte, wütend darüber, daß sie je mit einem anderen Mann gevögelt und es mir auch noch unter die Nase gerieben hatte. Aber lange hielt ich das nicht durch, und das wußte sie. Als sie mein Ohrläppchen mit ihrer Zungenspitze berührte, fing ich an zu zittern.

Endlich stürzte ich mich auf sie, doch sie trat scheinbar den

Rückzug an, entzog sich mir, als ob sie jedes Interesse verloren hätte. Verrückt vor Begierde, griff ich wieder an, und nach einer vorgetäuschten Kapitulation übernahm sie erneut das Kommando, legte sich auf mich und begann mich mit rhythmischen und dosierten Freuden zu quälen, wurde langsamer, hielt in dem Augenblick inne, in dem ich schneller wurde, entzog sich in genau dem Moment, als es schien, daß mich der Bruchteil eines einzigen Atemzugs aus den Fesseln der köstlichen Fäden befreien würde, in die sie mich gewickelt hatte.

Als es schließlich vorbei war, hätte ich vor Erleichterung und Dankbarkeit heulen können.

Sie strich mir übers Haar. »Ist es nicht traurig, daß es immer irgendwann zu Ende ist?«

»Das Ende«, antwortete ich, »war das beste.«

Im Halbdunkel des Morgengrauens sah ich sie den Kopf schütteln. »Nein«, widersprach sie. »Am besten ist es immer zwischen der Mitte und dem Ende, aber wo genau, wissen wir erst, wenn es vorbei ist.«

Viel später fragte ich sie, warum sie mir diese schauderhafte Geschichte erzählt hatte.

»Es hat doch funktioniert, oder?«

»Stimmt sie denn?«

Als Antwort griff sie nach unten und legte ihre Hand auf meinen Schwanz.

Was sie in Connor sah

Vielleicht beeindruckte sie sein Wissen, daß er diese schwierige Sprache beherrschte. Vor diesem Fremder-in-einem-fremden-Land-Hintergrund gab Connor eine recht eindrucksvolle Figur ab, konnte U-Bahn-Kneifer abwehren,

Gerichte direkt von der Karte bestellen – ohne sich auf die Plastikmodelle im Fenster zu beziehen –, zählen, nach dem Weg fragen und wenn nötig Beleidigungen rufen (letzteres war gar nicht so leicht, denn so überladen das Japanische mit Höflichkeitsfloskeln ist, so wenig Beschimpfungen und Flüche kennt diese Sprache). Mit anderen Worten, er bezweifelt, daß sie sich in den Staaten jemals mit ihm eingelassen hätte. Sein vorausgegangenes Liebesleben war nicht so spektakulär, daß es im Herzen seiner Mitmenschen Neid hervorgerufen hätte, und sein Erfolg in Japan war weitgehend auf seinen Exotenstatus zurückzuführen: Zukünftige Hausfrauen leisten sich ein Techtelmechtel mit einem Gaijin. Doch verglichen mit anderen Philomena bekannten Männern war Connor praktisch ein Heiliger, und sei es auch nur wegen seiner relativ netten Art. Ihr Vater hatte sich aus dem Staub gemacht, als sie drei war, und von den zahlreichen Freunden ihrer Mutter erzählte sie nur, daß einige weniger brutal waren als andere; mehr, so antwortete sie immer auf seine Fragen, willst du gar nicht wissen. Da gibt es ein Zimmer, das er nicht betreten darf, und er hat immer Angst, die Tür aufzubrechen. Doch mitten in der Nacht weckt sie ihn manchmal und fleht ihren Stiefvater Duane an, er solle aufhören… immer ohne Erfolg. Sie leben mit Duane zusammen; er liegt bei ihnen im Bett, was Connor ihr aber nie verraten hat.

Nachdem sie mit siebzehn aus dem Haus ihrer Mutter geflohen war, hatte sie Oklahoma ganz verlassen, als ihr amphetaminsüchtiger Freund andeutete, er sei bereit, sie mit zahlenden Kunden zu teilen. Ihr nächster Freund, ein Fotograf, der half, ihre Fotomappe zusammenzustellen, als sie nach New York kam, hatte vergessen, ihr zu erzählen, daß er verheiratet war.

Sogar als sie von einer gemeinsamen Zukunft sprach, sogar

als sie gemeinsam nach New York zogen, um ihre hochfliegenden Träume zu verfolgen, blieb sie skeptisch, was Connors Absichten anging. Sie konnte sich nur schwer vorstellen, daß Connor sich von seinen Geschlechtsgenossen unterschied. Obwohl sie bereit war, sich mit ihm zusammenzutun, blieb sie auf das Schlimmste gefaßt. Ihr Fatalismus verstärkte seine Sehnsucht nur noch mehr. Sie glücklich zu machen wurde seine Passion. Doch je mehr er ihr zu verdeutlichen suchte, daß er sich wirklich von ihren ehemaligen Bekannten unterschied, desto mehr Sorgen machte er sich, daß der Unterschied vielleicht nicht groß genug war.

Während er bemüht war, sich ihrer würdig zu erweisen, kam er nicht auf den Gedanken, daß *sie* in erster Linie unter Selbstzweifeln litt.

Modelpsychologie

Sie hatte erst einen Schönheitswettbewerb gewinnen müssen, um aus Oklahoma herauszukommen. Hatten ihr nicht immer schon alle erzählt, sie hätte das Zeug zum Model? Hatte ihr Duane nicht beigebracht, daß Sex eine Währung war? Ihre ganze Unsicherheit, die sie vermeintlich durch Ausbeutung ihrer lästigen, gottgegebenen Schönheit hatte überwinden wollen, wurde umgehend von einem Berufsstand noch verschlimmert, der sie einzig und allein nach diesem Aussehen beurteilte; denn für jeden Kunden, der sie buchte, hatten Dutzende andere etwas an ihr auszusetzen, verglichen mit irgendwelchen anderen jungen Frauen, und deckten sie mit einem nie versiegenden Strom von Ablehnungen ein. (*Doch wie sah dein ursprüngliches Gesicht aus*, lautet das berühmte koan von Huineng, *bevor du geboren wurdest?*)

Und jetzt – Schauspielerei. O Gott.

In seiner privilegierten Rolle als Freund nimmt Connor Philomena von seiner kategorischen Skepsis gegenüber ihren Kolleginnen aus, die er gelegentlich interviewen muß. (»Eigentlich esse ich so ziemlich alles, was mir schmeckt. Wenn Sie so wollen, bin ich ein echter Junk-Food-Junkie. Big Macs, Kartoffelchips. Ich schlage mir einfach ständig den Bauch voll, nehme aber komischerweise nicht ein Pfund zu.«) (CTRL, *platzt vor Neid, ihr fetten Weiber.* Oder: »Als Kind war ich ein richtig häßliches Entlein! – ALT, *Ente.*)

Bürostunden

In der Wohnung fällt mir die Decke auf den Kopf, daher suche ich die in Midtown-Manhattan gelegenen Büroräume von *CiaoBella!* auf. Beim Empfang liegt eine Nachricht für mich. »Sie haben eine E-mail von ›Einem Fan‹.« Kurz nachdem ich in meiner kleinen Arbeitskabine Platz genommen habe, dringt Tina Christian in selbige ein, unsere Ratgebertante, die für einsame Herzen zuständig ist. Tina ist ständig in Bewegung, ein Derwisch aus wirbelnden Extremitäten und federnden blonden Haaren.

»Die große Neuheit hier im Büro ist das weiße T-Shirt«, sagt sie und hievt ihren mageren Hintern auf meine Schreibtischkante. »Sozusagen ein bedeutender Trend, das weiße T. Kate und Christy tragen welche, genau wie die Mädels im Büro, falls du es noch nicht bemerkt haben solltest. Wir geben ein Essen, genauer gesagt: Armani schmeißt morgen abend eine Party in seiner neuen Boutique zur Feier dieses Trends. *Die neue Schlichtheit.* Das T-Shirt. In Weiß. Damit verdienen wir unseren Lebensunterhalt.«

Ich muß an Philomena in einem weißen T-Shirt denken und seufze.

Tina wedelt mit einem Foto vor meinem Gesicht herum. »Also, *den* würde ich gern in einem weißen T sehen. Oder am besten in gar keinem T. Schlichter geht's nimmer. Den Autor… im Adamskostüm.« Bei genauerer Betrachtung entpuppt sich das Bild als Jeremys PR-Foto. »Aus gewöhnlich gutunterrichteten Kreisen verlautet«, fährt sie fort, »daß du mit dieser byronesken Gestalt bekannt bist. Ich war natürlich total ungläubig und habe gelästert. ›Connor?‹ sagte ich. Aber, hey, ich lasse mich nur zu gern überzeugen. Falls du, sagen wir mal, seine Privatnummer hättest, würde das beweisen, daß du ihn wirklich kennst, vorausgesetzt, ich rufe an, um das zu verifizieren, und treffe mich eventuell auf einen Drink mit ihm, um sicherzugehen, daß er kein Double oder Schwindler ist, mit dessen Hilfe du leichtgläubige Kolleginnen beeindrucken willst.«

»Stellen wir ihn im Blatt vor?« fragte ich.

Sie hält den Kopf schräg, scheint nachzudenken und biegt eine Büroklammer gerade, die sie von meinem Schreibtisch genommen hat. »Wohl zu deprimierend für junge, muntere, ehrgeizige, zwanzig- bis dreißigjährige Leserinnen und Mitglieder der Spaßgeneration. Hat mir jedenfalls Bonnie gesagt. Allerdings könnte ich mir *eventuell* einen Artikel vorstellen – mit Fotos. Wieso ist der Mann eigentlich so verdammt depri? Also wirklich, schließlich sieht er aus wie ein Model von Ralph Lauren mit einem funktionstüchtigen Hirn. Aber das geht in Ordnung, ich hab nix gegen Depressionen, ich wachse mit einer Aufgabe, ich weiß, daß ich ihn aufheitern könnte. Hab ich dir mal erzählt, daß ich Cheerleader auf der Horace-Greeley-High-School war? Gott, ich bin dermaßen verkatert, daß es nicht mal mehr komisch ist. Warst du gestern abend bei der Versace-Geschichte... und wenn ja, war ich vielleicht auch da? Hast du vielleicht ein paar Advil für mich?«

Ich gebe ihr das Pillenfläschchen, das zufällig in meiner obersten Schublade liegt.

»Also«, fährt sie fort, nachdem sie eine Handvoll geschluckt hat, »machst du mich mit ihm bekannt, oder was? Ich könnte seine Manuskripte lesen, ihm sein Prozac aus der Apotheke holen und ihm nachts die Pantoffeln bringen.«

»Pantoffeln bringen ist ein heikles Thema bei Jeremy.«

»Das soll wohl heißen, ich bin nicht intellektuell genug? Hör mal, ich lese bei Smith die Klassiker. Ich besitze sämtliche Werke von Sylvia Plath. Ich weiß, was Symbolismus ist und was Ironie bedeutet. Ironie: eine Kummerkastentante, deren Leben in die Brüche gegangen ist.«

»Ich dachte, du wärst mit Kevin Shipley zusammen?«

»Kevin ist so ein Dödel. Kann allerdings manchmal nützlich sein. Na ja, er ist der einzige Typ, mit dem ich je zusammen war, der so klein ist, daß er sich *langmachen* muß, wenn er mich lecken will. Und das ist gut so, denn *Schreib*blockade ist noch sein kleinstes Problem. Ich weiß auch nicht, ich bin einfach noch nicht dazu gekommen, ihn in die Wüste zu schicken.«

»Leg ein gutes Wort für Jeremy ein, bevor du den Kerl in die Wüste schickst.« Kevin ist bekanntlich der Buchkritiker für *Beau Monde*.

»*Falls* ich ein gutes Wort für Jeremy einlege, haut Kevin ihn unter Garantie in die Pfanne. Der arme Tom Beller. Mit dem hab ich irgendwann mal auf 'ner Party geflirtet. Ich hab gar nicht dran gedacht, daß Kevin in derselben Woche sein Buch rezensieren sollte. O Mann, eine brutale und absolut unnötige Hinrichtung... weißt du, wenn jemand noch keine *achtzig* ist und ein Buch geschrieben hat, spricht das in Kevins Augen gegen ihn.«

Sie macht einen langen Hals, um die Korrespondenz auf meinem Schreibtisch zu beäugen, und macht eine wegwerfende Handbewegung. »Einen neuen Typ suchen, ein ätzender Alptraum. Die Aussicht ist so deprimierend, daß ich fast bereit bin, bei Kevin zu bleiben. Ich mach einfach die Beine breit und stell mir vor, er wär Tom Cruise.« Sie seufzt. »Was *wollen* Männer eigentlich? Darauf brauchst du nicht zu antworten. Schließlich bin ich ja auch keine Klosterschülerin. Außerdem ist bekannt, daß ich einen spitzenmäßigen Blowjob mache. Es ist ja nicht so, daß *wir* nicht sexuell interessiert wären.«

Als sie auf meinem Schreibtisch nichts Bemerkenswertes entdeckt, steht sie auf und wirft die Haare zurück. »Wie isses, hilfst du mir nun, oder was?«

»Jeremy ist, sagen wir mal, schwierig.«

»Ich will bloß wissen, ob er hetero ist. Dann laß ich es drauf ankommen.« Plötzlich springt sie auf meinen Schoß. »Bitte, bitte.« Sie drückt ihre Lippen auf mein Ohr. »Wenn du schon nicht mit mir schlafen willst, kannst du mir wenigstens diesen Gefallen tun.«

»Ich seh mal, was sich machen läßt.«

Sie küßt mich auf den Mund. »Ich werde unseren Erstgeborenen Connor nennen.« Während sie sich mit schlenkernden Armen entfernt, fragt sie: »Wie geht's Phil?«

Zum Glück wartet sie die Antwort nicht ab. Später entdecke ich, daß sie eine Seite ihrer letzten Kolumne zurückgelassen hat:

Fragen Sie Tina C

Liebe Frustrierte: Klar, du bist mit deinem Freund aneinandergeraten. Das gehört nun mal zu einer BEZIEHUNG. Diese verqueren Gespräche, die ein Viertel gesprochenes Wort, ein Viertel Geheimcode, ein Viertel Gedankenlesen und ein Viertel MÄNNLICHE DUMMHEIT sind, und ehe man sich's versieht, lebt man in einer Art privatem Bosnien. Hier ein Rezept, wie du ihn garantiert zur Kapitulation bringst: Gib die schlichte Bluse deinem Schwesterlein,und sieh dir mal die Flirthemden mit dem Tiermuster an, du findest sie in der »MUSS ICH HABEN«-Spalte dieses Heftes ...

Tokio, Herbst 1993

Nach der ersten Nacht zog sie in mein winziges Apartment nach Roppongi. Wir schliefen auf einem Einzelfuton, den wir jeden Abend auf den Tatamifußboden legten und jeden Morgen wieder zusammenrollten. Wenn Philomena irgendwelche Besuche machte, übte ich Kalligraphie und machte Notizen für mein Buch über Kurosawa. Ich war schon lange vom japanischen Kino angetan gewesen und beschäftigte mich, seit ich das Kloster verlassen hatte, intensiv mit dem Film, der mir in seiner Unmittelbarkeit zengemäßer erschien als Literatur. Außerdem gab ich Englischunterricht, schrieb Filmkritiken für die *Japan Times* und das *Tokyo Business Journal* und nahm zweimal die Woche den Zug nach Shinjuki, um mit japanischen Geschäftsleuten englische Verben zu konjugieren: *Ich werfe / Du wirfst / Er wirft / Wir alle werfen Fertigerzeugnisse zu Dumpingpreisen auf den amerikanischen Markt, um einen größeren Marktanteil zu erringen.*

Als wir uns einmal liebten, fing unter uns der Tatami an zu beben; in der Küche klirrten Töpfe und Geschirr, während im Wohnzimmer ein Bücherregal umkippte und nur knapp den Futon verfehlte.

»Verdammt, du bist *wirklich* gut«, sagte Philomena, sobald die letzte Erschütterung abgeklungen war.

An freien Abenden durchstöberte ich den Markt nach scharf eingelegten Gemüsen, anthropomorphen Ingwerwurzeln, dicken, mit Talkum gepuderten Beuteln voller Rundkornreis, glupschäugigen Fischen und mageren Hühnern mit Füßen dran. Ich stellte den automatischen Reiskocher an, wenn ich Philomenas Schlüssel in der Tür hörte. Wir liebten uns, sobald sie nach Hause kam, und gelegentlich noch mal, nachdem wir den Futon ausgerollt hatten. (Bis heute, möchte ich hinzufügen, war, Philomena zu vögeln das größte Privileg meines ereignislosen Lebens.) Zwischen den Liebesspielen nahmen wir unsere Plastikwaschkörbe unter die Arme und begaben uns die Straße runter zum *sento*, dem öffentlichen Bad, küßten uns zum Abschied vor der dampfenden Tür, wo sie in die Frauen- und ich in die Männerabteilung ging, nachdem wir unsere zweihundert Yen einem uralten Weib gegeben hatten, deren Kabine genau auf der Grenze beider Welten stand. (Ach ja, das öffentliche Bad, nur dort glotzten sie mir nicht ins *Gesicht.*)

Nach sechs Jahren war ich ziemlich abgestumpft, aber Philomena war neu in Japan, und ihre Neugier und Begeisterung gaben meinem eigenen Staunen einen frischen Schub. Besonders begeisterten sie die vielen Umkehrungen und offensichtlichen Paradoxa. Eines Tages kam sie nach Hause und war ganz hingerissen von der Entdeckung, daß ein Orgasmus auf japanisch nicht *kommt*, sondern *geht*. Mit diesem Konzept experimentierte sie ständig auf englisch herum. »Als würde man sagen: Schatz, geh bitte nicht in meinem Mund.« Und ein paar Tage später: »Ist dir klar, daß sie sich die Hände waschen, *bevor* sie aufs Klo gehen?« Jeder Tag bescherte ihr eine neue Offenbarung, und mir eine veränderte Sichtweise.

Das hätte ewig so weitergehen können, doch ein knappes Jahr später zogen wir nach New York – was für Monogamie das gleiche bedeutet wie die Fernbedienung für den ununterbrochenen Erzählfluß.

Frühstück rund um die Uhr

Unser erstes Jahr in New York war jedoch genauso vielversprechend wie der Vorspann eines Films. Ich habe es sogar wie ein Drehbuch aufgeschrieben … allerdings lernten wir uns in der Leinwandversion erst in der Stadt kennen, nachdem wir mit anderen und unpassenden Partnern angekommen waren. Philomena, die gerade erst bei einer Agentur unterschrieben hatte, fand alles neu und aufregend. Sie war ganz begeistert von dem »FRÜHSTÜCK RUND UM DIE UHR«-Schild im Fenster des Cafés nebenan, was implizierte, daß man hier in der großen Stadt seinen eigenen Zeitplan aufstellen konnte, daß in New York immer gerade erst Tag wurde. Kaum tauchten Bilder von ihr in Zeitschriften auf, bat der griechische Inhaber sie um ein Foto und hängte es über den Tresen zwischen die Fotos von Soap-Opera-Schauspielern, Bauchtänzerinnen, Matthew Broderick und anderen Prominenten aus der Gegend. *Liebe Grüße an die Truppe im Acropolis, Philomena.*

Wellenreiter

Manchmal hab ich den Verdacht, daß ich, seit ich mich dem akademischen Betrieb entzog, ein Ronin bin, ein Wellenreiter, sturmzerzaust und ungebunden.

Der Samurai hatte die Aufgabe, seinem Herrn zu dienen. Für ihn zu sterben, wenn nötig. Ein Samurai, der seinen Herrn, aus welchem Grund auch immer, verlor, war kein Samurai mehr, sondern ein Ronin, der auf einmal keine Daseinsberechtigung mehr hatte. Ein herrenloser Samurai war praktisch ein Widerspruch in sich, eine ruhelose umherstreifende Seele.

E-mail

An: Jenrod@inch.com
Von: Schreiberling aol.com
Betrifft: Realität.
Liebe Jennie,
danke für Deinen Brief. Leider täuschst Du Dich gewaltig, wenn Du glaubst, ich sei jemand, den Du kennenlernen möchtest. Und das Foto, das Dir anscheinend so gut gefällt, war das Werk eines sehr raffinierten Tricksers mit einer sehr teuren Kamera. Das gleiche gilt übrigens für alle Bilder in der Zeitschrift. Wenn Du nicht alles glaubst, was Du in unserem oder vergleichbaren Käseblättchen liest, wirst du ein klügerer Mensch sein. Verblendung, lehren uns die Zen-Meister, ist die fundamentale Krankheit aller Menschen. Falls es nicht schon zu spät ist, versuche bitte

den »Schauspielervirus« loszuwerden. Doch egal, was Du tust, ich wünsche Dir Glück.
Mit freundlichen Grüßen,
Connor McKnight

Das Aussehen

Vermutlich haben Sie sich mittlerweile ein Bild von Ihrem Protagonisten gemacht, obwohl mir auffällt, daß ich in dieser Hinsicht keine große Hilfe war. Aber ich fand auch die minuziöse Porträtkunst in der Literatur des neunzehnten Jahrhunderts ziemlich überflüssig. Für mich ergeben solche präzisen Beschreibungen von Nase/Mund/Augen/Leberflecken/Stirn des Helden nie ein komplettes Gesicht. Das mag an mangelnder synthetischer Imagination meinerseits liegen, doch in meinen Augen verrutschen immer alle Teile, wie ein nach der analytischen kubistischen Methode gemaltes Porträt. Es fällt einem stets leichter, sich die Nebencharaktere mit ihren tierischen Entsprechungen vorzustellen, die mit den breiten Pinselstrichen der Karikatur angefertigt wurden – Herr Fuchs, Herr Ratte, Fräulein Schaf. Außerdem habe ich als Leser es gerne, mir die Details selbst auszumalen. Ich wäre Ihnen sehr verbunden, wenn Sie mich mit markigen, leicht tragischen Gesichtszügen ausstatten würden.

Ich habe tatsächlich behaupten hören, der äußere Schein könne trügen; Jillian Crowe hingegen erklärt, der äußere Schein sei Schicksal, was der Wahrheit vermutlich näherkommt. »Es kommt nicht so sehr darauf an, ob man gewinnt oder verliert, Schätzchen«, sagte sie einmal. »Wichtig ist, wie man aussieht, während man mitspielt.« So etwas konnte nur ein geborener Sieger – mit entsprechendem Aussehen – sagen.

Bestimmt sind Sie inzwischen beispielsweise zu dem Schluß gekommen, daß ich nicht annähernd ehrgeizig genug bin, um klein zu sein. Im allgemeinen haben die größeren Männer die Selbstsicherheit, Versager zu sein. Dabei war ich klein für mein Alter, bis mit fünfzehn noch ein später Wachstumsschub kam. Diesen Hormonstoß begleitete ein schlimmer Aknebefall; genau zu dem Zeitpunkt, als der Sex meine Phantasie überfiel und mit Beschlag belegte, konnte ich mir nicht vorstellen, daß irgendwer körperlich etwas mit mir zu tun haben wollte. Später wurde ich etwas größer als der Durchschnitt, und aus meinem Gesicht verschwanden nach und nach die Pickel, auch wenn es bis auf den heutigen Tag immer noch diffus an die Mondoberfläche gemahnt.

Mehrere Frauen haben behauptet, ich sei attraktiver, als ich glaube, was mich zweifellos zu einem äußerst seltenen Exemplar meines Geschlechts macht – schließlich überschätzen Männer ihre körperlichen Reize ziemlich genauso häufig wie Frauen ihre unterschätzen –, und ein Großteil des begrenzten Erfolgs, den ich in meiner Jugend bei Frauen hatte, ließ sich wohl auf Aufmunterung verstehen. Mittlerweile ist mir bewußt, daß Frauen sich einen Spaß daraus machen, den Underdog anzufeuern, daß es dem Sex Würze verleiht, wenn sie ein schwach ausgeprägtes Selbstvertrauen hätscheln. Was meines Erachtens wichtiger ist als meine Haarfarbe oder die Form meiner Nase.

Prominentensuche

Von dem Büro aus ruft Connor Celebrity Searches an, einen Dienst, den seine Zeitschrift abonniert hat. »Können Sie mir den gegenwärtigen Aufenthaltsort von Ralston, Chip, nennen?«

Nach drei Minuten: »Wir prüfen noch.« Und schließlich: »Wir führen ihn bis Donnerstag letzter Woche in seinem Haus in Malibu, dann haben wir einen Nachweis für ihn letzten Samstag im Mark Hotel in New York. Montag ist er abgereist, und seither haben wir nichts mehr.«

»Können Sie für mich am Ball bleiben?«

»Aber ja. Wie wär's fürs erste mit Brad Pitt? Er ist hier in der Stadt. Mit Gwyneth.«

»Eigentlich muß ich meine Freundin finden.«

»Schauspielerin?«

»Model.«

»Supermodel?«

»Einfach Model. Model Schrägstrich Schauspielerin.«

»Model, nicht super. Schrägstrich Schauspielerin. Name.«

»Philomena Briggs.«

Er sucht und teilt mir mit, daß sie in ihrer Datenbank nicht geführt wird.

»Könnten Sie den Namen Fabrizio del Dongo nachsehen?«

»Wen, den Modeschöpfer?«

»Protagonist, Roman von Stendhal. *Kartause von Parma.*«.

»Wie meinen?«

Weinbemerkungen

Auf der Straße will mir ein Typ eine Flasche 1976er Lafite-Rothschild verkaufen. Nähert sich mir in der Eighth Street, trägt gestrickte Handschuhe mit abgeschnittenen Fingerspitzen, so daß man seine aufgesprungenen, zerschrammten Nägel sieht, latscht dann neben mir her, die Flasche im Arm wie ein Sommelier im »21«, der den von mir gewählten Wein kredenzt. »Jahrgangswein«, sagt er. »Hat von Robert Parker sechsundneunzig Punkte bekommen. Ich zitiere: ›Phantastisches Bouquet nach Zedernholz, Kräutern und reifem Obst‹ Zitatende. Für dreißig gehört er Ihnen.« Ich verscheuche ihn. Ich war nämlich noch nie ein großer Lafite-Fan. Außerdem bin ich ausnahmsweise verkatert.

Noch ein Sonderangebot, diesmal von der Telefongesellschaft

Connor will an Zauberei glauben. Er redet sich ein, wenn er den Hörer nicht vor dem fünften Klingeln abnimmt, also kurz bevor die Maschine anspringt, wenn er so lange wartet, wird er mit dem Klang von Philomenas Stimme am anderen Ende belohnt werden. Doch nach fünfmal Klingeln begrüßt ihn das nasale Gequengel einer Mitarbeiterin der Telefongesellschaft. Die Anruferin wüßte gern, ob sie ein zeitlich begrenztes Sonderangebot unterbreiten dürfe – ein Servicepaket, das die Leistungen Anklopfen, Mailbox sowie Anrufererkennung enthält.

»Ich muß dieses Gespräch beenden«, sagt er. »Ich erwarte einen Anruf.«

»Das ist ja das schöne beim Anklopfen«, sagt sie.

»Bei mir klopft ja schon jemand an – halt, Augenblick mal. Was ist das für eine Anrufererkennung?«

»Eine sehr nützliche Dienstleistung. Sobald jemand Sie anruft, erscheint die Nummer des Anrufers auf dem Display Ihres Komforttelefons, das wir denjenigen Kunden gratis zur Verfügung stellen, die sich vor Monatsende für diesen Service entscheiden.«

»Gekauft«, sagt Connor.

Dinner mit Autor

Dinner bei Da Silvano mit Jeremy Green, Lektorin Blaine Forrestal, Agentin Rachel Salmanson – ein Essen anläßlich der morgigen offiziellen Veröffentlichung von Jeremys neuem Kurzgeschichtenband. Ich bin der erste Gast, doch bald gesellt sich Rachel zu mir, erkennt mich aber nicht. »Hi, ich bin Connor«, helfe ich ihr auf die Sprünge. Und als auch das keine herzliche Begrüßung zur Folge hat: »Jeremys Freund.«

»Ah ja«, sagt sie und läßt ihre Blicke durch den Raum wandern. Sie trägt ein weißes T-Shirt unter einem, wenn ich mich nicht irre, Kostüm von Dolce und Gabbana. Offensichtlich ist sie mit dem Tisch unzufrieden, zu dem man uns bringt, nämlich neben dem vorderen Fenster, bis man uns mitteilt, daß dort Anna Wintours Stammplatz ist.

»Das Essen ist eigentlich recht ordentlich«, teilt sie mir mit, als hätte ich eine abfällige Bemerkung darüber gemacht, oder, was wahrscheinlicher ist, als ginge sie davon aus, daß ich noch nie hier gespeist hätte. Sie ist klein und knochig, wirkt ständig irgendwie ungeduldig und setzt ihr schmallippiges Lächeln auf, als sich Blaine zu uns gesellt. »Jeremy kommt immer zu spät«, erklärt sie nach dem Austausch der üblichen Höflichkeiten.

»Tatsächlich?« Blaine verzieht ihre vollen Lippen zu einem Schmollmund. »Bei mir war er immer extrem pünktlich. Aber ich neige ja auch dazu, mich ein wenig zu verspäten. Hoffentlich haben *Sie* nicht zu lange gewartet.«

Geheimnisse des literarischen Lebens

Jeremy kommt direkt von dem Seminar, das er an der New School hält, und klagt über seine Schüler.

»*Du* solltest da unterrichten«, sagt er zu Rachel. »Letzte Woche habe ich einen Vortrag in einem Community College auf Long Island gehalten. Von den acht Anwesenden schlief einer ein und fing an zu schnarchen, einer ging nach der Hälfte der Zeit, und als mich eine Frau fragte, ob ich sie mit meinem Agenten bekanntmachen könnte, habe ich getan, was ich in solchen Fällen immer tue – weil er meine erste Storysammlung abgelehnt hat –, und ihr Mort Janklows Privatnummer gegeben. Und ein anderer wollte natürlich wissen, wo ich meine Ideen hernehme. Ich antwortete, es gebe da eine 900er Nummer, die wir gedruckten Schriftsteller anrufen, um an Ideen zu kommen. Deshalb brauche man natürlich einen Agenten. Diese Telefonnummer bekäme man überhaupt nur über einen Agenten. Es stimmt – ihr armen Trottel! –, alles läuft über Beziehungen! Jedenfalls glauben sie das alle insgeheim. Und so erzähle ich ihnen: fünfzig Dollar, hundert Dollar und zweihundertfünfzig für eine Short-Story-Idee; zweihundertfünfzig, fünfhundert und tausend Dollar für Romanideen. Coovers ›Der Babysitter‹ ist beispielsweise eine typische Story-Idee der teuersten Kategorie. Genau wie Sontags *So leben wir jetzt*. Daß man die Tradition in sich aufsaugt und sich mit der Widerborstigkeit von Sprache abplagt, interessiert sie nicht. Sie wollen wirklich nur meinen Agenten vorgestellt werden.«

»Solange du sie nicht deiner *Lektorin* vorstellst«, meldet sich Blaine zu Wort.

Schon bevor Jeremy eintraf, lag der Moschusgeruch weiblicher Konkurrenz zwischen diesen beiden Frauen in der Luft, von denen jede den leidenden, gutaussehenden jungen Künstler für sich reklamiert. (Da fällt mir aus irgendeinem Grund meine allererste literarische Party in New York ein, die von der Zeitschrift *Paris Review* veranstaltet wurde und die ich in Jeremys Gefolge besuchte, und wo ich Zeuge wurde, wie sich zwei junge Männer um die Ehre stritten, einen im Koma liegenden Dichterfürsten die Treppe hinuntertragen zu dürfen.)

Herkunft

Der leicht verspätete Star des Abends sieht heute besonders wikingermäßig aus, die blonde Löwenmähne bedeckt die Hälfte seines Rückens. Er nennt seine Familie – seine angebliche Familie – »diese Leute in Oyster Bay«. Er hegt den Verdacht, daß man ihm an der Pforte seiner letzten Inkarnation einen Streich gespielt und ihm sozusagen den falschen Fallschirm gegeben hat, so daß er mitten in einer kleinbürgerlichen jüdischen Familie landete, als Erbe einer Billigmatratzendynastie. Obwohl er ein phantastisch entwickeltes Instrumentarium zum Aufspüren von Antisemitismus besitzt – er hört eine unausgesprochene Beleidigung über riesige Entfernungen hinweg, durch geschlossene Fenster und Türen –, bildet er sich dennoch ein, daß er eigentlich Ire oder Kosak sein müßte, und sich im letzteren Fall, wie das große Isaak Babel, erstaunlicherweise mit denen identifizieren würde, die seine Vorfahren gefoltert und umgebracht haben. Mit zwölf Jahren nahm Jeremy an der katholischen Messe teil und ging mit vierzehn zu seiner ersten Kommunion. Und die Protagonisten seiner Geschichten tragen häufig irische Namen. Auf jeden Fall hat er keinerlei Ähnlichkeit mit seinen Geschwistern, zwei liebenswürdigen, dunkelhaarigen Burschen, die Matratzen verkaufen. Ständig versucht er, seinen Eltern das Geständnis zu entlocken, daß sie ihn adoptiert haben. Das macht Feiertage im Greenschen Haushalt zu einer verkrampften Angelegenheit. Als ich einmal zum Abendessen dort war, entschuldigte ich mich permanent für ihren mutmaßlichen Sohn und dolmetschte praktisch, was er von sich gab.

Prominente Gäste

Unsere kollektive Aufmerksamkeit ziehen die Filmstars Liam Neeson und Natasha Richardson auf sich, die in Begleitung des Superagenten Sam Cohen eintreffen. Die Gespräche werden beinahe zu einem Flüstern, um plötzlich zu größerer Lautstärke anzuschwellen als zuvor, als würden sie mittels eines Reglers hinter der Bar ferngesteuert.

»Ich finde es großartig, wie ich hier friedlich herumsitze«, sagt Jeremy, »in dem Glauben, daß ich mein eigenes Leben lebe, die Veröffentlichung einer Storysammlung feiere, die bald in Vergessenheit geraten wird, und plötzlich auf den Status eines Zuschauers reduziert werde.«

»Es steht dir völlig frei«, bietet Rachel an, »sie zu ignorieren.«

»Allein das ist bereits eine von Befangenheit diktierte Entscheidung. Ich will sie nicht ignorieren *müssen*.«

»Heute nachmittag habe ich noch mit Sam gesprochen«, sagt Blaine.

»Na und?« wirft Jeremy ein. »Vielleicht solltest du rübergehen und ihn begrüßen. Deinen guten Freund *Sam*.«

Daß in diesem Augenblick meine Kollegin Tina Christian eintrifft, stellt ein zweifelhaftes Vergnügen dar. Sie läßt ihre

Begleiter stehen, begibt sich schnurstracks zu unserem Tisch und küßt mich ausgiebig.

»Connor! Gerade hab ich gesagt, daß wirklich *alle* hier sind.«

»Und sogar ein paar Niemande«, antworte ich, ehe ich sie meinen Tischgenossen vorstelle.

»Sie haben einen wirklich unfehlbaren Geschmack«, sagt sie zu Blaine. »Sie publizieren alle meine Lieblingsbücher.« Ich halte das für eine raffinierte Bemerkung, auch wenn sie scheinbar von dem eigentlichen Ziel ihrer Aufmerksamkeit ablenkt.

»Ich mache gerade ein neues von Jeremy«, entgegnet Blaine – für Tina offenbar nichts Neues.

»Meine Güte, sind Sie *der* Jeremy Green?« sprudelt es aus ihr heraus. »Ich habe gerade erst die Fahnen von *Eingemauert* gelesen.«

»Damit gehören Sie einer ausgesprochen elitären Gruppe an«, antwortet Jeremy. »Ich glaube, es wurden nur fünf oder sechs gedruckt.«

»Ich fand es genial.«

Jeremy kann seinen Stolz nur schwer verbergen. Irgendwie sind wir alle Huren.

»Ich kann nicht bleiben, ich bin mit diesem Häufchen Verlierern hier«, sagt sie und zieht einen Stuhl neben mich. »Leider sind es alles meine besten Freunde.«

Veganischer Aktivismus

Anscheinend hat Tina mehr Zeit, als sie glaubte. Nachdem wir bestellt haben, erzählt sie Jeremy, daß sie viel lieber Kurzgeschichten als Romane mag. »Also wirklich, wer hat schon die *Zeit*, Romane zu lesen?«

»Ob Sie's glauben oder nicht«, sagt Blaine, »wir sind noch nicht ganz ausgestorben.«

»Schmeckt Ihnen Ihr angekokelter Rinderschorf?« fragt Jeremy den Gast neben uns, einen jungen Wall Streeter, der gerade dabei war, Spekulationen über das Ausmaß seiner Weihnachtsgratifikation anzustellen. Und der, bis vor kurzem, offenbar mit seinem Essen sehr zufrieden war, nicht zuletzt mit seinem saftigen, marmorierten Steak. Mit Jeremy essen zu gehen, ist immer ein Abenteuer. Kürzlich hatte man ihn aufgefordert, ein italienisches Restaurant an der Upper West Side zu verlassen, nachdem er, auf seinem Stuhl stehend, eine flammende Rede gegen den Verzehr von Kalbfleisch gehalten hatte.

»Jeremy«, sagt Blaine, »können wir nicht mal einfach nur, na ja, leben und leben lassen? *Müssen* wir unbedingt eine Szene machen?«

»Jeremy hat sich in dieser Frage schon immer sehr engagiert«, kontert Rachel, die ältere Rechte an ihm hat und diese keineswegs aufgeben will. »Ich finde es in Ordnung, wenn man für seine Prinzipien eintritt.«

»Wie fühlt man sich«, will Jeremy von Blaine wissen, »wenn einem eine Agentin Vorträge über Prinzipien hält?«

»Na *großartig*, nur weil ich mich um deine Interessen kümmere, nur weil ich mit Verlagen um einen möglichst hohen Vorschuß feilsche, damit du die Muße hast, *schreiben* zu können, bin ich auf einmal *die Agentin.*«

Jeremy umarmt sie. »Da ist was dran«, sagt er. »Verlage kommen und gehen, aber Agenten bleiben bestehen.«

Jetzt ist Blaine sauer und Rachel ein wenig besänftigt.

»Auch Agentinnen haben Gefühle«, meldet sich Tina, die furchtbar gern selbst eine Agentin gehabt hätte.

Als ein Rottweiler auf dem Bürgersteig vor dem Fenster auftaucht, bringt das die Sprache auf Jeremys geliebten Sean. Die Verhandlungen sind endgültig gescheitert. »Ich habe ihnen drei Riesen angeboten«, teilt Jeremy uns mit.

»Meine Güte«, ruft Tina aus, »was *ist* das denn für ein Hund?«

»Fragen Sie lieber nicht«, empfiehlt Rachel.

»Bitte«, ergänzt Blaine, die nun endlich etwas gefunden hat, worin sie und Rachel einer Meinung sind.

»Ein Toast auf *Eingemauert*«, sagt Rachel und hebt das Glas.

»Hoch, hoch«, sage ich und mache es ihr nach.

»Ein Buch«, verkündet Blaine, »auf das ich so stolz bin wie auf kein zweites, das ich in meiner gesamten Laufbahn verlegt habe.«

Jeremy hebt sein Glas. »Ein Buch, das *Kirkus Review* in einer Rezension ›deprimierend und schwerfällig‹ genannt hat.«

»*Kirkus* ist ein Witz«, stellt Blaine mit bourgeoiser Arroganz fest.

»So hat die *New England Review* meine letzte Sammlung genannt«, erinnert sich Jeremy, »›ein Witz‹.«

»Gar nicht wahr«, widerspricht Rachel. »Aber egal, wer hat je vom *New England Sonstwas* gehört.«

»Wir haben eben erst einen tollen Klappentext von Bret Ellis bekommen«, sagt Blaine. »Das wollte ich dir noch sagen.«

»Na, is ja phantastisch«, antwortet Jeremy. »Sofort schwingen sich sämtliche gemeingefährlichen Skater auf ihre Boards, brettern schnurstracks in den nächsten Buchladen und bestellen sich *Eingemauert* plus 'n Milchkaffee.«

»Von dem Auster- und dem Thom-Jones-Zitat ganz zu schweigen«, ergänzt Blaine.

»Mit ein bißchen Glück glaubt vielleicht jemand, es wäre von dem Sänger Tom Jones. Und dieser Scheißauster mußte erst einen Film schreiben, bevor sie vor ihm niederknieten.«

»Wir wollen das Publikum von *Eingemauert* noch nicht abschreiben«, schlägt Blaine vor.

Das Leben, pro und contra

Jeremys Unbehagen wendet sich allgemeinen Themen zu. »Warum bin ich diesmal wiedergekommen? Das wüßte ich gern.« Da er an die Reinkarnation glaubt, bezieht er sich auf die Mühsal des Irdischen. »Nein, echt, was hab ich mir dabei gedacht? Ist mir plötzlich in einem schwachen Moment eingefallen, wie gut es sich beim Duschen anfühlt, wenn das warme Wasser auf die Haut prasselt? War das der Grund?«

Ich kann nicht anders, ich muß lachen. Die Literaturenschar mustert mich böse.

Tina hingegen will Jeremy dazu überreden, sich am Leben zu berauschen. »Wollen Sie denn nicht einfach nur sehen, was als nächstes passiert?« fragt sie. »Na ja, ich wache jeden Morgen – also gut: Mittag oder so – auf, und in der Stadt ist ein neuer Tag angebrochen, und auch wenn ich verkatert bin, kann ich's irgendwie nicht erwarten, aus der Tür zu gehen, um zu sehen, was da draußen auf mich wartet...«

»Ein messerschwingender Cracksüchtiger.«

»Es kann schließlich alles passieren...«

»Von einem Taxi überfahren, vergewaltigt, für tot gehalten und liegengelassen werden.«

»Als ich beispielsweise heute abend hierher unterwegs war,

hatte ich keine Ahnung, daß ich einen meiner Lieblingsschriftsteller kennenlernen würde...«

»Ich bitte Sie«, sagt Rachel und hebt ihren Martini, während ich sehnsüchtig mein leeres Glas anstarre.

»Ich finde, die beiden sehen absolut glücklich aus«, sagt Tina nach einem Blick auf Liam und Natasha. »Obwohl ich ständig höre, daß er heimlich immer noch was für Julia übrig hat.«

Jeremy verdreht die Augen. »Ich bin auf jeden Fall im falschen Jahrhundert geboren«, stellt er fest. »Es läßt sich darauf reduzieren, ob man in einem Universum lebt, wo *DV* ›Diana Vreeland‹ oder ›Deo volente‹ bedeutet.«

»Wer ist Deo Volente?« will Tina wissen.

Darauf Jeremy durch zusammengebissene Zähne: »Das heißt ›So Gott will‹ auf lateinisch.«

»Es gab *wirklich* einmal einen Dino Valenti, eine Art Folksänger«, wirft Rachel hilfreich ein.

Der Kritiker

Als ich aufschaue, sehe ich Kevin Shipley vor mir, der finster unseren Tisch mustert und alles in allem möglicherweise noch griesgrämiger und magenkranker aussieht als sonst. Obwohl ich ihn kaum kenne, ist man bei ihm immer versucht zu fragen: Haben Sie jemals das Wort *Freude* verwendet? Ist Ihnen dessen Definition geläufig? Allerdings hat mir Tina erzählt, daß er eine Katze hat, die er mit Zuneigung überhäuft. Ich habe mich mal um seinen Job beworben, bevor er ihn bekam, aber von den diversen Arbeitsproben, die ich einreichte – und freiberuflich für obskure, obendrein noch japanische Periodika verfaßt hatte –, waren zwei positiv. Was, wie mir jeder

Leser der Zeitschrift hätte mitteilen können, bei Buchbesprechungen absolut unangebracht ist. Im Gegensatz zu Prominentenporträts.

Ich sehe zu Tina rüber, die Kevins prüfende Blicke *zu betont* nicht zur Kenntnis nimmt und einen Arm lässig um die Rückenlehne von Jeremys Stuhl gelegt hat.

Nichts mit Augen

Als unsere fleischlosen Vorspeisen eintreffen – niemand hat gewagt, tierisches Eiweiß zu bestellen, falls man meine Linguine alla vongole nicht mitzählt –, wirft Jeremy erneut dem Nebentisch finstere Blicke zu, wo der immer weniger fleischorientierte Investmentbanker sein Steak aufzuessen versucht.

»Essen Sie Fisch?« will Tina von Jeremy wissen.

»Nichts mit Augen«, blafft Jeremy sie an.

Erleichtert nehme ich zur Kenntnis, daß meine Venusmuscheln von Tadel verschont bleiben.

»Und was«, hakt Tina nach, »wenn wir Sonnenbrillen aufsetzen?«

»Der Fleischbrocken auf Mr. Hermes' Teller da drüben hat noch vor wenigen Tagen glücklich auf der Weide gegrast.«

Es ist wohl kaum der richtige Zeitpunkt, Jeremy einen Vortrag über das Abhängen von Rindfleisch zu halten.

»Verzeihen Sie«, sagt da die Begleiterin des Mannes, »aber ich finde, Sie sind unglaublich unhöflich.« Plötzlich steht sie auf, nimmt in ihrem Kostüm von Ralph Lauren und ihrem schwarz-lila Haarband neben unserem Tisch Aufstellung und zahlt jeden finsteren Blick Jeremys mit gleicher Münze zurück. »Sie starren ständig zu uns herüber, daß meinem Begleiter und mir ganz anders wird.«

Was gegen Fleisch spricht

»Wissen Sie«, erwidert Jeremy, »mal ganz abgesehen von der Grausamkeit und dem Gemetzel, mit dem man die armen hilflosen Tiere quält, gibt es auch noch die weit unwichtigere Frage, was Sie Ihren eigenen jämmerlichen Körpern antun.« Jeremys Stimme schwillt an und füllt den Raum, der zunehmend zu schrumpfen scheint. »Als praktizierende Fleischfresserin können Sie sicher sein, daß sich in diesem Augenblick vier bis sechs Kilogramm unverdautes Fleisch in Ihren oberen Gedärmen verkeilt haben, was erklären könnte, warum Sie durch die Gegend marschieren, als hätten Sie eine hölzerne Baseballkeule einen Meter tief im Arsch stecken.«

»Genau«, sagt Tina. Die Frau will Jeremy schlagen, doch ihre Hand prallt von seiner geballten Haarpracht ab, ohne Schaden anzurichten. Selbst die Prominenten am vorderen Tisch, die sich bisher betont nicht im Raum umgesehen haben, können nun nicht mehr anders. Natasha hat übrigens wirklich hübsche Augen.

»Blutrünstig, typisch«, ereifert sich Jeremy, als der Oberkellner herbeigeeilt kommt, um einzugreifen. Der Begleiter der Frau erhebt sich von seinem Stuhl, weiß aber offenbar nicht so recht, wie er sich nun verhalten soll. »Und *du*«, sagt Jeremy, der nun selbst aufgestanden ist und mit dem Finger auf ihn zeigt, »du setzt dich verdammt noch mal gleich wieder hin, wenn du keinen Pellegrinoeinlauf verpaßt kriegen willst.«

Für meinen Geschmack wird der anale Aspekt dieser ganzen Angelegenheit langsam zu penetrant.

Endlich läßt sich Jeremy vom Oberkellner und mir überreden, draußen zu warten, während Blaine die Rechnung begleicht. Aber vorher steckt ihm Tina eine Visitenkarte zu, und zwar vor Shipleys Augen, den sie bislang nicht zur Kenntnis genommen hat.

Vom Bürgersteig aus sehe ich zu, wie Rachel mit sich zu Rate geht, ob sie dem Tisch der hohen Herrschaften ihre Aufwartung machen soll. Zu ihrem Glück geht Jeremy die Straße weiter oben auf und ab, als sie beschließt, es zu wagen.

»Gratuliere«, sagt Blaine böse, als sie draußen zu uns stößt. »Du hast es geschafft, den Filmstars die Schau zu stehlen. Bestimmt bist du jetzt sehr stolz auf dich.«

»Wollte irgendwer mein Autogramm haben, nachdem ich weg war?«

Rachel seufzt. »Werd erwachsen, Jeremy.«

Endlich in ihrem Ärger auf den Autor vereint, verkünden die Frauen, daß sie gemeinsam ein Taxi zur Upper East Side nehmen.

»Ihr seid ja nur sauer«, schreit Jeremy hinter ihnen her, »weil ihr findet, ich bin nicht berühmt genug, um schwierig zu sein.«

»Was hältst du von einem Schlaftrunk im Mount Olympus?« frage ich ihn, während wir zusehen, wie sich das Taxi zu einem trägen Schwarm seiner gelben, die Sixth Avenue hinaufzuckelnden Brüder gesellt.

»Ich schätze, für einen Abend hab ich mich schon genug amüsiert.«

Die Welt, denke ich, besteht zu gleichen Teilen aus den Menschen, die in ihrem Elend Gesellschaft suchen und denen, die sich allein grämen. Obwohl Jeremy wahrscheinlich nachdrücklich betonen würde, sie bestünde zu gleichen Teilen aus den Menschen, die Wert auf Prinzipien legen und denen, die der Etikette den Vorzug geben.

Neues von Phil

»Hi, ich bin's. Bist du da?... Offenbar nicht. Ich hab's eilig. Wir sind gerade im Haus des Regisseurs in Santa Barbara, und ich fahre jetzt weiter nach L. A. Hab keine Ahnung, wie der Drehplan aussieht. Völlig irre alles. Ich ruf dich an, sobald ich weiß, wo ich bin. Dicken Kuß.«

Diese Nachricht ist auf meinem Anrufbeantworter, als ich vom Essen nach Hause komme. Am beunruhigendsten ist der Tonfall. Eine falsche, überdrehte Unbekümmertheit. Die Wörter sind durch einen dünnen Draht nervöser Fröhlichkeit miteinander verbunden.

Connors Reaktion

In den letzten paar Tagen hat er sein ungutes Gefühl wegen Phil unterdrücken können. Doch kaum hört er ihre Stimme, weiß er, daß sein Argwohn gerechtfertigt war. Er *weiß* es einfach. Er hat das Gefühl, daß sich die Rippen fester um seine Lungenflügel legen, und ist sich des pulsierenden Muskels, der sein Herz ist, intensiv bewußt. Hechelnd wie ein erschöpfter Hund, geht er im Zimmer auf und ab und schlägt sich mit der Faust auf die Handfläche.

Santa Barbara?

Vielleicht ist es noch nicht zu spät. Wenn er sie in L. A. erreicht, kann er sie vielleicht davon abhalten, das zu tun, was sie, wie er befürchtet, schon getan hat.

Modelsuche

Er ruft im Château Marmont, im Sunset Marquis, im Four Seasons, im Bel-Air, im Bel Age und im Peninsula an, während er die Schubladen nach Zigaretten durchwühlt – dabei hat er vor einem Jahr mit Rauchen aufgehört. Irgendwann findet er ein Päckchen schauderhaft trockene Newports, die jemand vergessen hat. Als er sich eine am Herd anzündet, denkt er plötzlich: Moment mal, wer raucht Newports? Niemand, den *er* kennt. Und Phil hat noch nie geraucht. Lieber Himmel, sie hat sich in der Wohnung von Schwarzen besuchen lassen. Nein, halt, es könnte eine Frau gewesen sein, eine Freundin von ihr. Aber welche Freundin? Wer *sind* eigentlich ihre Freundinnen? Hat sie überhaupt welche? Verdammt, wen kann er jetzt anrufen?

Schließlich ruft er ihre Bekannte Patty in Santa Monica an, beglückwünscht sie zu ihrem Infomercial und bemüht sich, bei der Frage, ob sie von Phil gehört habe, betont locker zu klingen.

»Habt ihr beiden Probleme oder so was?« fragt sie mißtrauisch. Aus ihrem Ton hört man die weibliche Solidarität gegenüber dem ungläubigen Mann heraus. Nichts dergleichen, versichert ihr Connor mit schriller, wenig überzeugender Stimme. Phil sei halt zur Zeit in L.A., er habe ihre Telefonnummer verlegt, der Anrufbeantworter habe das Band vernichtet, und er müsse sofort mit ihr reden.

»Ich hab seit einem halben Jahr nicht mehr mit Philomena gesprochen.«

»Na ja, falls sie anruft, richte ihr bitte aus, sie soll sich bei mir melden, okay?«

Wen kann er sonst noch anrufen? Ihm wird klar, wie merkwürdig es ist, daß seine Freundin kaum eigene Freundinnen hat, was ihm eigentlich schon früher hätte auffallen können. Plötzlich erscheint es ihm unverantwortlich, ja sogar gefährlich, so wenige Freundinnen zu haben. Fast keine Freundinnen zu haben. Wen soll der Freund schließlich anrufen, wenn er seine Partnerin nicht finden kann? Zunächst führte er diesen fehlenden Bekanntenkreis auf ihren Auslandsaufenthalt zurück, später darauf, daß sie beide sich als Liebespaar genug waren – damals, als sie noch täglich vögelten und es ihm egal war, ob sie das Bett je wieder verließen…

Frauen hütet euch vor Frauen

Connor fällt wieder ein, was Brooke einmal gesagt hatte: »Hüte dich vor der Frau, die keine anderen Frauen mag; wahrscheinlich schließt sie nur von sich selbst auf andere.«

Modelverhalten

Manchmal freundet sich Phil mit anderen Models an; wie Narzissen tauchen sie in unserem Leben auf, sporadisch, die langen Beine stecken in zerrissenen Jeans, die langen Arme haben sich um ihre dunklen Euroknaben geschlungen… Abendessen bei Raoul's und in der B Bar… *Bonsoir, da sind ja Linda und Kyle… Wie war's in Mailand? Wirklich traurig, das mit Richard und Cindy. PCP und Zigaretten, vielleicht ein kleines Näschen H – wo ist Kate? Mehr Zigaretten! Wangenfettpolster entfernen lassen, und die Augen… Eigentlich habe ich praktisch mit Koks gar nichts mehr…*

In der Regel schliefen solche Freundschaften ein oder nahmen kein gutes Ende. »Was ist eigentlich aus Veronica geworden?« fragte Connor beispielsweise, nur um zu erfahren, sie habe sich als echtes Miststück entpuppt. Nicht daß ihm diese umwerfenden Abende als unterbelichteter Freund, als linkisches Schönheitsaccessoire, als anonymer Begleiter fehlten. *Hat mich wirklich sehr gefreut, Collin… Was arbeiten Sie noch mal, Cullen? Sie müssen ausgesprochen stolz auf Philomena sein, Curran… Was schreiben Sie, Kiran? Aber ja, bestimmt kennen Sie Court?*

Rückblende

»Warum gehen wir nicht mal mit Katrinka und ihrem Freund essen?« hast du eines schönen Frühlingstages vorgeschlagen.

»Geh *du* doch. Macht ihr drei euch einen netten Abend. Oder noch besser, geht ihr zwei. Du und Katrinka.«

»Ich dachte, du magst Katrinka.«

»Das war mal. Bis ich herausfand, daß sie lügt.«

»Und worum ging's bei diesen Lügen?«

»Um alles mögliche.«

»Zum Beispiel?«

»Zum Beispiel hat sie gesagt, du hättest dich an sie rangemacht.«

»Das hat sie gesagt?«

»Hm-m.«

An dieser Stelle warst du versucht, Katrinka zu verteidigen. Zwar war es dir so vorgekommen, als hätte sie einmal ein wenig mit dir geflirtet, und du bekamst Schuldgefühle, weil du dich nicht entschiedener dagegen gewehrt hast, gegen dieses Flirten, was wohl unter anderem daran lag, daß du dankbar warst, überhaupt bemerkt zu werden. Auf so etwas mußtest du achten – du hast geschworen, Philomena ein Gefühl der Sicherheit zu geben. Irgendwann würde ihr klarwerden, daß du sie liebtest, und in der Zwischenzeit hieß es nur ihr beide, du und sie, beim Diner à deux.

Natürlich gibt es schlimmere Schicksale, als die Nacht allein mit Philomena Briggs zu verbringen. In dem Augenblick würdest du für dieses Privileg mit Kußhand deine wenigen Freunde hergeben.

Panik

Die Zigarette schmeckt so schlecht, daß er sich sofort eine neue anzündet.

Auf eine Eingebung hin eilt er ins Bad und durchsucht das Schränkchen unter der Spüle, die Schubladen im Nachttisch, Philomenas Kosmetikköfferchen, die ovale Shaker-Holzkiste und die chagrinbezogene Schmuckschatulle, die er ihr zum sechsundzwanzigsten Geburtstag geschenkt hat. Schubladen voller Unterwäsche, er schleudert Höschen und BHs durch die Luft. Unter dem Bett, zurück ins Bad, die Seifenschale in der Dusche, überall, wo er ihr Diaphragma je gesehen hat. Das sich nicht in der Wohnung befindet. Er sinkt auf den von seiner abendlichen Reinigung immer noch feuchten Boden der Duschkabine.

Sie *wußte*, daß er mit Jeremy bei dem Dinner sein würde, als sie heute abend anrief. Aber ja, eindeutig. Am Abend ihrer Abreise hatte Connor sie gefragt, ob sie rechtzeitig zu Jeremys großem Dinner wieder da wäre. Phil hatte es in ihr Buch geschrieben und gesagt, sie würde es versuchen. Dieses kleine, damals kaum bemerkte Detail bekommt nun enormes Gewicht. Sie *wußte* es, verdammt. Und wartete mit dem Anruf, bis er ausgegangen war.

Santa Barbara?

Als letztes sieht er mit dem geballten Optimismus eines Kamels, das ein Nadelöhr betrachtet, seine E-mail durch.

Mehr Fanpost

An: Schreiberling@aol.com
Von: Jenrod@inch.com
Betrifft: Und ob Sie es wert sind!

Lieber Connor,

Es war TOLL, von Ihnen zu hören, aber mich hat total verblüfft, wie DEPRI Sie klingen. Ich glaube, daß die besten Menschen sich selbst gegenüber oft am strengsten sind. Wie können Sie sagen, Sie seien kein wertvoller Mensch? SEHEN SIE SICH DOCH MAL AN! Sie sind ein erfolgreicher Autor für eine landesweit verbreitete Zeitschrift!

Ich glaube, daß Sie auf die falschen Leute hören. Wichtig ist, sich mit Menschen zu umgeben, die einen aufbauen und nicht runterziehen. Nehmen Sie mich, ich denke manchmal, daß ich meine Zeit mit den falschen Leuten verbringe. Die denken bloß an so was wie »endlich Wochenende« und »Seht euch doch mal den süßen Typ in dem BMW an«. Man könnte uns vermutlich 'ne Clique nennen. Auf der High-School war ich froh, daß ich dazu gehörte, weil man nicht einfach allein sein kann, aber jetzt wo ich einen Job habe will ich mich verbessern. Das ist schwer, wenn man mit Leuten zusammen ist die keinen Ehrgeiz haben außer mit dem schärfsten Typ was anzufangen, der vielleicht seine Brötchen mit irgendwas illegalem verdient. So wie meine Freundin Tina die ist echt cool, aber letztes Jahr hat sie ein Mädchen mit 'nem Tapetenmesser geschlitzt, die angeblich was mit Jimmy Ortega hatte und sie mußte mit 58 Stichen im Gesicht genäht werden. Und manchmal sagt sie ich bin hochnäsig, dabei will ich bloß ne bessere Zukunft. Ich mach wohl besser Schluß jetzt. Wenn mich mein Chef Online erwischt krieg ich 'ne Menge Streß.

Ich kann nur sagen: Ich glaube an Sie: ECHT! Bitte um E-mail!

P.S. Tanzen Sie gern? Gehen Sie manchmal ins Chaos? Oder sogar ins Latin Quarter? Vielleicht könnten wir uns mal treffen. Wie wär's mit Freitagabend? Tina und ich sind dann um Mitternacht im Chaos. Wir seh'n uns da!

Beistand von seriöserer Seite

Connor klinkt sich aus, ruft seine Schwester an. Vielleicht kann sie ihn ja davon überzeugen, daß er sich grundlos ängstigt, kann irgendwas sagen, das diesen ständigen, bohrenden Schmerz lindert.

Dieses eine Mal nimmt Brooke den Hörer ab.

»Sie ist weg, Brooke.«

»Ja, das sagtest du bereits. Nach San Francisco, wenn ich mich nicht irre.«

»Sie hat ihr *Diaphragma* mitgenommen, Brooke. O Mann,

ich halt das nicht aus. Ich kann mich nicht hinsetzen. Ich kann nicht ruhig stehenbleiben. Ich will keine Minute länger in der Wohnung bleiben, ich will aber auch nicht weg, sie könnte ja anrufen.«

»Warum kommst du nicht rüber?« schlägt Brooke vor. »Deine Nummer kannst du auf dem Gerät hinterlassen.« Freundlicherweise erwähnt sie nicht wie sonst fast immer, daß es Menschen gibt, die viel schlimmer dran sind als er.

Als er im Taxi zu seiner Schwester schaukelt, trommelt er auf der Rückenlehne den Rhythmus seines hektischen Herzschlags.

»Was glauben Sie eigentlich, wer Sie sind, Gene Krupa? Geben Sie endlich Ruhe.« Ein New Yorker Taxifahrer von altem Schrot und Korn.

Als Connor das Gesicht seiner Schwester sieht, klappt er zusammen wie ein Dreidollarschirm in einem Sturm. Brooke sammelt die kaputten Metallspeichen und den zerrissenen Stoff auf und bringt das Häufchen Elend in die Wohnung. Ein halbes Dutzend tröstende, leere – besser gesagt: falsche – Floskeln werden gesprochen. *Wird schon wieder werden* usw.

Als er sich halbwegs gefangen hat, stemmt sie in der Küche einen dampfenden Kessel.

»Ich wußte gar nicht, daß du Wasser kochen kannst.«

»Du verwechselst mich mit Mom«, antwortet sie. »Ich hab es im Labor gelernt. Ist gar nicht so schwer, wie es aussieht.«

»Sag bitte bloß nicht, daß ich ohne sie besser dran bin.«

»Nur weil es deine ritterlichen Instinkte wecken würde. Ich habe vor langer Zeit gelernt, daß man am besten die fragliche Dame runtermacht, wenn man erreichen will, daß sich ein Mann noch mehr demütigen läßt. Ich beabsichtige nicht, dich so zu provozieren, daß du sie in Schutz nimmst.« In einem zu großen Sweatshirt, das Connor ihr vor etwa zwölf

Jahren geschenkt hat, mit den zu einem Pferdeschwanz zurückgebundenen Haaren und der sommersprossigen Hand mit den Narbenstreifen, die auf dem Wasserkessel ruht, sieht Brooke ungewohnt kompetent aus. Phil glaubt sogar, daß er in Brooke verliebt ist. »Warum fickst du nicht deine Schwester?« lautet einer von Philomenas nächtlichen Standardvorschlägen. Plötzlich hat der schuldbewußte Connor einen Geistesblitz: daß seine Aufsehertätigkeit für Brooke mit seiner Aufmerksamkeit für seine Freundin kollidiert ist.

»Ihr *Diaphragma*, Brooke.«

»Ich dachte, ihr gehört der Kondomgeneration an.«

»Ich kann Kondome nicht ausstehen. Ist wie schwimmen im Regenmantel. Außerdem führen wir seit drei Jahren eine absolut monogame Beziehung.«

Sie nimmt das mit einem skeptischen Stirnrunzeln zur Kenntnis. »Meine Güte, du stinkst wie Lynchburg, Tennessee.«

»Ich hab getrunken.«

»Ich bin *entsetzt.*«

»Es hilft auch nicht.«

»Das könntest du ruhig mal Dad erzählen.«

»Ich fühle mich einfach hundeelend.«

»Ich weiß.« Sie streicht ihm über die Hüfte und reicht ihm einen Beethoven-Becher voll mit dampfendem Wasser, auf dem ein Teebeutel mit Anhänger schwimmt – Lapsang Souchong. »Was hast du denn gemacht, dich eingenäßt?« fragt sie und nimmt ihre Hand von seinem Hintern.

»Ich hab in der Dusche gesessen.«

»Ich hol dir einen Bademantel.«

Connor schlägt gegen die Wand. »Ich begreife nicht, wie sie es kaum erwarten konnte, abzuhauen und mit irgendeinem anderen Typ zu pennen, wo ich betteln und flehen muß, damit sie mich ein- oder zweimal die Woche ranläßt.«

»Pssst.«
»Es ist so ungerecht.«
»Ich weiß.«

Gerechtigkeit und Mathe

Brooke hat Ungerechtigkeit und negative Zahlen an ein und demselben Tag entdeckt. Da besuchte sie die erste Klasse bei Miss Tollitson in der Grundschule von Winterhaven und vollbrachte arithmetische Wunderdinge. Miss Tollitson war eine fanatische und unnachgiebige Verfechterin des Gleichheitsprinzips, die fand, Brooke sei ein wenig größenwahnsinnig – das kleine Fräulein Neunmalklug, wie sie sich später beim Rektor beschwerte. Brooke hätte überall geglänzt, aber nirgends so hell wie unter den Söhnen und Töchtern der Kleinbauern, Verandahocker und Hüter schrottreifer landwirtschaftlicher Nutzfahrzeuge Mittelfloridas, von denen auch Miss T. abstammte. Eines Morgens, nachdem Brooke erfolgreich eine Reihe immer schwieriger werdender Additions- und Subtraktionsaufgaben gelöst hatte, knurrte Miss Tollitson: »Na schön, Miss McKnight, was ist sieben weniger zehn?« Die Arme hoch oben auf ihrem knochigen Brustkorb verschränkt, ein verfrüht triumphierender Ausdruck (so berichtet es Brooke) überzog ihre von einem großen Zinken gekrönte, ledrige Visage. Natürlich wußte Brooke, daß es sich um eine Fangfrage handelte. Doch sie war wild entschlossen, sich von der alten Scharteke nicht unterkriegen zu lassen. Und plötzlich erschien ihr die Antwort so naheliegend, als wäre sie Archimedes in seiner Wanne. Vor ihrem inneren Auge sah sie eine Reihe ganzer Phantomzahlen, im Nichts schwebende transparente Abakusperlen.

»Minus drei«, verkündete sie.

Miss Tollitsons mit rotem Gesicht vorgetragene Reaktion bestätigte ihre Erkenntnis. »Das hatten wir noch nicht«, zischte sie. »Das ist pure Impertinenz, Brooke McKnight. Du gehst jetzt sofort in Mr. Brents Büro, dann werden wir ja sehen, wie schlau du bist.«

Und so wurde Brooke nach Hause geschickt, weil sie das Verbrechen begangen hatte, die negativen Zahlen früher zu entdecken, als es das Schulamt von Florida für sie vorgesehen hatte.

Plötzlich klingelt es

Die Gegensprechanlage knistert und verkündet die Ankunft von Dr. med. Doug Halliwell.

»O Scheiße«, sagt Brooke und lächelt entschuldigend.

So ziemlich der letzte Mensch auf der Welt, den ich jetzt sehen möchte.

»Ich wimmle ihn ab, Ehrenwort.«

»Das rate ich dir schon seit Monaten.«

»Connor, *bitte*.«

»Und untersteh dich, ihm zu verraten, daß meine Freundin mich sitzengelassen hat. Ich brauche sein Mitleid nicht.«

»Dafür ist es zu spät«, murmelte Brooke.

Ich ziehe mich schmollend aufs Sofa zurück, greife mir als Requisite eine Nummer des *Mathematical Intelligencer*, höre ihn an der Tür…

»Bin gerade im, äh, Krankenhaus fertig geworden und dachte mir, vielleicht willst du ja, weiß auch nich, 'n Häppchen essen, es muß aber nicht unbedingt sein. Oh, ich wußte ja nicht… hallo, Connor.«

Ich winke abwesend in seine Richtung, tu so, als wäre ich in einen Artikel über Knotentheorie vertieft.

»Connor und ich halten gerade eine kleine Familienkonferenz ab. Aber du kannst gern eine Tasse Tee haben.« Ich werfe einen Blick in Richtung Brooke, um sie böse anzusehen, aber sie läßt sich nicht in die Augen schauen.

»Ich möchte euch nicht...«

»Nein, nein. Geht schon in Ordnung.«

Ich spüre, daß sich Mad Dog hinter meinem Rücken aufhält, daß er zögert, das Wohnzimmer zu betreten, höflich in der Diele stehenbleibt, während Brooke in der Küche herumhantiert. Ich kann ihn mir vorstellen, wie er von der Taille aufwärts leicht nach vorn wippt, den Körper tief zwischen die Schultern gezogen, der Haaransatz weit nach oben verschoben. Aus irgendeinem Grund empfinde ich seine Furchtsamkeit als beleidigend, bin aber nicht so abgebrüht, ihn komplett zu brüskieren. Vielleicht erkenne und verachte ich meine eigene Furchtsamkeit in seinem Gesicht, dessen Ausdruck ich von einer Begegnung zur nächsten schon wieder fast vergessen habe.

Aber ja, das muß er sein, er steht genauso da, wie ich es mir vorgestellt habe, in seiner khakifarbenen Sansabelt-Hose und dem Anorak. Jetzt weiß ich wieder, wie er aussieht. So vornübergebeugt, mit seinen Glupschaugen und der Adlernase gleicht er einem hockenden Geier.

»Nimm Platz«, schlage ich vor, als wäre ich der Gastgeber oder der Arzt.

Er zuckt mit den Achseln, betritt zögernd das Zimmer, betrachtet dessen dürftige Ausstattung. »Was, äh, macht die Schreiberei?« fragt er.

»Keine Ahnung«, sage ich. »Frag doch die Schriftsteller.« Sein Versuch, meine Prahlerei für bare Münze zu nehmen, macht mich nur noch wütender. Undeutlich wird mir klar, daß Doug wohl kaum etwas dafür kann, daß ich das verabscheue, womit ich meine Brötchen verdiene, und daß ich mich für das verabscheue, was ich aus meinem Leben nicht gemacht habe, zumal er gerade von einer Sechzehnstundenschicht kommt, während der er Schußwunden geflickt und nach Luft schnappende Herzpatienten wiederbelebt hat. Ich weiß, daß ich mich kindisch benehme – ein Funken Einsicht, der mich nur noch ekliger macht. Zu wissen, wie man sich verhalten *sollte*, ist selten besonders schwer. Die goldene Regel, der kategorische Imperativ und so was alles. Erstere ist übrigens mittlerweile überarbeitet worden: *Verhalte dich gegenüber anderen so, als würden sie im nächsten Moment unglaublich berühmt werden.*

Der Besuch des Arztes

Brooke stürzt herein, in der Hand eine Tasse mit kaputtem Henkel; Doug nimmt sie dankbar entgegen, packt sie, als wäre sie die langerwartete Antwort auf die bohrende Frage, was er außer zu operieren mit seinen Händen noch anfangen soll … bis er merkt, wie heiß sie ist, und hektisch, aber stumm nach einer freien Abstellfläche sucht.

»Aber du arbeitest doch immer noch für die, äh, Illustrierte, oder?« Er bohrt nach, pustet auf seine versengten Hände.

»Kaum.«

»Wie war's heute so bei dir, Doug?« flötet Brooke. Mir ist unbegreiflich, daß sie sich für diesen Schlaffi so ins Zeug legt.

»Gar nicht so übel.« Er ist erleichtert, daß er das nicht ausführen muß, weil er von seinem Pieper unterbrochen wird.

»Nimm das Telefon im Schlafzimmer«, sagt Brooke, und als er verschwindet, faucht sie mich an: »Benimm dich doch einmal nicht wie ein kompletter Arsch, und sei's auch nur mir zuliebe.«

Ich bin wie vom Donner gerührt. Ich, ein Arsch? Ich erinnere sie daran, daß sie schließlich erklärt hat, sie wolle ihn loswerden.

Doug taucht wieder auf und erklärt, er werde im Krankenhaus gebraucht. Jemand stehe an der Schwelle des Todes. Er wirkt sogar erleichtert, daß man ihn braucht, daß er wieder dorthin zurück darf, wo er offensichtlich hingehört; jedenfalls bin *ich* erleichtert, weiß Gott. Er macht gerade lange genug halt, um sich etwas Tee auf seinen Pullover zu kleckern. Brooke wischt ihn ab und gibt ihm an der Tür einen Kuß.

»Mir unbegreiflich, was du in diesem Dumpfmeister siehst.«

»Er ist lieb und freundlich und anständig – drei Eigenschaften, die dir keiner nachsagen kann. Ich hab ein echt mieses Jahr hinter mir und bin für Dougs Interesse zutiefst dankbar.«

»Der Mann hat null Persönlichkeit.«

»Dafür ist er wenigstens kein Großkotz. Da besteht ein Unterschied.«

Ich ertrage es nicht, daß Brooke sauer auf mich ist. Wir sind kaum einmal unterschiedlicher Ansicht, daher macht es mich fertig, daß sie meine Einschätzung des guten, des tugendhaften Dr. Halliwell nicht teilt. Doch da sie offensichtlich sauer ist, entschuldige ich mich, um sie zu besänftigen. Weil ich weiß, daß sie diese Beobachtung nicht goutieren würde, und weil ich weiß, daß er wahrscheinlich nicht mal etwas dafür kann, erwähne ich erst gar nicht, wie komisch er keucht, statt zu atmen.

Später, als sie auf dem hölzernen Bett sitzen, streicht Brooke ihrem Bruder übers Haar und, mit einer weiteren Geschichte aus ihrer gemeinsamen Kindheit, über seine Seele. Es ist eine Geschichte von einem Welshterrier und einer gefleckten Katze. »Erinnerst du dich noch an den alten Rogue? Wir konnten ihn nie dazu bringen, sein Hundefutter zu fressen. Er fand es eklig. Hat den Napf umgekippt und das Fressen überall verteilt. Doch sobald Clio ihre Schnurrhaare in seinen Napf steckte, ist er ausgerastet, hat gebellt, geknurrt und ist um sie herumgerannt, bis sie fertig war. Dann hat er sich über das Futter hergemacht und auch noch den letzten Brocken verschlungen.«

Connor kennt seine Schwester gut genug, um zu wissen, worauf sie hinauswill, ist aber im Augenblick zu unglücklich, um ihr beizupflichten oder sich zu wehren.

»Du warst jetzt drei Jahre lang mit ihr zusammen. Die ganze Zeit über hast du dich in der Beziehung nicht besonders engagiert. Aber kaum steckt jemand seine Nase in deinen Napf, fängst du an zu jaulen. Ich sag es nur ungern, aber das ist typisch Mann. Ihr Jungs glaubt zwar, daß ihr Jungfrauen haben wollt, aber meiner Meinung nach wollt ihr eure Schniepel einfach nur da reinstecken, wo schon die anderen Schniepel waren.«

Da fällt mir der Witz ein, den Philomena am Abend vor ihrer Abreise im Taxi zur Baby Doll Lounge erzählt hat, und obwohl mich das eigentlich hätte beruhigen müssen, bewirkt es doch nur, daß sie mir noch mehr fehlt, als ich an ihren weichen Körper auf meinem Schoß denke.

Philomenas Witz

»Es geht um einen Typ«, fängt sie an, »– haltet die Klappe und hört zu –, der ist Schiffbrüchiger auf einer einsamen Insel.«

»Ist das der Witz von dem Dobermann und dem Schaf?« fragt Ralph, das Frisurengenie.

»Nein, falsch. Ruhe!« Sie gibt Ralph einen Klaps und fährt fort. »Der Typ vegetiert also auf dieser einsamen Insel vor sich hin, bis eines Tages wieder ein mächtiger Sturm aufkommt und ein anderes Schiff auf dem Riff zerschellt. Nach einer Weile sieht er einen Körper in der Brandung treiben, er schwimmt raus, packt in die blonden Haare und zieht den Körper an Land... *Ruhe!* Und die Person entpuppt sich als Sharon Stone. Also, er macht Mund-zu-Mund-Beatmung – nein, Klappe halten... Er wiederbelebt sie, und natürlich ist sie furchtbar dankbar, das Übliche halt. Nein, sie ist *nicht mehr* nackt, Connor, ist auch egal. Na schön, meinetwegen ist sie nackt. Jedenfalls ist sie dankbar, logisch, aber nach ein paar Wochen ist sie mehr als nur dankbar. Sie merkt, daß sie sich in den Typ verknallt hat. Und sie denkt: Ist das nicht toll, wär ich nicht schiffbrüchig geworden, hätte ich den Mann meiner Träume nie kennengelernt. Natürlich ist er hingerissen – also wirklich, o Mann, Sharon Stone liebt ihn, und er liebt sie und alles ist super, und sie beschließen zu heiraten, falls sie je von dieser verfluchten Insel runterkommen, aber irgendwann merkt sie, daß sich seine Laune verschlechtert, er ist nicht mehr der alte. Sie redet sich ein, daß er sich schon wieder fangen wird, aber weil er ihr total down vorkommt, fragt sie schließlich: ›Was ist denn los? Ich mach alles, was du willst, komm nur wieder zu mir zurück.‹ Doch er antwortet, es sei gar nichts.«

»Schwuchtel!« ruft Alonzo, der sich selbst als »Puderfee« bezeichnet.

»Halt den Rand, Lonz.«

(Und wie du Philomena so auf deinem Schoß spürtest, und aus der Nähe zu ihr hochsahst, ihr Profil betrachtetest, kamst du dir schmerzhaft, unwiderruflich hetero vor.)

»Doch irgendwann fragt er«, fährt sie fort, »›Würdest du wirklich alles für mich tun?‹, und sie antwortet: ›Aber ja‹, worauf er sagt: ›Ich möchte, daß du dich als Mann verkleidest, unten am Strand sind jede Menge Männerklamotten angespült worden …‹«

»Hab ich doch gleich gesagt!«

»Klar, damit kannst du bestimmt was anfangen, Lonzo – und Sharon denkt: Mist, ich wußte doch, das war zu schön, um wahr zu sein, jetzt zieht der so 'ne perverse Chose mit mir durch, aber weil sie ihn so sehr liebt, erklärt sie sich einverstanden. Daraufhin erklärt er ihr, nachdem sie sich umgezogen hat, soll sie in eine Richtung um die Insel herumgehen, während er in die Gegenrichtung geht, so daß sie sich auf halbem Weg treffen. ›Und wenn du mir begegnest, tust du so, als wärst du ein alter Bekannter von mir und fragst, wie's mir geht.‹ Sie marschiert also um die halbe Insel herum, und als sie sich treffen, sagt sie: ›He, Frank, wie geht's denn so?‹ Und er antwortet: ›Ausgezeichnet, Alter. Du *glaubst* ja nicht, wen ich zur Zeit ficke …‹«

Zurück in der Gegenwart

»Warum kann ich nicht einfach dich heiraten?« fragt Connor.

»Ich bin eine erbärmliche Ehefrau. Frag doch Jerry.«

»Scheiß auf Jerry. Jerry ist ein Blödmann. Erzähl mir noch eine Geschichte. Bitte. Irgendeine, die nicht von Mord und Totschlag in anderen Weltgegenden handelt.«

Noch eine Geschichte

»Hab ich dir schon mal von Strategien bei der Jagd nach großen Primzahlen erzählt?«

»O Gott, bloß das nicht.«

»Wie du weißt, sind Primzahlen nur durch sich und die Zahl eins teilbar – sie sind so was wie die Baumaterialien der Zahlentheorie, vergleichbar mit Elementarteilchen in der Physik oder den grundlegenden Elementen in der Chemie. Alle anderen ganzen Zahlen lassen sich als Produkte dieser Primzahlen darstellen. Natürlich gibt es unendlich viele Primzahlen, man sollte also meinen, es wäre ziemlich einfach, sie zu finden.«

Das sollte man sicherlich. Aber jede Wette... es ist *nicht* einfach.

»Doch tatsächlich ist es recht schwierig, selbst mit Hilfe von Computern.« Während sie spricht, betrachte ich unauffällig die schmalen Narben unter den Armen ihres Nachthemds. »Sie benehmen sich ziemlich abartig und sind in absolut unvorhersehbaren Reihen zwischen den anderen Zahlen verborgen. Die Suche nach den richtig großen – damit meine ich Zahlen in der Größenordnung von, sagen wir, zwei hoch siebentausendsechshundertdreizehn –, die Suche nach den richtig großen also gestaltet sich so ähnlich, als würde man den Meeresboden nach einem riesigen Merlin absuchen. Man muß ein großes Gelände abstecken und sich dann Stückchen für Stückchen heran...«

Das geht eine Weile so weiter. Läßt man große Primzahlen mal beiseite, frage ich mich, was wohl die richtige Strategie wäre, um zierliche Models zu finden.

Connor läßt die Gedanken schweifen

Beiläufige Überlegungen:

Eine Sehnsucht nach Philomenas Körper, die so ortsgebunden ist wie die des Lachses nach dem Stück Wasser, in dem er aufgewachsen ist. Der Glaube, daß sie ihm immer fehlen wird, daß keine andere auch nur annähernd sein hartnäckiges, ständig wiederkehrendes Bedürfnis flußaufwärts zu schwimmen wird erfüllen können. Daß er wie diese armseligen, anadromen, flossenbewehrten Pilger im Teich unterhalb der Mauer eines gigantischen Stausees hängenbleibt, auf ewig aus der Heimat verbannt.

Hat Brooke recht? Braucht der männliche Teil der Gattung Mensch die permanente Bestätigung, wie attraktiv sein Liebes- oder Sexobjekt ist? Der einzige absolute Beweis dafür ist, daß ein anderer Mann sein Interesse umsetzt, und diese Umsetzung nimmt dem Liebenden ein- für allemal das Gefühl, seine Geliebte zu besitzen, und läßt ihn vor lauter Eifersucht wahnsinnig werden.

Hat sich Connor tatsächlich, wie behauptet, schuldig gemacht, weil er den Modelstatus seiner Freundin genoß? Statt sie zu ermuntern, etwas zu tun, was ihrer geistigen Gesundheit zugute käme? Statt sie beispielsweise zu heiraten? Sondern sie praktisch in die Arme irgendeines geilen Fotografen oder männlichen Fotomodells zu treiben, oder wer sonst in genau diesem Augenblick seinen Ständer gegen ihr fehlendes Diaphragma rammen mochte?

Oder spiegelt seine Bindungsangst das oben erwähnte Gefühl wider, er sei ihrer nicht würdig? Sollte er ihr glauben, daß sie die wenigen Eigenschaften bewundert, die er an sich selbst schätzt: seine Intelligenz, seine jeden Praxisbezug entbehrende Bildung und seine fehlende Aggressivität? Oder verachtet er sie – aus Selbsthaß heraus –, weil sie genau solche Eigenschaften an ihm schätzt, die auf dem Markt nichts wert sind?

Gespräch über Surrogatsex

»Findest du es abartig, daß ich immer an ein anderes sexuelles Erlebnis mit Philomena denke, wenn ich mit ihr schlafe?«

Brooke überlegt. »Man könnte vermutlich sagen, es handelt sich um ein Stereoskop, ein altes optisches Gerät, mit dem man Fotografien desselben Gegenstandes von zwei leicht unterschiedlichen Blickwinkeln aus betrachtet, wobei deine zwei Augen die Bilder kombinieren, so daß die Illusion von Tiefe entsteht.«

»Was genau«, fragst du, »sind in diesem Fall die zwei Augen?«

»Aber eine bösere Erklärung wäre, daß du unfähig bist, die aktuelle Intimität zu genießen, und dich von der ›häuslichen‹ Philomena distanzieren mußt, mit der du Lebensmittel einkaufst und Rechnungen bezahlst, indem du sie in die Sorte Sexobjekt verwandelst, das immer noch in Hollywoodfilmen und Hochglanzmagazinen wie dem verbreitet wird, für das du arbeitest, und in dem sie häufig abgebildet wird. Aber wenn du dich dadurch besser fühlst: Meines Wissens machen das alle Männer. Nur müssen die meisten ihre eigene Wohnung verlassen, um sich das entsprechende Bild zu besorgen.«

Jeeves nimmt sich seiner an

Connor kann immer noch nicht ruhig sitzenbleiben. Er geht im Wohnzimmer auf und ab, bleibt stehen, um sämtliche Gegenstände zu betrachten, die er nicht wiedererkennt. Schließlich nimmt Brooke Wodehouse zu Hilfe.

In der Familie McKnight gibt es die Tradition, sich in den Wodehouseschen Kosmos zurückzuziehen, wenn das Leben einen besonders tristen und realen Eindruck macht. Connor weiß diese Geste um so mehr zu würdigen, als Brooke nicht glaubt, daß es möglich oder wünschenswert ist, den Sorgen und Schrecknissen dieser Welt zu entkommen (obwohl er sie einmal im Zusammenhang mit irgendeinem logischen Problem über mögliche andere Welten hat plaudern hören).

Sie liest laut vor, wie Bertie versucht, Sir Watkin Basset das silberne Sahnekännchen zu stehlen, während er sich bemüht, mit Bassets verträumter Tochter Madeline verehelicht zu werden. Nach über einer Stunde ist er von dieser Tortur erschöpft und gibt zu, nun könne er eventuell einschlafen.

Connors Traum

Dein Schlummer ist qualvoll und unruhig, bis Brooke dich endlich in die Arme nimmt. Sofort empfindest du beinahe vollkommenen Frieden. In der vertrauten Wärme der schwesterlichen Umarmung hast du das Gefühl, nach einer langen, anstrengenden und unglücklichen Reise endlich deinen Bestimmungsort erreicht zu haben. Du küßt deine Schwester und entschlummerst sanft, und in deinem Traum umarmst du eine wunderschöne Frau. Könnte es Pallas sein? Philomena ist es jedenfalls nicht, aber eine dir sehr vertraute Person. Du küßt sie auf den Mund und schmiegst dich an ihren Oberkörper. Als du dich in deinem Traum selbst beobachtest, fühlst du dich phantastisch. Gerade bist du kurz davor, zu dir zu finden, als Brooke ruft: »Nein, Connor, nicht. Connor, laß das!«

Noch ein Traum

Du sitzt in einem wogenden Feld, als sich plötzlich Philomena neben dich fallen läßt, den Blick von Lust erfüllt. Diesen Ausdruck hast du noch nie bei ihr gesehen, eine lüsterne Maske. Sie faßt an deine Jeans und zieht den Reißverschluß auf. Du fragst, wo sie gewesen ist. »Mit vollem Mund kann ich nicht reden«, antwortet sie keck und beugt sich vor, um ihn zu füllen. »Und die vielen Leute?« fragst du verschämt, da dir soeben die Anwesenheit anderer aufgefallen ist. »Um die habe ich mich schon gekümmert«, antwortet sie und schaut auf. Jetzt erst siehst du, daß alle Männer um euch offenbar frisch befriedigt auf dem Rücken liegen, die Jeans um die Knöchel. Ein Mann geht vorbei, zieht dabei den Reißverschluß zu und blinzelt dich an.

Panisch wirst du wach und setzt dich auf. Brooke liegt neben dir und atmet leicht. Das seltsame an dem Traum: Philomena hat immer behauptet, sie sei zu gehemmt, um dir gern einen zu blasen, und war aus einem zutiefst fehlinterpretierten Gefühl von Gegenseitigkeit heraus der Meinung, auch du könntest darauf verzichten.

In dem Traum bist du ebenso erregt wie eifersüchtig, geschwollen vor Trauer und Lust.

Brookes Traum

Brooke träumt von Körpern, die einen tansanischen Fluß hinuntertreiben, mißhandelten Körpern, die über die Rusumo-Wasserfälle auf die darunterliegenden Felsen stürzen.

Eine Meldung in der *Daily News*

Als ich auf dem Heimweg in der U-Bahn meine morgendlichen Boulevardzeitungen durchforste, stoße ich auf folgendes:

> ... Vorstadt-Herzensbrecher LIAM NEESON schlägt im Restaurant DA SILVANO, den Romancier JEREMY (*Walden*) GREEN, der sich offenbar zu intensiv für seine Frau NATASHA RICHARDSON interessiert hatte ...

Werbung an einem Buswartehäuschen

Club Med – so muss das Leben sein: Weißer Sand, türkisblaues Wasser, karamelbraune Haut. Vielen Dank für den Hinweis. Hier fällt kalter Nieselregen auf Manhattan; eine eklige Wolke hat die Spitzen des World Trade Centers verschluckt.

Zu Hause angekommen, eile ich zum Anrufbeantworter. Von Brooke aus habe ich ihn einmal heute vormittag abgehört, aber das ist vierzig Minuten her. So schwer es mir fiel, den Schutz ihres Nestes zu verlassen, hielt ich meine Chancen für größer, von Phil zu hören, wenn ich neben dem Telefon Stellung bezog – obwohl ich gestern abend Brookes Nummer auf dem Gerät hinterlassen hatte.

Nur ein Anruf, von Jeremy. »Verflucht, McKnight. Ruf mich an.« Trotz meiner Enttäuschung, statt Phils seine Stimme zu hören, rufe ich umgehend zurück. Ich rechne immer damit, irgendeine schreckliche Nachricht von Jeremy oder über Jeremy vorzufinden, der sich nach außen hin nicht nur als Figur im zweiten Akt einer Tragödie darstellt, sondern auch alle zwei Monate sein Testament umschreibt: zur Zeit bin ich als literarischer Nachlaßverwalter vorgesehen. Bei Brooke ist meine größte Angst, daß der dritte Akt über die Bühne geht, während ich gerade abwesend bin.

»Samstag druckt die *Times* eine Rezension ab.«

»Das ist toll.« Offensichtlich hat er die *News* nicht gesehen. Ich werde mich hüten!

»Woher weißt du, daß es toll ist? Hast du irgendwas gehört?«

»Das heißt: Allein schon in der *Times* besprochen zu werden, ist schließlich was Besonderes, oder?«

»Samstag ist, wie im August nach Paris zu reisen.«

Es klickt, weil ein anderer Anruf in der Leitung ist, und er schmeißt mich wegen Blaine raus.

Kurz darauf ruft er zurück. »Ich habe gerade *Goodbye, Columbus* noch mal gelesen«, teilt er mir mit.

»Ah ja. Brenda Patimkin … Unterwasserküsse … Diaphragma.« Kaum ist es heraus, empfinde ich einen von Verlust und Bedauern herrührenden Schmerz. *Diaphragma* – ein gräßliches Wort, obszöne kleine Frisbees zischen am Rand meines Sichtfelds vorbei, Minen, die direkt unter dem Pfad meines Bewußtseins liegen. Damals habe ich wohl zum ersten Mal davon gehört, als ich Philip Roths ersten Roman las. Hatte keine Ahnung, was das war. Ich wünschte, es wäre dabei geblieben.

»Es ist so *offensichtlich*«, fährt Jeremy empört fort. »Mir kam die Idee, als würde über meinem Kopf eine beschissene Glühbirne eingeschaltet.« Das ist mehr als ein Klischee, aus Jeremys Mund klingt es, als bestünde Brandgefahr. Aber ich bin andererseits erleichtert, daß er weder ein ganzes Fläschchen Percocet geschluckt noch sich in einer mit warmem Wasser gefüllten Badewanne die Pulsadern aufgeschnitten hat, nachdem er zu dem Schluß gekommen war, sein Talent sei – verglichen mit dem der Titanen, geboren von der Sonne, die erst eine kurze Wegstrecke zurückgelegt hatte etc. – zu dürftig, um seinen fortgesetzten Gebrauch planetaren Sauerstoffs zu rechtfertigen.

»Salinger«, verkündet er kryptisch. »Roth hat Salingers Unterdrückung seines eigenen Jüdischseins, das Phantomjüdischsein von Salingers pseudoprotestantischen Figuren, genommen und dem Stoff einen explizit jüdischen Anstrich verpaßt. Die soziale Beobachtung, das Klassenbewußtsein, die hyperrealistische Beobachtung der Balzrituale der städtischen Nachkriegsjugend … und dann benutzte er die von Bellow und Malamud gewährte Freiheit, explizit jüdische Themen anzusprechen. Voilà – *Goodbye, Columbus*.«

»Die Familie Glass war doch jüdisch, oder?«

»Halb irisch, halb jüdisch«, antwortet Jeremy ungeduldig. »Die Mutter gibt den Glauben weiter, in diesem Fall an Bessie, die irischer Herkunft ist. Mit anderen Worten: nein. Salinger hat wahrscheinlich unbewußt versucht, sich ein wenig als irischer Literat zu profilieren. Aber Roth – unbenommen, *Goodbye, Columbus* ist ein tolles Buch. Ich will damit nur sagen, daß es nicht aus irgendeinem luftleeren Raum entstand.«

»Da bin ich aber erleichtert«, sage ich. »Wie wär's jetzt mit einem Schluck? Ein stärkender… *Cocktail?*«

»In einer halben Stunde muß ich bei meinem Seelenklempner sein.«

»Na klar, die keltische und hebräische Methode, mit Kummer beziehungsweise Verwirrung fertigzuwerden.«

»Ich brauche mehr medizinische Betreuung, um diese verfluchte Buchveröffentlichung durchzustehen.«

»Schick mir das Buch«, sage ich zum Abschied.

E-mail

An: Schreiberling@aol.com
Von: Jenrod@inch.com
Betrifft: Ich warte
Meine Freundin Tina meint, ich sollte Ihnen ein Foto schicken damit Sie mich nicht für »ein Brechmittel« halten. Man sollte nicht nur nach dem Äußeren gehen aber seien wir ehrlich, in diesem Geschäft sind häßliche Entlein nicht gerade der Hit schlechthin, von Kathy Bates vielleicht mal abgesehen was nicht respektlos gemeint ist, ich halte sie für eine sehr begabte Schauspielerin. Ich schicke Ihnen mit der »Schneckenpost« mein »Brustbild« was aber mehr zeigt als nur meine Brust. Bitte um E-mail! Ich warte, und zwar atemlos.

Präventivschlag

Montag: Wir essen mit Pallas zu Mittag. Natürlich mußten wir ihr für den Zeitaufwand hundert Dollar versprechen. Und das Essen. Warum wir das machen? Vielleicht der Versuch, den mit »Ein Leben nach Philomena« überschriebenen Plan durchzuziehen, falls es nötig werden sollte. Um uns unserer unverbrüchlichen Treue zu versichern, holen wir uns einen runter, ehe wir die Wohnung verlassen, wozu wir eine besonders aufreizende Episode heraufbeschwören, während der Philomena ihre Abneigung vor oralem Sex vergaß.

Pallas bei Tag

Pallas trifft nur ein paar Minuten verspätet ein. Das Gespräch in dem Restaurant schwillt ab und schließlich wieder an, ein kollektives Säuseln. In einem weißen T-Shirt (was sonst!) und einer schlichten, blauen Seidenjacke mit passender Hose sieht sie dezent atemberaubend aus. Bilde ich mir das nur ein, liegt es an meinem Insiderwissen darüber, wie sie unbekleidet aussieht, oder besteht tatsächlich eine leichte, belebende Spannung zwischen ihren natürlichen, üppigen Formen und ihrem knappsitzenden Outfit? Oder könnte es sein, daß sie bekleidet einfach nur albern aussieht? Ich stehe auf und ziehe ihren Stuhl vor, streife ihren Arm, atme ein aggressives Parfüm ein.

»Was weißt du?« fragt sie.

»Immer weniger, Pallas. Ich befinde mich in einer epistemologischen Rezession.«

»Verstehen andere Leute auch nur die Hälfte von dem

Quatsch, den du erzählst?« Sie wirkt nicht irritiert, nur ein wenig neugierig, sie dreht den Kopf, sieht sich im Raum um. »Wo sind die Promis?« will sie wissen. Offenbar hatte ich ihr ein paar versprochen.

Rascher Schwenk durch die Räumlichkeiten. Irgendwie bezweifle ich, daß der Verlagsleiter von Farrar, Straus & Giroux Pallas' Ansprüchen genügt. Daher entscheide ich mich für die Offensive. »In welcher Hinsicht würde dein Leben gewinnen, *falls* tatsächlich ein, sagen wir, Filmstar anwesend wäre?«

»Hä?«

»Wußtest du, daß Schauspieler, historisch betrachtet, bis vor kurzem in der großen Kette der Lebewesen generell noch unter, sagen wir mal, Bandwürmern oder Silberfischchen angesiedelt wurden? Sie galten – und dagegen läßt sich kaum etwas einwenden, wenn man darüber nachdenkt – als Täuscher, Irreführer, Heuchler, waren in moralischer Hinsicht folglich äußerst suspekt. Nein, wie läßt sich diese verdammte internationale Epidemie erklären, daß diese Leute glauben, jemand, der dafür bezahlt wird, auf der Leinwand das wirkliche Leben vorzutäuschen, wäre irgendwie *wirklicher* als wir anderen Menschen? Wir leiden an einer Art Massenhysterie, einer Ersatzepidemie, führen die Leben von Pamela Anderson und Charlie Sheen aus zweiter Hand.«

Pallas ist offenbar nicht willens, sich aktiv an der Gesprächsführung zu beteiligen, sondern sieht sich wieder suchend im Restaurant um.

»Und«, frage ich, »gefällt dir dein Job?« Der verzweifelte Versuch, ein Gespräch in Gang zu bringen.

Nachdem sie lange einen in einiger Entfernung sitzenden Gast betrachtet hat, der sich als nicht prominent entpuppt, sieht sie wieder mich an und zuckt mit den Achseln, wodurch sich ihr Brustkorb auf faszinierende Weise in Bewegung setzt. »Ja, der ist in Ordnung. Macht schon irgendwie Spaß. Man verdient ganz ordentlich Geld.« Sie tippt auf das Päckchen Seven Stars, das ich geistesabwesend aus meiner Tasche geholt hatte. »He, ich wußte ja gar nicht, daß du rauchst. Alle Japaner im Club rauchen diese Marke. Ich komme aus einer Gegend, wo man Tabak anbaut. Hauptsächlich rauchfreien. Das war vermutlich ein Grund, weshalb ich da abgehauen bin. Wenn man's mit irgendeinem Knilch treibt, steckt man automatisch die Zunge in das Zeug. Man greift nach einem Coke oder'm Bier, und plötzlich schluckt man die Spucke von irgendeinem Typ mit runter.«

Erstaunlich – wir führen so was wie ein Gespräch. Das ist die längste Rede, die ich je von Pallas gehört habe, gesättigt mit intimen Einblicken in ihre Vergangenheit.

»Was willst du mit deinem Leben anfangen, da du nun hier bist?« frage ich vorsichtig. »Du kannst ja schließlich nicht ewig tanzen.«

»Ich will Schauspielerin werden.«

»Leck mich am Ärmel.«

»Warum ziehst du immer so über Schauspieler her?«

»Wahrscheinlich der blanke Neid«, sage ich.

»Du solltest mal in meinen Schauspielkurs kommen.«

Ich winke dem Kellner, der garantiert an irgendeinem Schauspielkurs teilnimmt, und deute auf mein leeres Glas Stoli Cristall.

»Und als Training halte ich Tanzen für großartig, man muß vor einem Publikum auftreten und so was, das hilft hundertprozentig bei deinen Hemmungen und so.«

»Was mögen das für Hemmungen sein, Pallas?«

»Kennst du John Cusack?« will sie wissen.

»Nicht persönlich. Warum?«

»Ich dachte gerade, der Typ da drüben sieht aus wie er. Ein bißchen.«

»Hast du von Chip Ralson gehört?«

»Hast du mich deshalb zum Essen eingeladen?«

»Ich habe dich zum Essen eingeladen, weil ich unglücklich in dich verliebt bin.« Wo, seltsamerweise, was dran ist, obwohl ich jetzt, nachdem sie mich sitzengelassen hat, sogar noch verzweifelter in Philomena verliebt bin als je zuvor, obwohl aus Pallas' Mund nur Klischees oder Schlimmeres dringen. So eine Liebe könnte ich meiner Schwester unmöglich erklären.

»Jemand vom Büro seines Managers hat angerufen und für nächste Woche einen Abendessentermin vereinbart.«

»Chips Manager geht mit dir essen?«

»Nein, Dummchen. *Chip* geht mit mir essen.«

»Du könntest mir nicht eventuell verraten, *wo* er mit dir feiert?«

»Das weiß ich gar nicht. Jemand wird mich an dem Tag anrufen und es mir sagen.«

Der Kellner kommt und zählt die Gerichte auf der Tageskarte auf, die alle irgendwie ekelerregend klingen.

»Wie wär's mit'm Cocktail?« schlage ich vor.

Ein Lieblingswort meiner Mutter

Cocktail. Eines der ersten Wörter, das ich an der Mutterbrust gelernt habe. (Und wenn ich von meiner Mutter gestillt worden wäre, hätte ich sie zweifellos mit der Milch aufgesogen.) *Wollen wir uns einen Cocktail genehmigen?... Ich schätze, es ist beinahe Zeit für einen Cocktail*. Ich kriegte meinen Saft und sie den ihren, von dem ich ein Schlückchen abbekam. Und anschließend der süß-saure Geruch ihrer feuchten Küsse und der Klang ihres Gelächters, wie Eis in einem silbrigen Shaker. Wohingegen das Lieblingswort meines Vaters *Highball* war. *Ich schätze, ich mach mir noch einen Highball.* Ein Wort, das mir nicht so lieb ist, es beschwört zu sehr die Erinnerung an maskulines Poltern, Streitereien und zerbrochene Gläser herauf. Nachdem er sich dann einen Highball gemacht und diesen geschluckt hatte, genehmigte er sich *eine Dividende*. (Dieses Wirtschaftsmodell hat eventuell nicht nur mein Gespür für Kapitalbildung verdorben, sondern auch meine Aussichten, jemals Investmentbanker zu werden – dahinter stand nämlich die Vorstellung, daß man fürs Konsumieren belohnt wurde.)

Im späteren Leben bedeutete das Wort *Cocktail* eine permanente, silbrigglänzende Abenddämmerung in Manhattan, und die Nacht mit ihren grellen Versprechungen lag noch vor einem. Ein Wort, das offenbar diffus sexuell konnotiert war… Dieser Gedanke wurde unangenehm, als ich mir Philomena vorstellte, die Beine breit und mit einem fremden Schwanz in sich… und dann fällt mir der Traum von letzter Nacht ein…

Pallas bestellt einen Kir Royal. Ich trinke viel, mit Bedacht, doch hat es offensichtlich keinerlei Wirkung.

Ein trauriges Kapitel

»Warum sollte ich dir von Chip erzählen?« Pallas schmollt. »Du könntest ja einer von diesen Leuten sein, der andere verfolgt, ihnen nachstellt.«

»Ich bin nicht verrückt«, antworte ich. »Ich bin nur… traurig. Ich glaube, meine Freundin ist mit einem anderen durchgebrannt.« Weder hatte ich vorgehabt, Pallas das zu erzählen, noch war ich auf ihr Mitleid aus. Dennoch bin ich ihr dankbar, als sie meine Hand nimmt und mir zum vielleicht ersten Mal in unserer kurzen Bekanntschaft direkt in die Augen sieht.

»Armer Kleiner«, sagt sie.

»Ich hab's verdient.«

»Sie kommt schon wieder.«

»Das kann ich mir nicht vorstellen, Pallas.« Bis ich es mich selbst sagen höre, war mir nicht klar, daß ich das glaube. Ich wende mich von Pallas' gütigem Blick ab, das schmutzige Traumbild von Philomena vergiftet die Luft um mich herum.

»Na, laß dir deswegen keine grauen Haare wachsen.« Sie streckt die Hand aus und streicht mir über die Wange.

»Ich kann's ihr nicht verdenken. Nein, wirklich, guck mich doch an. Jetzt zum Beispiel: Hier sitze ich und esse mit dir zu Mittag. Also echt, was soll man davon halten?«

»Im Grund bist du ein echt netter Typ. Mach dich nicht schlechter als du bist. Du hast mich noch nicht mal richtig angemacht. Nicht ernsthaft. Weißt du eigentlich, wie selten so was ist? Du glaubst ja nicht, was ich mir Nacht für Nacht anhören muß.«

»Verwechsle Schüchternheit nicht mit Tugendhaftigkeit. Entschuldigst du mich mal eben?« Von einer plötzlichen Welle des Kummers überwältigt, schlurfe ich die Treppe hinunter zum Telefon, wo ich meinen Anrufbeantworter anwähle und die Nachrichten abhöre.

Obwohl – oder vielleicht sogar weil – ich die strahlende Pallas so sehr schätze, schieben sich nun Philomenas Tugenden wieder in den Vordergrund und verlangen meine ganze Aufmerksamkeit. Wie sie nie von einer Reise zurückkam, ohne mir ein Geschenk mitzubringen, beispielsweise: einen Gürtel aus Mailand, eine beschissene Baskenmütze aus Paris, eine Sonnenbrille aus L.A., einen schönen alten Globus von der Upper East Side. Wie sie kleine Briefchen in meinem Gepäck versteckte, wenn ich auf Reisen war. *Stell dir vor, daß ich jetzt bei dir bin und dich am ganzen Körper zärtlich bearbeite.* Unser erster Trip auf Ecstasy. Ihre kindliche Freude, was die weihnachtlichen Rituale betraf. Daß man mit ihr interessante Gespräche führen *konnte*, was auf gewisse andere Personen nicht unbedingt zutrifft, in die man womöglich verliebt sein mochte, und zwar trotz der brüllenden Hirnlosigkeit ihres sogenannten Berufsstandes, der gewiß nicht banaler war als mein eigener.

Kurzfristige Erleichterung

Eine Nachricht – aus Jillian Crowes Büro, mit der Aufforderung, umgehend zurückzurufen. Plötzlich eine Hand auf meiner Schulter... Pallas steht hinter mir und wirkt mitfühlend, besorgt.

»Du weinst ja«, stellt sie fest.

»Ach ja?« Sie öffnet die Toilettentür. »Das ist das Männerklo«, sage ich, als sie einen Blick hineinwirft. Sie nickt, nimmt mich bei der Hand und zieht mich hinter sich rein. Sie holt ein Papiertaschentuch aus ihrer Handtasche und wischt mir über die Augen. Dann küßt sie mich auf die Stirn. Das gibt mir den Rest. Sie nimmt mich in die Arme, umfängt mich mit ihren weichen Formen, massiert mir mit einer Hand den Rücken. »Na, na... hey, was ist das denn? *Einem* geht's schon viel besser.«

Sie küßt mich auf den Hals, während ihre Hände meinen Hosenschlitz ertasten, dann die Öffnung meiner Boxershorts, und dann, o Gott, wie in: Er existiert doch... aber ja. Das sollte ich nicht tun – dabei mache ich eigentlich nicht viel, außer mich dieser köstlichen Reibung hinzugeben. Doch um darüber nachzudenken, ob ich dem nachdrücklichen Rhythmus von Pallas' energischer Hand Widerstand leisten sollte, ist es schon zu spät. Sie gibt mich nur lange genug frei, daß ich (hier ein vernehmliches zufriedenes Stöhnen einfügen) ihr die Hand lecken kann. Und als sie sich ans Werk macht, kommt mir der Gedanke, daß es beim Sex, wie im Leben, ein labiles – und in diesem Fall köstliches – Gleichgewicht zwischen Gleitfähigkeit und Reibung gibt, zwischen Entspannung und Widerstand.

»Pallas, *bitte.*« Anscheinend ist das meine Stimme, mit einem deutlich flehenden Unterton – obwohl ich nicht weiß, um was ich bitte. Um mehr? Oder vielleicht soll sie mir versprechen, daß diese Flut ekstatischer Gefühle niemals endet, oder daß sich wenigstens der Schmerz nicht wieder ausbreitet, sobald sie nachlassen. Jedenfalls knabbert Pallas sanft an meinen Lippen, während ihre Hände wahre Wunder vollbringen. Ich vermute, daß sie einige Übung hat. Eigentlich kann sie das besser als ich selbst.

Doch jetzt kommt das absolut Abgefahrene: Von dem Augenblick an, als Pallas – Gott segne sie – niederkniet, bis zum Ende stelle ich mir vor, sie wäre Philomena.

»Danke danke danke«, stöhne ich, während Pallas unauffällig ins Becken spuckt und sich die Hände wäscht.

»Das hast du gebraucht«, erklärt sie überzeugend.

Postorgasmische Depression

Als ich Pallas die Tür des Herrenklos aufhalte, denke ich immer noch an Philomena, die mir mehr fehlt als je zuvor. Und einen Augenblick lang registriere ich überhaupt nicht, daß direkt davor erstaunlicherweise Jillian Crowe an dem Münztelefon steht, betont schlicht und streng in einem dunkelgrauen Kostüm, wahrscheinlich Calvin Klein, und das dreißig Straßenzüge südlich vom Royalton, wo sie normalerweise mittags speist. Mir fällt ein, was einmal jemand über sie gesagt hatte: Sie hätte schön sein können, wenn sie es nicht vorgezogen hätte, lieber elegant zu sein. Ihre Augenbrauen ziehen sich über dem oberen Schildpattrand ihrer Brille in die Höhe, als sie mich und meine Begleitung bemerkt. Leider ist das Münztelefon so plaziert, daß man sich sogar an einer so schmalen Person wie Jillian Crowe nur mühsam vorbeidrücken kann.

»Ich rufe zurück«, blafft sie in den Hörer. »*Dich* habe ich gesucht«, sagt sie zu mir.

Ich zucke mit den Achseln. »Furchtbar beschäftigt.«

»Ja, das sehe ich.«

»Das ist, äh, Pallas…« Ich hatte die Stimme erhoben, doch der Vorname schwebt verloren in der Luft, als mir klar wird, daß ich ihren Nachnamen gar nicht kenne. »Pallas – Jillian Crowe.« Jillian mustert Pallas mit der besonderen Herablassung, wie sie schlanke Frauen, die angezogen gut aussehen, für üppige Frauen bereithalten, die ausgezogen am besten aussehen.

Jillian wendet sich mir zu und fragt: »Wie weit sind wir tatsächlich mit dem Ralston-Porträt?«

»Ich, äh, arbeite dran.«

»Aha, ihr beide habt also den Artikel auf der Herrentoilette besprochen?«

»Chip?« erkundigt sich Pallas vergnügt. »Wir haben uns gerade über ihn unterhalten.«

Eine plötzliche, alberne Eingebung: »Pallas ist Chips Freundin.«

Was die erwünschte Wirkung auf Jillian hat, die Pallas nun

mit ganz neuer Hochachtung betrachtet, und Pallas hat offenbar kein Problem damit, sie zieht nur die Schultern hoch. Jillian mustert sie genauer, als erinnere sie sich aus einem anderen Leben an sie und versuche herauszufinden, aus welchem. »Waren Sie nicht mit Charlie Lapidus auf der Wohltätigkeitsgala der Metropolitan Art Society?«

Pallas zuckt mit den Achseln. »Weiß nicht mehr genau.«

Jetzt oder nie. Pallas im Schlepptau, schiebe ich mich an Jillian vorbei und winke auf dem Weg die Treppe hinauf hingebungsvoll.

»Ralston bis zum Wochenende, Connor.«

»Äh, ja, also...« Ich verabschiede mich mit einem matten Wedeln meiner Hand; irgendwie habe ich mich selbst beinahe davon überzeugt, daß das Ralston-Porträt unwiderruflich in Arbeit ist.

Pallas hingegen begibt sich mit dem hochnäsigen Auftreten der Begleiterin eines Filmstars an unseren Tisch zurück; kaum hat sie Platz genommen, legt sie das befangene Gebaren einer Prominenten an den Tag, die ihre Umgebung nicht wahrnimmt, und verzichtet darauf, sich im Restaurant umzusehen, um die störenden Blicke von Verehrern nicht wahrzunehmen. Ich muß sagen, das macht sie gut. Selbst aus ihrem Auftreten gegenüber dem Kellner spricht eine neue aufkeimende Vertrautheit. Über meine dümmlichen Versuche, sie zu unterhalten, lacht sie lauter als nötig und vertilgt dabei ihr Steak, während ich meine Krabben mit der Gabel bearbeite; wie konnte mir bisher entgehen, wie sehr diese Krustentiere den großen, unzerstörbaren Wasserinsekten ähneln, die in meiner Wohnung aus den Abflüssen kriechen? Zur Sicherheit steche ich noch mal fest zu.

Später bugsiere ich Pallas an Jillians Tisch vorbei und in ein Taxi. »Du bist ein Engel der Barmherzigkeit«, sage ich.

»Wie lieb von dir«, antwortet sie geistesabwesend; sie ist schon weg, unser Abenteuer auf dem Herrenklo ist längst Vergangenheit, während sie ihre Zukunft mit Chip plant: die Reisen nach Cannes, die Oscar-Verleihungen, die unverschämten Behauptungen in der Regenbogenpresse.

Zu Hause

Bei mir wurde eingebrochen. Das ist mein erster Gedanke, als ich die Wohnung betrete. Die Bude ist ein einziges Chaos, der Inhalt von Schubläden und Vitrinen über Fußboden und Ablageflächen verstreut. Oder meine Suche nach Zigaretten und Philomenas Diaphragma fiel gründlicher aus, als ich dachte.

Nichts auf dem Anrufbeantworter. Eine E-mail.

An: Schreiberling@aol.com
Von: Jenrod@inch.com
Betrifft: Foto
Lieber Connor,
es ist mir unendlich peinlich, ich hätte Ihnen das Foto nie schicken dürfen, aber Tina hat mich überredet. So wie letztes Jahr als sie uns einredete, wir sollten dieses Mädchen vermöbeln, das sie nicht leiden konnte was ich nicht wollte aber doch getan habe. Außerdem hatten wir gesoffen und geraucht und ich war nicht total klar im Kopf. Wenn Sie es sich noch nicht angeguckt haben, lassen Sie's bitte bleiben, ich muß weg da kommt die Aufsicht...

Schwester, Termin schwänzend

Brookes Psychopharmakologe ruft an.

»Ich störe Sie nur ungern, Mr. McKnight, aber ich bin ein wenig besorgt wegen Ihrer, äh, nun, Ihrer Schwester. Sie hat die letzten beiden Termine ausfallen lassen und reagiert nicht, mit anderen Worten, sie ruft nicht zurück, wenn ich mich bei ihr melde.«

»Ich habe sie gestern abend gesehen«, antworte ich. »Sie wirkte auf mich... ganz in Ordnung.«

»Aha«, sagt er. »Wenn Sie es einrichten könnten.«

»Ich soll dafür sorgen, daß sie Sie anruft?«

»Nun...«

»Doktor, wie würden Sie die... Probleme meiner Schwester genau diagnostizieren?«

»Nun, darauf würde ich verzichten, was bedeutet, daß es keine einfache Erklärung gibt. Ich würde sagen, bei ihr manifestiert sich ein Komplex von Symptomen, den ich nicht...«

»Meine Güte, Doktor. Leidet sie unter ernsten Depressionen? Würden Sie das sagen? *Können* Sie das sagen?«

»Sie weist Symptome von Depression auf, aber ich kann wirklich nicht... das fällt in den Bereich der ärztlichen...«

Auf die vage Chance hin, daß Philomena anrufen könnte, lege ich auf.

Ein Anruf von Mom

»Hallo, Schatz. Wie geht's, wie steht's denn so?«

»Super«, antworte ich. Mom lebt in einer eigenen verschrobenen Traumwelt, aus der ich sie am liebsten nicht wecke. Als letztes, unerwartetes Kind uralter Eltern in Charleston wuchs sie in einer Atmosphäre wohlwollender und privilegierter Vernachlässigung auf, schwebte durch Bennington College, bis sie mein Vater nach einer Erstsemesterfete auf dem Williams College – vorübergehend – auf den Boden herunterholte. Als Dad ein paar Monate später sein Studium beendete, heirateten sie und zogen in das Haus meines Großvaters nach Florida, wo Mom das Leben ihrer Jugendzeit wiederaufnahm – sie malte Landschaften, arbeitete im Garten und ritt. Man belästigt sie nur höchst ungern mit Problemen und Sorgen. Als Jeremy sie kennenlernte, erklärte er, sie befinde sich in ihrer letzten Inkarnation, ein fast vollendetes Wesen auf seiner letzten Reise zur Erde.

»Du klingst müde«, stellt sie fest. »Ist alles in Ordnung, Liebling?«

»Alles prima, Mom.«

»Ich begreife wirklich nicht, wie du das alles schaffst«, fährt sie fort, »du wirst dich da oben noch zu Tode arbeiten.«

»Mir geht's gut.«

»Dein Vater läßt dich herzlich grüßen. Kann ich dir irgend etwas mitbringen?« In ein paar Tagen setzt die alljährliche Pilgerfahrt nach Manhattan ein. Mir fällt nichts ein, was ich aus Mittelflorida haben wollte, außer vielleicht ein tiefes Loch, um darin zu versinken.

»Bring einfach nur dich selbst mit, du Gute«, sage ich.

Post

Zwischen den Rechnungen und Zeitschriften liegt ein Brief an Philomena Briggs, die Adresse handgeschrieben und in Blockschrift. Kein Absender. Der Umschlag, der kein Wasserzeichen aufweist, ist so billig und dünn, daß ich in seinem Inneren einen handgeschriebenen Brief erkennen, aber leider nicht lesen kann, ohne den Umschlag aufzureißen. Was nur Sekunden dauert.

> Liebe Schlampe!
> Du hältst mich für einen Niemand, aber das werden wir erst mal sehen. Gott hat dich schön erschaffen, aber ich kann dich häßlich machen.

Connor der Retter

Connor ruft Philomenas Agentur an, euphorisch aufgrund seiner begründeten Angst um Philomenas Wohlergehen.

»Liz, hier spricht Connor. Ich muß unbedingt…«

»Tut mir leid, Connor. Selbst wenn ich wüßte, wo sie ist, dürfte ich's dir nicht verraten.«

»Sie ist in Gefahr.«

»Ist das eine Drohung?«

»Hier liegt ein Brief von irgendeinem Irren…«

»Wir machen also ihre Post auf, stimmt's?«

»Der Typ hat unsere Adresse.«

»*Deine* Adresse.«

»Herrgott noch mal, Liz. Ich mach mir Sorgen um sie.«

»Falls ich von ihr höre, richte ich es aus.«

»Aber was ist mit dem Brief?«

»Alle Mädels hier kriegen so was. Auf welchem Planeten lebst du eigentlich? Wenn du ihn herschickst, lege ich ihn in Phils Akte.«

»Liz, bitte…«

»Adieu, Connor.«

Die Chefin ruft

Es klickt in der Leitung, weil jemand »anklopft«; Jillian Crowes Assistentin ist dran. »Jillian läßt fragen, ob Sie heute abend Zeit hätten, um sie zum Dinner bei Christina Carlton und Jason Lentz zu begleiten.«

Offenbar sind meine Aktien gestiegen, seit ich mit Chip Ralstons angeblicher Freundin am Arm und einem selbstzufriedenen Lächeln im Gesicht aus dem Herrenklo eines Restaurants marschiert bin. Christina Carlton ist natürlich eine Schauspielerin; ich habe sie einmal interviewt, kurz bevor sie einen Musikmogul heiratete.

»Jillian schickt einen Wagen. Und etwas zum Anziehen.«

»Was ist das, eine Kostümparty?«

»Wir haben Sie mit Größe vierzig notiert. Welche Schuhgröße tragen Sie?«

Stilberatung

Um neunzehn Uhr fünfzehn fährt die Limousine vor. Der Fahrer, ein schweigsamer Ire, reicht mir eine Kleiderhülle und teilt mir mit, er werde im Wagen warten. Wenigstens hat sie keinen geschickt, der mir beim Anziehen hilft.

Im John-Bartlett-Anzug mit marineblauem Hemd-und-Krawatte-Ensemble tauche ich elegant gekleidet aus meiner Wohnung auf.

Dann fahren wir nach Norden, um Jillian in ihrem abseits der Madison Avenue gelegenen Haus abzuholen. Der Portier ruft sie an, während ich in der Eingangshalle stehe und die klassizistischen Architekturdrucke bewundere.

»Du siehst phantastisch aus«, sage ich und lasse meinen Blick bewundernd über ihre hautenge, limonengrüne Hose sowie den schwarzen Rollkragenpulli wandern.

Sie begutachtet mich, lockert kopfschüttelnd meinen Schlips. »Immer ein wenig leger kleiden, und sei es nur, damit andere befürchten, sie seien zu elegant gekleidet.«

Zufrieden hakt sie sich bei mir unter. »Außerdem fahren wir zur *West* Side.«

Hintergrund, flach und tief

»Sie wollten in der Park Avenue, Nummer siebenhundertvierzig, einziehen«, berichtet mir Jillian über unsere Gastgeber. »Wahrscheinlich das beste Haus in New York. Allerdings benutzen die wirklich sicherheitsbewußten Bewohner die andere Adresse, East Seventy-First Street einundsiebzig, das ist der zweite Eingang. Doch das Eigentümerkomitee hat sie abgelehnt. Also wirklich, wie sind sie bloß auf die Idee gekommen? Was hat sich der Makler dabei gedacht? Showbusineß? Central Park West. In *so* einem Haus will man doch keine Leute aus der *Unterhaltungs*branche ...«

»Gut zu wissen«, stelle ich fest, »daß es irgendwo noch gewisse Standards gibt.«

Sie lächelt, das erstemal seit vielen Monden, daß ich mir ihre Zustimmung verdient habe. »Dann erzähl mir mal von deinem Toiletteneinsatz. Ich bin ziemlich beeindruckt. Zu schade, daß du es nicht verwenden kannst, das wäre ein wirklich netter Aufreißer gewesen: Unerschrockener Reporter taucht nach einem Quickie mit der Konkubine des nichtsahnenden Stars auf dem Klo auf. Traurig, daß wir in der Redaktion eine so rigide moralische Position vertreten.«

»Ist das die Position, mit der wir junge Frauen dazu bringen wollen, ununterbrochen an ihr Aussehen und ihr Gewicht zu denken und dabei Tausende von Dollars für die von unseren Anzeigenkunden produzierte Kleidung auszugeben?«

»Soll das vielleicht eine originelle Bemerkung sein? Versuch dich ja nicht als Zyniker. Das können andere besser.«

Höfliche Konversation im Majestic

Jillian stellt mich unserer Gastgeberin Christina Carlton vor, einer Frau mit beträchtlicher Erfahrung am Broadway wie in Hollywood, die früher Sexbomben gespielt hat, aber jetzt – notgedrungen – auf Mutterrollen umsteigt. In der Zwischenzeit hat sie Jason Lentz geheiratet, einen der zahlreichen Herren, die dadurch reich wurden, daß eine der Plattenfirmen des Time-Warner-Konzerns sie feuerte. Zum Glück, zu meiner Überraschung ist sie erfreut, mich zu sehen.

»Ach, ich erinnere mich an Sie«, trällert sie mit einer Stimme, die laut genug ist, um alle Gespräche in der Nähe verstummen zu lassen. »Ich war ja so begeistert von Ihrem entzückenden Artikel, und als ich zu meinem Manager sagte, ich würde Ihnen gern etwas Gutes tun, sagte er: ›Tja, meine Liebe, gegen einen anständigen Blowjob hätte er bestimmt nichts einzuwenden.‹«

Sämtliche Anwesenden finden das zum Schießen, doch noch erheiternder ist, wie ich erfahre, meine Reaktion, vielleicht durch Christinas aufreizend rundliche Hamsterbäckchen noch verstärkt.

»Och, seht euch das an, er wird rot. Er wird tatsächlich rot.«

»Ich hatte ja keine Ahnung, daß noch jemand wußte, *wie* man errötet.«

Dieses erstaunliche Talent, meine Verlegenheit zu zeigen, wird immer wieder erwähnt, als man mich den anderen Gästen vorstellt und dem Gastgeber, der in Jeans und einem Kaschmir-Pullover betont leger aussieht; außerdem James Croydon, dem Herausgeber von *Beau Monde*, der in seinen Savile-Row-Klamotten offenbar einen auf Tom Wolfe macht, und dem Innenausstatter Todd Fulham in schlichtem Downtown-Schwarz, der mir erzählt, er habe die Wohnung eingerichtet, ein als Adirondack-Jagdhütte getarntes zehn Millionen Dollar teures Penthouse. Er nimmt mich mit auf eine kurze Führung, zeigt mir den signierten Stickley, die Bettcouch von William Morris, das Ölgemälde von Frida Kahlo, die Hopi- und Marblehead-Keramiken. In der Bibliothek gibt er mir seine Karte, auf die er auch seine Privatnummer und die Aufforderung *Jederzeit!* notiert hat.

»Zu meinem Leidwesen«, sage ich, »übersteigen Ihre ausstatterischen Fähigkeiten meine Bedürfnisse bei weitem.«

»Ich interessiere mich nicht für Ihre Wohnung.«

»Also, Sie glauben ja gar nicht, wie leid es mir tut, daß ich eins der armen Schweine bin, die sich unwiderruflich zum anderen Geschlecht hingezogen fühlen.«

»Nun machen Sie mal halblang«, sagt er. »Also wirklich, Sie kommen in Jillians Begleitung und arbeiten für eine Modezeitschrift. Machen Sie hier nicht einen auf hetero.« Wie um sein Argument zu betonen, streicht er über den Ärmel meines geliehenen Anzugs.

»Manchmal trügt der Schein.«

»Aber auch das Trügerische hat seinen Reiz. Sind Sie sicher, daß Sie mich nicht nur zappeln lassen wollen?« fragt er, als ein livrierter Diener eintritt und verkündet, das Essen sei aufgetragen.

Fauxpas

Bei Tisch sitze ich zwischen der Modedesignerin Anne Sheridan und einer üppigen, jungen Blondine, die ich mit ziemlicher Sicherheit als Tänzerin aus dem Mount Olympus wiedererkenne. Sie ist Begleiterin von Charles Lapidus, dem Fluggesellschaften, Kosmetikfirmen und ein Filmstudio gehören, und genau wie ich auf dieser hochkarätigen Versammlung eindeutig deplaziert. Mir erzählt sie, sie studiere Jura an der NYU. Auf meine Frage, ob wir uns eventuell schon einmal begegnet sein könnten, antwortet sie kühl: »Wohl kaum«, und ignoriert mich von nun an geflissentlich. Anne Sheridan macht mir ein Kompliment wegen meines John-Bartlett-Anzugs und sagt zwischen den Gängen zu unserer Gastgeberin: »Christina, wehe, du steckst deinen Kopf unter den Tisch.« Anscheinend begreife ich als letzter, was daran so lustig ist. Offenbar sind Blowjobs heute das Topthema. »Seht mal«, sagt Anne, »er wird schon wieder rot.«

Ich versuche, mich zurückzuhalten, was mir nicht besonders schwerfällt, da mir die Gesprächsthemen fremd sind, bis sich der Tisch mit dem Zivilprozeß gegen O. J. Simpson beschäftigt.

»Ist es nicht unfaßbar, daß Don Ohlmeyer immer noch mit O. J. befreundet ist?«

»Der glaubt wirklich, daß er's nicht war.«

»Nun machen Sie mal halblang. Der Mann ist doch nicht blöd.«

»O. J. oder Don?«

»Suchen Sie sich einen aus.«

»Das würde ich lieber nicht tun.«

»Und jetzt leugnet er sogar, daß er sie je geschlagen hat.«

»Es müßte«, melde ich mich zu Wort, »für jeden Mann, der eine Frau schlägt, einen eigenen Kreis der Hölle geben.« Aus irgendeinem Grund bringt dieser Satz offenbar alle zum Verstummen. Hätte ich geglaubt, diese Aussage wäre auch nur ansatzweise strittig, hätte ich den Mund gehalten. Doch die wenigen Anwesenden, die mir auch nur einen kurzen Blick zuwerfen, tun dies mit einer Miene, als hätte ich soeben einer besonders widerwärtigen Variante von Kindesmißhandlung das Wort geredet.

Schließlich bricht unsere Gastgeberin das Schweigen. »Ist es nicht unglaublich«, sagt sie, »daß Whoopi Goldberg tatsächlich die Hürde des Auswahlkomitees im Forman-Building genommen hat?«

Im Auto, auf dem Heimweg

»Sollte das etwa ein Witz sein, oder wolltest du *vorsätzlich* den Abend ruinieren?« fragt Jillian, kaum daß der Fahrer die Tür hinter ihr zumacht. »Erzähl mir nicht, du wußtest nicht, daß Charles Lapidus seine Exfrau Samantha nach Strich und Faden verdroschen hat? Nein wirklich, um das nicht zu wissen, müßte man schon auf dem Mond leben.«

»*Darum* hat mich in der letzten Stunde keiner angesehen.«

»Es stand in jeder Klatschspalte der Stadt. Meine Güte. Ich kann ihn doch nicht morgen anrufen und mich entschuldigen. Und womit hast du seine Begleiterin beleidigt?«

»Vermutlich war sie sauer, weil ich sie mal nackt gesehen habe.«

»Du bist ein hoffnungsloser Fall«, stellt Jillian fest. »Was hat mich bloß geritten … Gott, was bin ich verspannt.« Sie kippt den Kopf erst auf eine, dann auf die andere Seite, ehe sie näher an mich heranrutscht. »Kannst du wenigstens mit deinen *Händen* umgehen? Mach dich nützlich, und befrei mich von meinem steifen Hals.« Sie dreht sich im Sitzen um, so daß sie mir den Rücken zuwendet.

Während ich ihr zögernd den Nacken durchknete, sagt sie: »Das kannst du doch bestimmt ein bißchen besser.« Ich lege los. Trotz all seiner äußeren Anmut und der nofretetemäßigen Länge ist ihr Hals bei der Berührung so knorrig wie eine Latschenkiefer, die sich an einen sturmgepeitschten Bergvorsprung klammert. Auch Philomenas Hals war manchmal so; um mir die aktuelle Aufgabe zu erleichtern, tue ich so, als würde ich sie nach einem langen Tag vor den Kameras entknoten.

»Wie ich erfahren habe, schicken dir deine weiblichen Fans schmutzige Fotos.«

»Wie bitte?«

»Heute wurde in der Redaktion ein Foto herumgereicht. War morgens in der Leserpost. Kaum zur Veröffentlichung geeignet. Ich muß schon sagen, in letzter Zeit bist du ein richtig beliebter Junge geworden. Allmählich glaube ich, du besitzt verborgene Talente.« Sie legt eine Hand hinter meinen Kopf und zieht mich zu sich; plötzlich erkundet ihre Zunge wie die Spirale eines Klempners meinen Mund.

»Das ist mir irgendwie nicht recht«, sage ich, als sie endlich meinen Kopf freigibt und nach meinem Gürtel greift.

»Machst du dir Sorgen wegen deiner Freundin?«

»Ich weiß nicht mal«, antworte ich, »ob ich noch eine Freundin *habe*.«

Sie mustert mich entgeistert. »Was soll das heißen?«

»Zur Zeit ist sie sozusagen verschollen.«

»Aber sie kommt doch wieder?«

Ich zucke die Schultern. »Das hoffe ich.«

»Meine Güte«, sagt sie und rückt von mir ab. »Ich hatte ja keine Ahnung, daß du solo bist.«

»Ist das … ein Problem?«

»Ich ficke nie mit ungebundenen Männern.«

Keine Sekunde zu früh treffen wir vor Jillians Wohnhaus ein.

»Spar dir die Mühe, ich finde allein zur Tür. Wohin du auch willst, du mußt es nur dem Fahrer sagen.« Sie küßt mich auf die Wange, mit Lippen, so rauh wie Sandpapier, während der Fahrer die Wagentür aufhält.

»Falls deine Freundin wieder auftaucht, kannst du auf mein Angebot zurückkommen. Falls nicht … tja, dann tut es mir leid.«

Die Tür fällt ins Schloß. Jillian geht Richtung Haustür, macht wieder kehrt, kommt zurück und pocht an die Fensterscheibe, die ich absenke. »Wenn du das nächste Mal auf der Suche nach einer festen Beziehung bist, lautet mein Rat, die narzißtischen Berufsgruppen nicht zu berücksichtigen.«

Ein typischer Morgen im West Village

Zehn Uhr früh. Aufwachen. Kopfschmerzen. Dir fällt ein, daß Philomena dich verlassen hat und wahrscheinlich neben einem anderen aufwacht. Neben einem, der im Hochgefühl der neuen Liebe am Morgen mit ihr vögeln darf, so wie früher einmal du.

Kummer. Wieder einschlafen.

11 Uhr 15. Du wachst wieder auf. Dir wird klar, daß Philomena immer noch weg ist. Daß irgendein Irrer da draußen ihr etwas antun will. Daß er ihr offenbar nicht zum erstenmal geschrieben hat, und doch hat sie dir nie von ihm erzählt. Was hat sie dir sonst noch verschwiegen?

Schuldbewußt, weil du so lange geschlafen hast, quälst du dich aus dem Bett und inspizierst den unordentlichen, widerwärtigen Schlafzimmerbereich: Schuhe, Strümpfe, Jeans, Zeitschriften, leere Evian- und Wodka-Absolut-Flaschen. Du gelobst, das Schlafzimmer aufzuräumen. Bald. Unbedingt. Durchsuchst die oberste Schreibtischschublade nach Philomenas Aktfoto, das sie dir vor zwei Jahren zum Valentinstag geschenkt hat, weil du dich selbst quälen und gegebenenfalls masturbieren willst. Findest du nicht. Auch das ist weg. Du überlegst, was das bedeutet.

Ob sie es an sich genommen hat? Setze das auf deine Liste belastender Hinweise, zu ihrer nicht bezahlten Hälfte der Miete und dem fehlenden Diaphragma.

Mehr Korrespondenz

An: Schreiberling
Von: Juragirl
Betrifft: Brooke
Bro:
Habe endlich mit Brooke gesprochen, was allerdings nicht sehr beruhigend war. Lieber Himmel, auch ich habe ein schreckliches Gefühl, wenn ich daran denke, was der Mensch seinen Mitmenschen so antut, aber doch nicht rund um die Uhr. Geht sie immer noch zu ihrem Seelenklempner? Kannst Du nicht mal mit ihr ins Kino gehen oder so was? Sie fügt sich doch hoffentlich keine Schnittverletzungen mehr zu? Das mit deiner Freundin tut mir leid. Versuch's beim nächsten Mal mit 'ner Schwarzen. Dann bleibst du dabei.

Das wirkliche Leben

11 Uhr 20. Dusche. Kein Shampoo. Nicht vergessen: neues kaufen. Neben dem identischen »Nicht vergessen« von gestern abheften. Mittlerweile ist dein Hirn vor lauter unerledigten Vorsätzen so unordentlich wie deine Wohnung.

11 Uhr 45. Zum Kiosk, die *Times* und die *Post* kaufen. Erstere, weil ich ein ernsthafter Mensch bin, und letztere, weil ich das nicht bin.

11 Uhr 48 bis 12 Uhr 30. Im Café Acropolis, wo ich Kaffee, Bagel und Gedrucktes zu mir nehme. Flüchtlinge in Zaire. Anna Nicole Smith unnötigerweise im Koma. Whitney droht damit, Bobby Brown einen Tritt zu geben, falls er nicht die Betty-Ford-Klinik aufsucht. Eine Schülerinnengang in Queens zerschneidet einer Klassenkameradin mit einem Tapetenmesser das Gesicht.

Du siehst hoch und auf das gerahmte Foto von Philomena, gleich zwischen dem Soap-Star mit den toupierten Haaren und Matthew Broderick. *Liebe Grüße an die Truppe im Acropolis.*

Aber was ist mit mir, Phil? Was wünschst du mir?

Hier im äußersten West Village besteht die Kundschaft des Coffee Shops gegen Mittag glücklicherweise vorwiegend aus kulleräugigen Frauen mit von Kissen zerdrückten Frisuren, die ihr Fasten unterbrechen, Kaffee in sich reinschütten und mißtrauisch ihre Bagels mustern; allerdings befinden sich auch ein paar frühaufstehende Mitglieder der arbeitenden Bevölkerung darunter, die bereits ihre zweite Mahlzeit des Tages zu sich nehmen, Hamburger und Käse-Thunfisch-Sandwiches verdrücken. Beim Gehen ein sehnsüchtiger Blick auf die Ikone an der Wand, deine auf ihre Öffentlichkeit herablächelnde verlorene Liebe. *Liebe Grüße an die Truppe…*

12 Uhr 48 – Sicher zu Hause eingetroffen, sitzt du an deinem Schreibtisch und siehst die Post durch, die samt Geldforderungen eintrifft. Sollst du dem Gesundheitszentrum für schwule Männer, Amnesty International oder deiner Alma mater Geld spenden? »*Mr. McKnight*, würden Sie ein Geschenk in Höhe von $ 1000 oder mehr in Erwägung ziehen?« Liebend gern, aber auf deinem Bankauszug steht, daß sich über siebenhundert Dollar weniger als dieser Betrag auf dem Konto befinden. Telefon- und Stromrechnungen sollten unbedingt bezahlt werden. *Jemand* sollte das tun, vielleicht irgendein Philanthrop, beispielsweise der kürzlich verstorbene Mann, der ständig irgendwelche Treuhandfonds zugunsten von verletzten Polizisten und Opfern von Raubüberfällen eingerichtet hat. Zweite Mahnung von der Telefongesellschaft, schon zehn Tage überfällig. Als du den Hörer abnimmst, bekommst du immer noch das Freizeichen! Wenn du unter den vielen Papieren nur das Scheckbuch finden könntest. Da liegt was – ein Brief, den du vor ungefähr zwei Wochen bekommen hast:

Kettenbrief

Die Liebe macht alles möglich

Du erhältst dieses Schreiben, damit es Dir Glück bringt. Das Original befindet sich in Neuengland. Es hat die Welt neunmal umrundet. Dir wurde das Glück geschickt. Innerhalb von vier Tagen nach Erhalt dieses Briefes wird Dich das Glück erreichen, vorausgesetzt Du schickst ihn weiter. Das ist kein Scherz. Das Glück wird Dir per Post zuteil. Schick kein Geld, schick Kopien an Menschen, die Deiner

Meinung nach Glück gebrauchen können. Schick kein Geld, Vertrauen kann man nicht kaufen.
Behalte diesen Brief nicht. Er muß Deine Hände innerhalb von 96 Stunden verlassen. Ein Offizier der Royal Air Force erhielt 470 000 Dollar. Jon Eliot bekam 40 000 Dollar und verlor sie wieder, weil er die Kette unterbrach. Während er sich auf den Philippinen befand, verlor George Hish seine Frau 51 Tage nach Erhalt des Briefes. Er hatte den Brief nicht weitergeschickt. Doch noch vor ihrem Tod hatte er 7 775 000 Dollar erhalten.
Verschicke bitte 20 Kopien und warte ab, was nach vier Tagen passiert. Der Kettenbrief begann in Venezuela und wurde von Saint Anthony DeCrou verfaßt, einem Missionar aus Südamerika. Da diese Kopie die Welt umrunden muß, mußt Du 20 Kopien machen und sie an Freunde und Bekannte senden. Nach wenigen Tagen wirst Du eine Überraschung bekommen, und zwar auch wenn Du nicht abergläubisch bist. Paß gut auf: Constantine Dias bekam den Brief im Jahre 1953. Er trug seiner Sekretärin auf, 20 Kopien anzufertigen und zu verschicken. Ein paar Tage später gewann er zwei Millionen Dollar in der Lotterie.
Dolan Fairchild bekam den Brief, glaubte es nicht und warf ihn weg. Neun Tage später starb er.
Sei kein ungläubiger Thomas. Es klappt.

Vielleicht liegt hier ja die Quelle deiner Misere und des sich anschließenden Jammers: Wie der unselige Luftwaffenoffizier hast du die Kette unterbrochen. Und wenn du zwanzig Kopien gemacht und verschickt hättest? *Hättest du doch nur*... In deinem leidenden Zustand trifft dieser schrille Befehl erstaunlicherweise auf offene Ohren; du bist sogar willens, dem allwissenden Erzähler zu glauben, der die Weltreise dieses Briefes von Venezuela aus über den gesamten Planeten verfolgte, der letzte allwissende Erzähler auf dem Planeten, da sich die anderen aufs Altenteil zurückgezogen oder ihre guten Stellungen als Romanciers verloren haben, so daß jetzt dieser arme Arsch eine Art ewiger Schnüffler geworden ist, ein des Schreibens halbwegs kundiger Detektiv, der die Myriaden Inkarnationen des grammatikalisch unzulänglichen Briefes bis in das Büro Jon Eliots, das Schlafzimmer Dolan Fairchilds und rauf in George Hishs' Hirnstamm verfolgt hat (Namen, so könnte ich hinzufügen, die mir wie die plumpen Erfindungen eines Teilnehmers an einem Creative-Writing-Seminar vorkommen), und weiter durch deinen Briefschlitz in den Flur, wo du deinen Schreibtisch aufgestellt hast.

O könntest du doch nur eine Gestalt in einer altmodischen Erzählung sein. Oder in einer teuren Liebeskomödie, da Hollywood heute die Aufgabe der Wunscherfüllung von den Schriftstellern übernommen hat: Durcheinander entwirrt, Disharmonie verwandelt sich in Harmonie, Mißverständnis wird zu Einverständnis. ÜBERBLENDUNG ZU: Kuß.

In deinem elenden, weichgeklopften Zustand bist du fast bereit, an ein launisches und auf deine Person bezogenes Schicksal zu glauben, mit dem diese harmlos aussehende Kopie wie durch unsichtbare Drähte verbunden ist. *Connor McKnight ließ den Brief auf seinem Schreibtisch liegen. Eine Woche nachdem er ihn erhielt, packte seine Freundin ihr Diaphragma ein und verschwand. Zwei Wochen später wurde er von einem Taxi überfahren.* Vielleicht ist es noch nicht zu spät. Wenn du ihn jetzt wegschickst, könnte es vielleicht...

Auf der Suche nach einem Umschlag, in dem du den Kettenbrief abschicken könntest, stößt du auf die neue Ausgabe von *Esquire Gentleman*.

Ein Telefonat mit der Westküste

13 Uhr 5 bis 13 Uhr 32. *Esquire Gentleman*. Möchte jemand eine flaschengrüne, samtene Smokingjacke haben?

13 Uhr 33. Anruf bei Chip Ralstons bedrohlicher PR-Agentin Judith Viertel in L.A.; Sekretärin läßt dich warten. Und dann dringen die unverwechselbaren Klänge einer Muzak-Version von Rod Stewarts »Do Ya Think I'm Sexy?« aus dem Hörer. Nachdem du dir den Song zweimal angehört hast, meldet sich eine Stimme...

»Wir denken über Ihr Ersuchen nach«, verkündet sie übergangslos. Du bist verblüfft, daß sie mit ihr redet, schließlich ist Judith Viertel die Sorte PR-Agentin, die sozusagen selbst eine PR-Agentin hat – eine grimmige Beschützerin der Prominenten, die den Ruf genießt, für kleine Würstchen aus der vierten Liga wie meine Wenigkeit unerreichbar zu sein. »Ich faxe Ihnen einen Vertrag, in dem der Rahmen akzeptabler Fragen abgesteckt ist, und der unsere Zustimmung zu sämtlichen Zitaten erforderlich macht.«

»Den habe ich bereits unterschrieben, Judith. Das war schon vor zwei Wochen abgemacht.« Auch wenn man nicht gerade stolz darauf sein kann, seine journalistische Integrität an der Garderobe abzugeben, ist das bei den großen Stars heutzutage gang und gäbe, außerdem geht es dabei ja nicht um Fragen der nationalen Sicherheit. Judith persönlich hat diese spezielle Variante einer vorauseilenden einstweiligen Verfügung vor ein paar Jahren erfunden.

»Chip steht gegenwärtig in Verhandlungen mit Tarantino,

und danach schneidet er seinen Dokumentarfilm über die Wahlen. Mit derartigem Dreck kann ich ihn jetzt nicht behelligen. Jemand wird sich in ein, zwei Wochen bei Ihnen melden.«

Und dann, einfach so, ist sie weg. Und du, mein Freund, bist am Arsch.

13 Uhr 45. Du schlurfst zum Kiosk, um dir ein Päckchen Seven Stars und die *Daily News* zu holen. Eigentlich hast du nicht wieder mit Rauchen angefangen, nur vorübergehend, weil du gerade diese Krise durchmachst. Aber es geht wieder wie von selbst. Lungenzug machen, ausatmen. Wie Fahrrad fahren. Von Null direkt wieder auf eine Schachtel am Tag. Gleich hier vor dem Laden eine anzünden. Machst dir plötzlich Sorgen, du könntest einen Anruf von Philomena verpassen, darum eilst du nach Hause, weichst abgerissenen, aufdringlichen Bettlern aus und schlängelst dich zwischen den alten Herrschaften hindurch, die in Decken eingewickelt in ihren Rollstühlen vor dem Pflegeheim sitzen, in der Wintersonne vor sich hin schrumpeln.

Selbstekel – ein Zwischenspiel

13 Uhr 51. Nichts auf dem Anrufbeantworter.

14 Uhr bis 14 Uhr 13. Überall um dich herum pulsiert die Stadt von zielgerichtetem Handel und Wandel, während du dich in einem Sumpf aus Trägheit und Niedergeschlagenheit wälzt. Dein Leben hat weder Sinn noch Richtung. Kein Wunder, daß dich Philomena verlassen hat. Glücklicherweise klingelt das Telefon und verkürzt diesen selbstquälerischen Gedankengang.

»Ich kann nicht schreiben«, jammert Jeremy. »Ich kann

nicht mal lesen. Die Rezension in der *Times* ist verschoben worden.« Gott segne ihn, noch ein unproduktiver Bürger der Metrop. Im Hintergrund hört man »It Wouldn't Have Made Any Difference« von Todd Rundgren.

»Vielleicht rezensiert dich ja ein Mann.«

»Willst du essen gehen?« fragt er. »Machen das nicht normale Leute, die Zivilisten? Essen gehen? Essen einnehmen? Essen *fassen*? Welches Verb benutzt man heute? Leute mit fester Arbeit und Terminplänen. Vielleicht täusche ich mich ja, aber gehen die nicht in ihre Büros und telefonieren und besuchen Sitzungen und retten die Welt, und dann so gegen zwölf, halb eins verziehen sie sich in Coffee Shops und Restaurants, um ein paar wohlverdiente Kalorien zu sich zu nehmen, etwas verkohltes Säugetierfleisch auf einem Brötchen oder dergleichen, und zwar in Begleitung ihrer *Geschäftsfreunde*? Vermutlich«, fährt er fort, »ist das eine der Segnungen, wenn man keinen festen Job hat. Ich muß nie den Begriff *Geschäftsfreunde* in den Mund nehmen. *Hallo, hier spricht Homer Henkelmann, mein Geschäftsfreund. Wollen wir essen fassen?*«

Viele Menschen würden sich vermutlich privilegiert fühlen, wenn sie sich wie Jeremy ihren Tag einteilen, über ihre Zeit verfügen könnten, doch er redet oft so, als wären seine Freiheit und Freizeit in Wirklichkeit Lasten, aufgebürdet von den Dreckskerlen, die das Glück haben, jeden Morgen vom Wecker aus dem Schlaf gerissen zu werden und mit dem Zug zur Arbeit fahren oder geistlose Artikel über hohlköpfige Prominente verfassen. Das mag ich an Jeremy, seine kompromißlose Unlogik.

Ich sage, ich würde gern dieses dumme kleine Ding namens Mittagessen mit ihm einnehmen, obwohl ich eigentlich nicht besonders hungrig bin.

»Dieses gezwirnte Arschloch glotzt mich an.«

»Warum sollte er dich anglotzen?«

»Keine Ahnung, wahrscheinlich haßt er Juden.«

»Jeremy, du siehst *nicht* wie ein Jude aus«, flüstere ich. »Selbst deine Mutter hat da ihre Zweifel. Du siehst aus wie ein verdammter Schwede. Herrgott noch mal, du siehst aus wie Thor oder Wotan. Hattet ihr einen skandinavischen Milchmann, als du noch klein warst?«

Ob der fragliche Mann, ein ältlicher, in Harris-Tweed gewandeter Ex-Privatschüler, sich vorher für Jeremy interessiert hatte oder nicht, in diesem Moment dreht er sich jedenfalls um und zeigt uns sein Gesicht, das, so will es mir scheinen, eher auf eine semitische Herkunft schließen läßt als das meines Freundes.

»Was ist?« ruft Jeremy. »Noch nie einen Juden mit langen blonden Haaren gesehen?« Dabei hält er ein Büschel seiner blonden Mähne hoch.

Als Bewunderer der Sixties kämpft Jeremy immer noch die alten Schlachten, vielleicht weil er sie damals verpaßt hat. Dem Priester einer untergegangenen Religion gleich, wettert er gegen die Verderbtheit einer Gesellschaft, in der man »Revolution« von den Beatles benutzt, um Turnschuhe zu verkaufen.

»Ist Lehmann-Haupt Jude?« will Jeremy wissen.

»Ehrlich gesagt«, antworte ich, »habe ich keine Ahnung.«

»Die widerwärtige Wie-heißt-sie-doch-gleich haßt alle außer der ätzenden Anne Tyler und der noch ätzenderen Amy Tan. Da hab ich keine Chance. Falsche Initialen, falsches Geschlecht.«

»Wann kriege ich ein Exemplar des kostbaren Buches?« frage ich.

»Du stehst auf der Liste«, antwortet er. »Blaines Assistentin verschickt heute die Exemplare.«

Wir sitzen am Tresen dieser platonischen Form eines Diners, dem in Chrom und schwarz-weiß gehaltenen, feuchten Art-Déco-Traum eines Kunstfotografen von einem billigen Schnellrestaurant, und warten auf unsere überbackenen Käse-Tomaten-Sandwiches. Als wir sie vor ein paar Minuten bestellten, fragt der Mann hinter dem Tresen, ob wir Speck dazu haben wollten, woraufhin Jeremy eine Brandrede über Sulfite und Nitrate, die begrenzten Ressourcen dieses Planeten sowie grausame Schweine-Hinrichtungsmethoden hielt. Daher werde ich nervös, als der Mann neben uns einen Cheeseburger mit Speck bestellt. Ich befürchte, daß Jeremy dem Mann zumindest die Geschichte seiner eigenen Bekehrung auftischt, wie er im Alter von elf Jahren mit seinen Eltern im Auto unterwegs war, als sie auf der Landstraße einen Viehtransporter überholten, der eine Rinderherde zur Schlachtung brachte. Jeremy sah diesen Kühen in die Augen, hatte sein Paulus-Erlebnis und gelobte auf der Stelle, nie wieder Rindfleisch anzurühren. Woher Jeremy wußte, daß ausgerechnet diese Rindviecher unterwegs zum Schlachthof waren, habe ich nie erfahren. Doch er hält sich seit zwanzig Jahren an seinen Vorsatz: Nichts, was Augen hat.

Jeremy würde mich zwar gern bei meinen Problemen beraten, hat aber Schwierigkeiten, seine eigenen zu bewältigen. Als Zuhörer gleicht er einem Menschen, dem es irgendwie nicht gelingt, sein Haus zu verlassen. Er bleibt immer wieder an der Tür stehen und macht kehrt, um sein Halstuch zu holen, sieht nach, ob er versehentlich den Herd angelassen hat, und auf einmal klingelt das Telefon …

Jeremy ist zu sehr mit sich und seinen Selbstzweifeln beschäftigt, um noch viel Mitgefühl für andere übrig zu haben, und doch ist es meist beruhigend, Zeit mit ihm zu verbringen, denn wenn man sich eine Weile angehört hat, wie es in Jeremy aussieht, gewinnt man den Eindruck, im Vergleich dazu ginge es einem blendend.

»Als Natasha mich verlassen hat«, sagt er, »kam ich einen Monat lang nicht aus dem Bett.«

»Du liegst *immer noch* im Bett, Jeremy.«

»Recht hast du«, bestätigt er fröhlich.

Natasha ist die verschwundene Göttin von Jeremys Kult, die Herrscherin über ein Königreich vor dem Sündenfall, angesiedelt in Middlebury, Vermont. Dort lebten sie gemeinsam sechs Jahre lang, zuerst als Studenten, dann als Späthippies, sie bauten Gemüse an und aßen es, vögelten und machten Obst ein. Was Sean, den verblichenen Irischen Terrier angeht, so wußte Jeremy erst nach dessen Ableben, was er an ihm hatte, und betrauert ihn seitdem. Obwohl Natasha schon vor sechs Jahren das Weite suchte, um ein Zimmer für sich allein zu finden, spricht Jeremy von ihrer gemeinsamen Vergangenheit und dem Verrat, als wäre es gestern gewesen. Es gibt noch andere gescheiterte Beziehungen, aber Natasha ist die klaffende Wunde, das Muster für alle anderen und für alle seine Kurzgeschichten. In Jeremys Werken bricht immer jemand wie Natasha auf.

»Vielleicht kommt sie ja wieder«, sage ich.

»Natasha?«

»Philomena?«

»Sie ist weg, Connor. Sie kommt nur noch mal vorbei, um ihre Klamotten zu holen. Außerdem, merke dir meine Worte, reißt sie sich sämtliche Kassetten und CDs unter den Nagel, die du in eurer gemeinsamen Zeit gekauft hast. Das machen sie immer, und zwar auch die Tonträger, über die sie seinerzeit gemeckert haben. Es spielt keine Rolle, daß ihr *Led Zeppelin II* oder *Louder Than Bombs* absolut zuwider war, es spielt keine Rolle, daß sie dir immer gesagt hat, du sollst sie leiser stellen. Sie reißt sie sich unter den Nagel, genau wie sämtliche Werke der ätzenden Simon-Twins.«

»Du meinst die Cocteau Twins.«

»Nein, die Simon-Zwillinge. Carly und Paul. Beschissene *Weiber*musik.«

»Für einen Vegetarier bist du politisch nicht sehr korrekt.«

»Ey, seh ich vielleicht aus wie ein Wichser?«

Egal, vermutlich werde ich mir die alte Musik sowieso nicht mehr anhören können, weil sie mit unerträglichem Schmerz verbunden ist.

Todd Rundgrens Zauber, Connors Bedauern

Jeremy hört sich permanent Alben von Todd Rundgren an, die den Soundtrack seiner langen idyllischen Beziehung mit Natasha abgaben. Die er als Ersatz für die damals von ihr mitgenommenen gekauft hat. Wie Jeremy zwischen Sandwichbissen erläutert, hält er Todd für das am meisten unterschätzte Genie der Neuzeit. Währenddessen grüble ich darüber nach, wie oft ich versäumt habe, Philomena glücklich zu machen:

- Mit Zuneigung gegeizt, perverse kleine Gesten im Kampf um die häusliche Vormacht.
- Sie nicht so oft geküßt, wie sie geküßt werden wollte oder vielleicht geküßt werden mußte; nach vielleicht einem Jahr des Zusammenlebens

verschwand überflüssiges Küssen irgendwie aus deinem Repertoire.

- Die vielen Morgen, wo du wütend wurdest, weil sie dir etwas aus der Zeitung vorlesen wollte; du machtest einen auf verärgert, weil du bei deiner eigenen Lektüre unterbrochen wurdest.
- Die Dänin, mit der du in der Temple Bar herumgeknutscht hast.
- Die vielen Blumen, die du nach den ersten paar Monaten nicht nach Hause gebracht hast.
- Pallas.
- Dein unverzeihlicher Snobismus, vor allem an dem Abend, als sie dir mitteilen wollte, wie begeistert und baff sie war, als sie zum erstenmal Raymond Carver gelesen hatte. »Er ist wirklich großartig«, sagte sie, und du hast geantwortet: »Aha, sonst noch was, das ich schon weiß?«
- Stolz darauf sein, daß sie ein Model ist.
- Diese Schauspielerin in L. A.

Kein Wunder, daß sie mit einem anderen durchgebrannt ist. Wieso nicht schon früher?

Die Weisheit von Pai-Ching

»Du hast dein Sandwich nicht angerührt«, bemerkt Jeremy und beäugt es interessiert. Träge oder nicht, heute ist er schon acht Kilometer gejoggt, sein übliches Pensum, was angeblich den Appetit anregt; ich kenne mich da nicht aus.

»Tja.« Wie es da angekokelt und fettglänzend auf meinem Teller liegt, kommt es einem irgendwie feindselig vor. »Der große Zen-Roshi Pai-Ching sagt: ›Wenn man einen Tag lang nicht arbeitet, sollte man auch einen Tag lang nichts essen.‹«

»Zen, Schmen«, sagt Jeremy. »Die Chinesen und diese verdammten Japaner, das sind keine echten Buddhisten. Jede Gesellschaft, die systematisch und in großem Maßstab Wale abschlachtet, die Hirne von lebenden Affen ißt und im Blutrausch vom Aussterben bedrohte Tierarten dahinmetzelt, um sich deren angeblich aphrodisiakisch wirkenden Körperteile einzuverleiben, darf sich nicht buddhistisch nennen. Außerdem hat Zen Salinger ruiniert. Sobald er sich mit diesem Einhandklatschen-Stuß befaßt hat, konnte man ihn vergessen.«

»Willst du das Sandwich haben oder nicht?«

Jeremy tauscht die Teller, während ich neidisch ein junges Pärchen betrachte, das in einer Nische sitzt und herumknutscht.

»Vielleicht sollte ich mich einfach in mein Auto setzen und losfahren«, überlegt er laut. »Vor Erscheinen der Zeitung den Bundesstaat verlassen, irgendwohin fahren, wo sie die *Times* nicht kriegen, wo sie New York verabscheuen.«

Kettenbrief, Fortsetzung

Dieser Brief hat die Welt in hundertachtzig Tagen umrundet. Connor McKnight ließ den Brief auf seinem Schreibtisch liegen. Eine Woche nachdem er ihn erhielt, packte seine Freundin ihr Diaphragma ein und verschwand. Zwei Wochen später entdeckte Connor auf seinem Schreibtisch den Brief. Er schickte zwanzig Kopien ab, und bald darauf kehrte seine Freundin zurück und sagte, daß sie ihn liebt. Offenbar war sie in einer Stadt im Ausland von einem Taxi angefahren worden und hatte ihr Gedächtnis verloren. Am Tag nachdem ihr Freund diesen Brief aufgab, kehrte ihr Erinnerungsvermögen wieder, und sie fuhr nach Hause zurück. Am Tag nach ihrer Rückkehr fand Connor auf der Straße eine Papiertüte, die 2830520 Dollar in bar enthielt. Sie heirateten eine Woche später und verbringen ihre Zeit nun gemeinsam auf St. Bart's, in Aspen und Tamarindo.

Spekulationen zu gemischtrassigen Ehen

Darauf warte ich seit zehn Jahren: auf die erste Prominentenheirat zwischen einer Hollywood-Diva und einem japanischen Milliardär. Daß es noch nicht dazu gekommen ist, läßt sich ohne Kenntnis der japanischen Xenophobie nicht erklären. Mit ein wenig Unterstützung durch den guten, alten, amerikanischen Rassismus. Solche Erkenntnisse – und die habe ich andauernd – sind doch bares Geld wert. In dem Glauben, daß dieser spezielle Forschungsbereich mein brachliegendes Wissen über japanische Sitten und Gebräuche auf das trefflichste mit meiner Tätigkeit als Promi-Chronist verbinden würde, habe ich einmal versucht, Jillian Crowe für ein Essay zu diesem Thema zu interessieren. Die Brille auf dem Kopf à la Jackie Onassis, fragte sie: »Connor, Schätzchen, sehe ich in deinen Augen wirklich wie die Chefredakteurin der *New York Review of Books* aus?«

Unsere Heldin meldet sich

Ich verlasse gerade die Wohnung, als ich auf dem Anrufbeantworter Philomenas Stimme höre: »Hi. Biste da? Wohl nicht.« Offenbar ist sie nicht übermäßig erpicht darauf, sich eines Besseren belehren zu lassen, sondern nur allzugern bereit, kampflos aufzulegen.

So schnell wie nur jemals ein Schauspieler mit Stetsonhut einen Colt Peacemaker aus dem Halfter holte, reiße ich den Hörer von der Gabel: »Wo zum Teufel steckst du?«

Das Schweigen dauert so lange, daß ich Angst bekomme, sie verjagt zu haben, wie der Angler, der beim ersten Zucken des Schwimmers an seiner Angel reißt. Schließlich wird die Leine am anderen Ende straffgezogen. »Das ist eigentlich nicht wichtig.«

»Komm nach Hause. Bitte. Ich stelle auch keine Fragen.«

»Ich brauche wohl etwas Zeit zum Nachdenken.«

»Phil, was machst du eigentlich? Wo steckst du?« Gott, meine Stimme klingt jämmerlich, ängstlich, zittert zwischen Tenor und Falsett.

»In letzter Zeit war mit uns nicht alles so, wie es sein sollte.«

»Ich bessere mich. Ich werde so nett sein, daß du denkst, ich bin ein anderer Mensch.«

»So übel bist du gar nicht, Connor.«

»Warum bist du dann nicht hier?«

»Hör zu, ich muß auflegen.«

»Mit wem bist du zusammen?« will ich wissen, ändere verzweifelt den Tonfall.

»Ich bin… mit niemandem zusammen.« Ich brauche keinen Lügendetektor, um zu merken, daß bei dieser Antwort weder Rhythmus noch Tonfall stimmen.

»Warum hast du dann dein Diaphragma mitgenommen?« frage ich. »Mit wem schläfst du, während du dir genügend Zeit zum Nachdenken à la Virgina Woolfs ›*Ein Zimmer für sich allein*‹ nimmst?«

Ein unbedarftes Seufzen. »Mach's gut, Connor.«

»Meine Eltern kommen zu Besuch«, sage ich lahm. In der Terminologie der Logik nennt man so was wohl das Anrufen falscher Autoritäten.

»Grüß sie von mir.«

»Davon wird ihnen bestimmt ganz warm ums Herz.«

»Ich rufe in ein paar Tagen wieder an«, sagt sie. Und legt auf.

Von Eifersucht und Trauer verstört, fühle ich mich noch mieser – falls das überhaupt möglich ist –, als mir einfällt, daß ich vergessen habe, sie wegen des Briefs zu warnen, weil sie sich eventuell in Gefahr befindet. Ich bin wütend auf sie, weil sie mir nicht gestattet, sie zu beschützen.

E-mail

An: Schreiberling@aol.com
Von: Jenrod@inch.com
Betrifft: Chaos
Hat Ihnen das Foto gefallen? Übermorgen bin ich im Chaos-Club. Mitternacht. Sehn wir uns da? Ich erkenne Sie auf jeden Fall.

An: Jenrod@inch.com
Von: Schreiberling@aol.com
Betrifft: Deine freundliche Einladung.
Meine Eltern kommen zu Besuch, was immer stressig ist, und ich bezweifle, daß ich in Tanzlaune sein

werde. Doch falls ich mich bis dahin nicht an der Duschstange erhängt habe – wer weiß? Fang aber am besten ohne mich an.

Bestandsaufnahme

Zwischen Drinks krame ich in Philomenas Habseligkeiten, die Wodkaflasche immer in Reichweite. Zuerst ihre Modelmappe, die vielen großartigen Stimmungen Philomenas: exotisch im Sui, lasziv in Unterwäsche, lachend inmitten einer Horde umwerfender Merit-Raucherinnen; doch häufiger starrt sie ausdruckslos und mit Schmollmund ins Nichts. So tritt »Das neue Model« auf, ein Gesichtsausdruck, der etwas ganz anderes besagt – diese Miene heißt: *So wirst du nicht nur nie aussehen, du wirst mich nicht nur nie berühren, sondern ich werde nicht mal für dich arbeiten*. Die gepflegte Langeweile des Mannequins. *Laß die Schauspieler schauspielern, laß sie vorgeben, etwas zu sein, ich bin jung und schön und begehre gar nichts*. Phil sieht auf diesen Bildern so beängstigend wie alle anderen Models aus – so wie Heilige auf byzantinischen Mosaiken alle gleich aussehen –, daß ich nicht immer sicher sein kann, daß es auch wirklich Phil *ist*.

Dutzende von Seiten mit Kontaktabzügen. In ihrem Schreibtisch: ein von einem rosa Band zusammengehaltenes Bündel Geburtstags- und Valentintagskarten von meiner Wenigkeit, das ich beiseite lege, da ich mich momentan nicht stark genug fühle, um sie zu lesen. An den anderen Karten und Briefen fällt nur auf, daß es so wenige davon gibt: einen einzigen Brief von einem Model, mit dem sie in Tokio zusammengewohnt hat; vereinzelte Postkarten von ihrer Mutter, kühl und voller Neuigkeiten; auf einem mit Monogramm versehenen Briefbogen einen kurzen Glückwunsch meiner Mutter zu Phils Foto in einer Anzeige von Gap. Eine Aktenmappe mit allen meinen veröffentlichten Artikeln. Diverse amüsante Schnipsel aus der *New York Post* sowie eine Seite über Chip Ralston aus der *Vogue* vom letzten Monat, und über die Titelzeile hat sie *Zur Kenntnisnahme* gekritzelt – die Geste einer Helferin. Wenn sie ruhelos die Illustrierten durchstöberte, hat sie mir immer irgendwelche Berichte aufgehoben. Im selben Augenblick, als sie so aufmerksam war, mir das auszuschneiden, dachte sie bestimmt schon daran, mich zu verlassen. Schließlich eine Fassung meines vergessenen und von niemandem beweinten Drehbuchs *Das einfache Leben*, eine schräge Liebeskomödie über einen Schriftsteller und ein Model, auf dessen Titelseite die Worte standen: *Für Phil, der Hauptdarstellerin im Film meines Lebens*.

Kein geheimes Tagebuch. Keine Spur von ihm – meinem Feind. Ich betrachte den Spiegel, den sie vor ihrer Abreise zerbrochen hat, und frage mich: Wie viele Jahre Unglück?

An die Klamotten in ihrer Kommode knüpfen sich allerlei erotische Erinnerungen: hier das Kleid, das ich ihr eines Nachmittags hektisch runtergezogen habe, da der Pullover, den ich ihr bei der gleichen Gelegenheit vor lauter Ungeduld nicht über den Kopf streifte. Die großen leeren Körbchen ihrer BHs, schmerzhafte Synekdochen ihrer Abwesenheit.

Psychopharmakologie

»Vielleicht sagt sie ja die Wahrheit«, gebe ich zu bedenken. »Vielleicht braucht sie nur etwas Zeit.«

Nach einer schlaflosen Nacht bin ich in Brookes Wohnung und sehe zu, wie sie einen Joint raucht.

»Du solltest das mal probieren«, sagt sie.

»Du weißt doch, daß ich keine Drogen mag, die mich blöd machen. Ich komm mir auch so schon blöd genug vor. Ich mag die Drogen, die mir das Gefühl geben, unglaublich intelligent zu sein, aber die kann ich mir nicht leisten.«

»*Ich* will mich blöd fühlen«, sagt Brooke.

»Du kannst mehr IQ entbehren als wir anderen.«

»Kennst du den Song: *Don't want to get stoned, / But I don't want to not get stoned?*«

»Seit wann beschäftigst du dich mit der Popkultur?«

»Von der Band namens ... Melonheads? Stimmt das? Ist der Typ an 'ner Überdosis gestorben? Keine Ahnung.« Sie betrachtet den geschwärzten, qualmenden Jointrest, als könne der es ihr sagen – von mir erfährt sie es jedenfalls nicht, da sie sich über mich lustig machen würde, weil ich so was weiß. Schließlich fragt sie: »Hast du mal eine dieser neuen Designerdrogen probiert, von denen man redet?«

»Hättest du dir je die Klamotten der Jungs und Mädels auf einem Rave angesehen, würdest du keine große Hoffnung in die geschmacksbildende Wirkung angeblicher Designerdrogen setzen. Aber bisher bin ich mir wenigstens immer schlau *vorgekommen*, wenn ich mir ein paar Wodka genehmige.«

»Connor, gibt es deiner Ansicht nach irgendwas, wozu man keinen Wodka kippt?«

»Augenblick. Muß mal überlegen.«

»Tu dir dabei nicht weh.«

»Bourbon.«

»Was ist damit?«

»Dazu kippt man keinen Wodka.«

»Großer Gott. Willst du auch bestimmt nichts davon? Kleinen Zug?«

»Nur wenn du mir garantierst, daß es Phil zurückbringt.«

»Es ist nur ein Kraut, kein Zaubermittel.« Sie kichert. »Wie hieß noch mal diese Band, die dir gefällt?« fragt sie. »Retarded Youth?«

»Sonic Youth? Arrested Development?«

»Paßt beides zu dir.«

Ein Gutes hat es, daß Brooke Gras raucht: Vielleicht kriegt sie danach wenigstens Heißhunger.

»Erzähl Mom und Dad nichts von Philomena«, schärfe ich ihr ein, als wir aufbrechen, um die beiden abzuholen.

Tee *en famille*

»Auf los geht's los«, sagt Brooke, als wir vor dem St. Regis aus dem Taxi steigen.

Und da sind sie – Mom und Dad plaudern ein wenig mit dem Kellner in der King Cole Bar. Wir schleichen uns heran und begrüßen sie linkisch. Fühlt sich jeder gehemmt, wenn er seine Eltern nach einiger Zeit wiedersieht, oder geht es nur mir so? Dahinter steht das Gefühl: Klar, natürlich kenne ich euch noch, aber hoffentlich habt ihr vergessen, was ich damals mit vierzehn mit der Honigmelone angestellt habe. Meine Mutter umarmt mich überschwenglich, sie riecht leicht nach Sonnenschein und Ölfarbe. Mein Vater und ich haben eine Art spezielles Box- und Ausweichmanöver entwickelt, an dessen Ende eine kurze Männerumarmung steht. Es sei denn, er ist betrunken. Die gute Nachricht lautet also, daß er nüchtern ist, sonst wäre er mir um den Hals gefallen und hätte mir erzählt, er müsse mir unbedingt sagen, er liebe mich trotz allem und hoffe ehrlich – und das sage er nicht nur so –, daß er kein *zu* übler Vater war.

»Brooke, Darling«, sagt Mom. »Warst du krank?«

»Großer Gott, Brooke«, rutscht es Dad heraus. »Du siehst aus, als kämst du geradewegs aus Auschwitz.«

»Ich wünschte mir«, erwidert Brooke, »die Leute würden nicht leichtfertig eins der großen Greuel dieses Jahrhunderts zugunsten billiger physischer Vergleiche bemühen.«

»Sie hat Grippe«, sage ich, ein instinktiver Versuch, sie zu decken.

»Ich dachte«, sagt Dad, »wir hätten dieses Problem nach Madeira abgehakt.«

»In diesem Jahr gab es eine richtige Grippewelle«, steht uns Mom bei. »Ich glaube, sie kommt aus Hongkong, wie so vieles andere. Euer Vater und ich waren vor vier oder fünf Jahren dort, und es war wirklich absolut faszinierend. Die vielen Chinesen überall. Dad hat mir eine unglaublich schöne Schnur mit ...« Wie es so ihre Art ist, verliert sie kurz den Faden, weil ihre Aufmerksamkeit von irgendwas im Hintergrund abgelenkt wird.

»Schnur mit Zähnen?« schlägt Brooke vor.

»Was für eine ausgesprochen großartige Idee – eine Schnur mit Zähnen«, wiederholt Mom. »Früher hab ich deine Milchzähne aufgehoben. Was aus denen wohl geworden ist?« Sie wirkt ratlos. »Wollen wir nicht was trinken? Einen Feiertagscocktail?«

Wie von Zauberhand ist der Kellner wieder aufgetaucht.

»Ich möchte Tee«, sagt die rotäugige, rechtschaffene Brooke.

Mom summt die ersten Takte von »Tea for Two«, bricht dann ab, um ihren Drink zu bestellen. »Könnte ich einfach nur einen Campari mit einem klitzekleinen Schuß süßen Wermut sowie einem Spritzer Selters bekommen?« Der Kellner hebt schwungvoll den Kuli von seinem Notizbuch, wie um zu sagen, er komme mit Vergnügen merkwürdigen Getränkebestellungen nach, doch Mom ist noch nicht ganz fertig. »Mit einer Orangenscheibe ... in einem Cognacschwenker.« Sie formt mit beiden Händen eine große Kugel. »Und könnten Sie vielleicht ein winziges Schlückchen Gin obendrauf gießen?«

Der Kellner rasselt das Ganze noch mal herunter.

»Eigentlich«, übersetze ich, »möchte meine Mom einen Negroni on the rocks mit einem Spritzer Soda.«

Brooke sagt: »Damit ist wohl alles geklärt, Connor.«

»*Das* habe ich bestellt?« fragt Mom und lächelt mich, ihr ungemein kluges Kind, an. »Es klingt so kultiviert, wie du das sagst.«

Dad kann seine Ungeduld kaum bezähmen und blafft seine Bestellung: einen Johnnie Walker Black mit Soda. Ein guter Männerdrink. Red trinkt er zu Hause, Black bei besonderen Gelegenheiten. In seinen Augen sind beide gleich wirksam. Mit einem verzeihungheischenden Blick in Richtung Brooke bestelle ich einen Bloody Mary. Ja, meines Erachtens wertet er den Tomatensaft beträchtlich auf, dieser kleine Spritzer Wodka. Was Alkohol angeht, können diese verdammten Kiffer ausgesprochen selbstgerecht werden, obwohl man in meiner Familie wirklich niemanden zum Trinken animieren sollte. Nicht daß Mom und Dad jemals groß animiert werden mußten. Man zeigt ihnen den Weg zur Theke und tritt beiseite.

»Die Stadt sieht sehr festlich aus«, sagt Mom.

»Wir haben uns bemüht, sie für euren Besuch ein wenig rauszuputzen«, sagt Brooke. »Connor hat einen riesigen Nadelbaum drüben ins Rockefeller Center gestellt, und ich habe eine große rote Schleife um Cartier gebunden.«

»Meine pfiffigen Kinder.«

»Und, was hältst du von eurem Bürgermeister?« fragt mich Dad. Ich habe beinahe den Eindruck, seiner Meinung nach setzte ich mich gelegentlich mal mit Rudy zusammen und bespräche bei ein paar Drinks die Zukunft der Metropole.

»Ehrlich gesagt«, antworte ich, »wird mir von dem ganz anders.«

Mein Vater runzelt die Stirn. »Also, eins verrat ich dir. Es wurde verdammt Zeit, daß in dieser irren Stadt endlich mal ein republikanischer Bürgermeister ans Ruder kam.«

Bei so vielen Themen, die man nicht ansprechen darf – Brookes Magersucht, Dads Alkoholproblem – kommt einem das Reden allmählich gefährlich vor.

»Ich nenn euch nur ein Beispiel«, fährt er fort. »Das Waldorf-Astoria. Ein New Yorker Wahrzeichen, stimmt's? Klassenkamerad von mir, Billy Buxton, Billy war Geschäftsführer, als sie die Bude renovierten, muß so fünfzehn, zwanzig Jahre her sein. Endlose Verzögerungen, Stockungen, Materialdiebstähle. Nur als Beispiel, eines Tages wird die Tischlergewerkschaft sauer auf die Klempnergewerkschaft. Und was glaubt ihr, was machen die? Kippen Beton in alle Ausgüsse in jedem einzelnen Zimmer. Kleiner Streich, um ihrer Unzufriedenheit über die Klempner Ausdruck zu verleihen. Jedes einzelne Rohr im ganzen Haus muß für ein paar Millionen Piepen rausgerissen werden. Haben die Tischler das bezahlt? Ach was! Klempner haben doppelten Überstundenlohn bekommen, damit sie die Rohre rausrissen und ersetzten. Nachdem die Tischler für sie die Wände aufgerissen hatten. Das«, schließt er, »ist eine typische New Yorker Geschichte.«

»Die nackte Stadt«, sagt Brooke.

»Du siehst müde aus, Connor«, befindet Mom. »Hast du dich hier totgearbeitet?« Mom ist der Ansicht, daß Yankees, und vor allem New Yorker, viel zu schwer und zu lange schuften, wodurch sie ihre Gesundheit und ihren Seelenfrieden aufs Spiel setzen.

»Connor hat die Welt für die Prominenz sicher gemacht«, behauptet meine Schwester anerkennend.

»Ich begreif einfach nicht, wie ihr das schafft«, sagt Mom, aus deren Tonfall sowohl Bewunderung als auch Erschöpfung sprechen.

»Einige von uns schaffen's nicht«, antwortet Brooke.

»Kein Wunder«, fährt Mom fort, »daß du eine Pause von deiner schrecklichen Hochschule gebraucht hast.«

»Welchen Status«, will Dad wissen, »hast du eigentlich zur Zeit an der Universität?«

»Ich lege ein Korbflechten-Freisemester ein«, sagt Brooke.

»Ich will damit sagen...« Doch was auch immer Dad sagen will, geht glücklicherweise unter, als der Kellner eintrifft, so willkommen wie das Postschiff, das in einen Südseehafen einfährt.

»Cocktails«, verkündet Mom fröhlich, holt die aufgespießte Orangenscheibe aus ihrem Drink und betrachtet sie prüfend. »Kalifornien«, stellt sie fest.

Dad winkt dem Kellner, der herbeieilt. »Meine Frau hätte gern ein Scheibchen von einer prallen, saftigen Florida-Orange in ihrem Cocktail.«

»Wie bitte?«

»Im Gegensatz zu diesem vertrockneten Schnitzchen einer kalifornischen... egal. Könnten Sie diesen Wunsch der nächsthöheren Kommandoebene weiterleiten?«

Der Kellner sagt, er werde sehen, was sich machen ließe.

»Bing Crosby«, sagt Dad. »Erinnert ihr euch noch an diese kleine Transaktion damals? Er nimmt unser Geld, wirbt für Florida. Dann macht er eine Kehrtwendung und investiert in Sunkist. Verdient sich 'ne goldene Nase mit diesen vertrockneten, kalifornischen Navels. Die Gegend ist knochentrocken, Herrgott noch mal. Das ist 'ne Wüste. Wie zum Teufel können sie erwarten, daß dort ein saftiges, köstliches Zitrusprodukt gedeiht?«

Mom teilt uns mit, daß in einer benachbarten Plantage in Florida...

Die Wurzelseuche

ausgebrochen ist, die von einem Wurm verursacht wird – einem sogenannten Nematoden oder Fadenwurm –, der sich von den Wurzeln des Apfelsinenbaums ernährt (der in Florida ausnahmslos auf die Wurzelstöcke von Zitronenbäumen gepfropft wird, doch das ist eine andere Geschichte). Der Baum stirbt langsam, von oben nach unten, während der Ertrag ständig abnimmt. Mit der Wurzelseuche wurde häufig vom männlichen Elternteil als schwerste und zwangsläufige Strafe für jene Kinder gedroht, die nicht zu würdigen wußten, wie glücklich sie waren, ein großes, wasserdichtes Dach über dem Kopf zu haben.

Die Seidenstraße

Später, nachdem der Gästebetreuer meinem Vater versprochen hat, die Möglichkeit zu sondieren, überall im Hotel für Saft und zum Garnieren eventuell Orangen aus Florida zu verwenden, unternehmen wir einen Familienspaziergang die Fifth Avenue hinauf und spähen dabei mit großen Augen in die kleinen schicken Tiffany-Schaufenster mit ihren Weihnachtslandschaften aus Lebkuchen, ehe wir rasch durch die helle, frische, späte Novemberluft zu Hermès rübergehen, um Dad seinen alljährlichen Weihnachtsschlips zu kaufen.

Schmerzhaft fällt mir ein, daß ich letztes Jahr Philomena (neben zahlreichen anderen ausgesuchten Geschenken, die ich mir eigentlich nicht leisten konnte) bei Hermès ein buntes, an eine Pferdemähne gemahnendes Halstuch gekauft habe. Wie ich noch weiß, gefiel es ihr, gefiel ihr die Vorstellung, die es heraufbeschwor, daß sie eines Tages als angesehene Park-Avenue-Lady mit ihren perfekt gestylten, schulterlangen Haaren unterwegs zum Lunch bei Mortimer's die 75th Street überquerte. Jedenfalls gefiel er ihr besser als das hautenge, tief ausgeschnittene Marc-Brouwer-Kleid. »Was hast du mit dem Ding vor, mich auf den Strich schicken?« hatte sie gefragt. Nein, Gott bewahre, das nicht, obwohl ich vielleicht den Fehler gemacht hatte, ein klein wenig mit ihr anzugeben. Aber ich wollte nicht, daß andere Männer mit ihr *vögelten*, ehrlich. Ich wollte nur, daß andere mit ihr vögeln *wollten*. Das ist ein himmelweiter Unterschied.

Auch wenn ich gegenwärtig zu Selbstvorwürfen neige, so ist mir doch klar, daß es letzte Weihnachten durchaus ganz anders hätte aussehen können, abhängig von irgendeiner banalen Laune: Philomena hätte über das Halstuch wütend sein, es als Zeichen interpretieren können, daß ich sie für alt und tantenhaft hielt...

Womit ich mich nicht beklagen will. Aber nein, überhaupt nicht. Komm nach Hause. Alles ist vergeben.

»Was soll das heißen, um diese Zeit gibt es keine Weihnachtskrawatte«, will Dad von dem Verkäufer wissen. »Es gibt *immer* eine Weihnachtskrawatte.«

»Leider haben wir in diesem Jahr keine ausgesprochene Weihnachtskrawatte anfertigen lassen, Sir.«

»Aber ich kaufe doch immer die Weihnachtskrawatte«, sagt mein Vater traurig. »Jedes Jahr.« In diesem Augenblick fällt es einem leicht, ihn sich als kleinen Jungen vorzustellen.

So wie ich, als ich Weihnachten das Kinderfahrrad haben wollte, aber statt dessen den großen Chemiebaukasten bekam.

Mom und Dad gehen weiter zu Brooks Brothers, dem nächsten Halt auf der McKnightschen New-York-Runde. Adventsstationen des Kreuzwegs. Dad ist verärgert, als ich mich verabschiede. Das ist ein Familienereignis, dieser Einkauf bei Brooks, die zuvorkommende Behandlung durch die drögen, alten Verkäufer, die Dad schon jahrelang bedienen. Ich führe Arbeit im Büro ins Feld, erkläre mich einverstanden, sie später bei Wally's und Joseph's wiederzutreffen.

»Och, laß uns doch mal dein Büro ansehen«, schlägt Mom vor. »Liegt es nicht gleich neben Brooks Brothers?«

»Da gibt es wirklich nichts zu sehen«, sage ich wahrheitsgemäß. Obwohl Jillian vielleicht geneigt wäre, mir einiges durchgehen zu lassen, wenn sie meine Eltern sähe. »Nein, ernsthaft, zieht ihr nur los und amüsiert euch. Wir treffen uns um sieben.«

Deus ex machina

Vor meiner Wohnung finde ich im Hausflur einen Karton von der Telefongesellschaft. Er enthält meinen nagelneuen Telefonapparat mit Anrufererkennungsfunktion und Digitaldisplay. Ich schließe das Gerät gemäß Anleitung an und betrachte es hoffnungsvoll, aber als ich Philomena gedanklich auffordere anzurufen, habe ich genausowenig Erfolg wie mit meinen telepathischen Befehlen an Brooke, etwas zu essen.

Tafelfreuden am Erntedankfest

Kürzlich beschäftigte sich Frank Prial in der *New York Times* mit der ewig jungen Frage, welcher Wein zu Erntedankfestputer und traditonellen Beilagen paßt. Einige sagen Champagner, andere schlagen Chardonnay vor. Frank tendiert zu Zinfandel, und es spricht sogar einiges für einen jungen Cabernet Sauvignon. Mein Vater empfiehlt übrigens Johnnie Walker Black auf Eis, gemischt mit ein klein bißchen Club Soda oder Selterswasser. Ein probates Mittel gegen die herbe Süße der Preiselbeersauce, die einem die Wahl des richtigen Erntedankfestweins so erschwert. Und bitte keinen dieser protzigen Single-Malt-Whiskys, danke nein.

Dinner im St. Regis. Mom und ich als alte Traditionalisten nehmen eine Flasche Champagner zur Brust. Mom hat verkündet, die Bläschen seien »ausgesprochen festlich«...

Doug, der alte Mad Dog persönlich, kippt die Diet Cokes, als gäbe es kein Morgen. Brooke schlürft Pfefferminztee wie die Hippiebraut, die sie mal war, und mustert finster das Essen, jedenfalls glaube ich das, denn ihre Sonnenbrille hat sie immer noch nicht abgenommen, was in den modischeren Bezirken New Yorks kaum der Erwähnung wert wäre, aber Brooke achtet peinlich genau darauf, nicht trendy zu sein. Besonders merkwürdig finde ich, daß noch keiner ein Wort über Brookes Sonnenbrille verloren hat, nicht einmal mein Vater, der so großen Wert auf Etikette und Eleganz legt.

»Ich mag das Erntedankfest«, erklärt Mom.

»Mir fällt es schwer, zu danken«, murmelt Brooke, »wo heute abend so viele Menschen auf der Welt leiden.«

»Danke dafür, daß es dir bessergeht«, sagt Dad und nimmt einen Schluck von seinem neuen Scotch.

»In Mogadischu bekommt eine vierköpfige Familie in einem ganzen Monat nicht so viel Eiweiß.«

»Bestimmt bekommen Sie eine Menge Leid zu sehen«, sagt Mom zu Doug. Ich begreife immer noch nicht, was der hier will. Hat er keine eigene kaputte Familie, die er nerven kann?

Doug zuckt stoisch mit den Schultern, so daß er einen Moment lang noch halsloser aussieht als gewöhnlich.

Trauma, Theorie und Praxis

»Gibt es eine spezielle Jahreszeit«, erkundigt sich Mom, »oder einen Zeitraum im Monat oder so was, in dem Sie mehr Traumapatienten kriegen als sonst?«

Dad schnaubt zu dieser Frage – der nasale Kommentar eines Mannes, der einerseits die exzentrischen Fragen seiner Frau gewohnt ist, andererseits doch immer wieder davon überrascht wird.

»Nein, das ist wirklich eine gute Frage«, sagt Doug als Reaktion auf Dads Schnauben. »Am schlimmsten ist es bei Vollmond. In Vollmondnächten geht es in Notaufnahmen immer extrem hektisch zu. Dann haben wir mehr Stich- und Schußwunden. Wissenschaftlich erklären kann ich das zwar nicht, aber die empirischen Beweise sind erdrückend. Leichter läßt sich begründen, warum kranke Kinder, vor allem aus wirtschaftlich benachteiligten Wohngegenden, vorzugsweise nach elf Uhr abends in die Notaufnahme gebracht werden.«

Mom sieht fröhlich perplex aus. »Und woran liegt das?«

»Weil dann die Hauptsendezeit im Fernsehen zu Ende ist.«

»Die Kinder warten bis nach der Hauptsendezeit, um krank zu werden?«

»Meines Erachtens«, meldet sich Dad, »will Brookes

Freund damit sagen, daß die *Eltern* warten, bis ihre Lieblingssendungen zu Ende sind, um die kleinen Racker vorbeizubringen.«

»Das ist ja schrecklich.« Mom dreht sich zu Doug um. »Stimmt das?«

Der nickt traurig.

»Vermutlich«, sagt Dad, »reden wir hier von den wirtschaftlich benachteiligten Bevölkerungsgruppen.«

»Am schlimmsten sind die Selbstverstümmler«, wirft Brooke ein, die sich aus ihrer Apathie erhebt, um für ihren Verehrer ein wenig Werbung zu machen. »Könnt ihr euch vorstellen, daß man sich um eine Station voller schrecklich kranker und verletzter Menschen kümmern muß, und dann muß man sich zwei Stunden lang mit irgendeinem Typ beschäftigen, der, na, erzähl ihnen doch mal, was gestern passiert ist ...«

»Also«, sagt Doug, »ich würde ja gern behaupten, es war ein Einzelfall, aber so etwas haben wir schon mal erlebt. Gestern kommt also ein Patient aus eigener Kraft zu uns, ein Handtuch vor den Unterleib gepreßt, und hat unserer Schätzung nach dreißig Prozent seines Bluts verloren.«

»Behalten Sie's für sich«, sagt Dad.

»Glücklicherweise hat seine Schwester den, äh, Penis an sich genommen und auf Eis gelegt.«

»Er hat ihn sich abgeschnitten?« erkundigt sich Mom.

»Ich hätte gedacht«, sage ich, »daß man verblutet.«

»Nein, denn seltsamerweise erweitern sich die Blutgefäße bei einem glatten senkrechten Schnitt und dichten sich sozusagen selbst ab ...«

»Doug hat zehn Stunden lang pausenlos operiert«, wirft Brooke ein.

»Würde der Penis hingegen diagonal abgeschnitten, wäre

die Gefahr eines tödlichen Blutverlustes viel größer, weil die Blutgefäße ...«

»Schweigen Sie, Herrgott noch mal!« schreit Dad. »Das ist doch kein geeignetes Gesprächsthema bei Tisch.«

Ich weiß auch nicht, irgendwie bin ich mit dem alten Herrn einer Meinung, kann allerdings eine gesunde morbide Neugier nicht verhehlen, von einer Spur Mitgefühl für den Außenseiter Doug ganz zu schweigen, der nun den Kopf wie eine verängstigte Schildkröte noch weiter zwischen die Schultern zieht. Es ist ja wirklich ein wenig ungehörig, wie mein elegant-unnützer Vater diesen geschickten Heilkundigen zusammenstaucht.

Brooke sagt: »Gott bewahre, daß sich bei unserem fröhlichen Mahl ein Hauch Realität Bahn bricht.«

»Doug«, sagt Mom, »wollen Sie vielleicht nicht doch ein *klitzekleines* Schlückchen Champagner? Oder einen leckeren Cocktail? Irgendwas Fruchtiges, Prickelndes?«

Mehr Anmerkungen zu Getränken

Was Frank Prial bei Feiertagsgetränken nicht in Betracht zieht, ist deren leichte Entflammbarkeit. Wenn lang getrennte Mitglieder einer Familie in Schnäpse getaucht werden und sich aneinander reiben, kommt es fast zwangsläufig zu Explosionen. Vielleicht ist auch der Puter eine Art Katalysator. In diesem Jahr ist es soweit, als ich Mom frage, wie sie Dad kennengelernt hat. Die Geschichte habe ich seit Jahren nicht mehr gehört, und gewiß noch nie so anschaulich und mit so dramatischen Einzelheiten, wie sie Mom uns an dem Nachmittag auftischt.

Junge lernt Mädchen kennen, Frühling 1955

»Wir hielten die Williams-Jungs immer für total spießig«, sagt sie und nippt zart an ihrem Champagner, den Stiel der Flöte graziös zwischen altersfleckigem Zeigefinger und Daumen haltend. »Was sie natürlich auch waren.«

Das hat ein mürrisches Räuspern meines Vaters zur Folge, der beinahe für einen spießigen Collegeknaben durchgehen könnte, immer noch die Uniform seiner auf Privatschulen verbrachten Jugend trägt – blauer Blazer, blaues Oxfordhemd mit Button-down-Kragen und Regimentskrawatte –, das vom Alkohol gerötete Gesicht ohne Falten, wie sie die Belastungen eines Erwerbslebens oder der Metaphysik mit sich bringen.

»Wir hielten die Bennington-Mädels immer für hochnäsige Lesben«, kontert mein Vater, der auf seinem College schließlich nicht umsonst Captain des Debattierclubs gewesen war.

»Und die Williams-Jungs waren immer sehr tolerant gegenüber Abweichungen aller Art«, fährt Mom fort und blinzelt uns dabei zu. »Wir mußten aber zugeben, daß sie schrecklich gut aussahen.« Sie lächelt meinen Vater liebevoll an, der so tut, als interessiere ihn diese Geschichte nicht. Unter ihrer von Sonne und Nikotin gegerbten Haut ist Mom auch heute noch mädchenhaft, die blaßblauen Augen strahlen kindlich, die langen Haare trägt sie noch genau wie auf dem Bennington-College, nur hat das Gold jetzt einen silbergrauen Grundton.

»Ich bin mit Cassie Reymond und ein paar anderen Mädchen runtergefahren. Cassie war Schauspielerin, ist später nach New York gezogen, und als letztes hörte ich, sie habe diesen Schauspieler geheiratet, der in dem großartigen Stück mitgewirkt hat, über den – nicht mit Richard Burton, aber so was in der Art?« Sie betrachtet hilfesuchend meinen Vater, der ungeduldig in seine Hand hustet.

»*Camelot?*« schlägt Doug vor.

Halt doch mal die Klappe, Doug.

Neben uns laboriert eine stumme japanische Familie, die das Festmahl der Pilger nicht zur Kenntnis nimmt, an ein paar Steaks herum. Vater, Mutter, zwei ernste Töchter im vorpubertären Alter, strenge weiße Blusen und Bubiköpfe.

»Egal, wir kamen dort an, und es war schauderhaft, lauter wüste, schüchterne, hungrige Knaben in ihren hübschen Anzügen von J. Press und den Bürstenhaarschnitten, Jungs, die nur darauf warteten, sich auf uns zu stürzen. Gott sei Dank fuhren wir in Cassies Wagen, aber ein Bus kam von Smith oder so ähnlich, irgendeinem langweiligen und ordentlichen College, vielleicht war es auch Holyoke, keine Ahnung. Jedenfalls kam dieser Bus in dem Moment, als wir vorfuhren, und die Jungs warteten schon. Sie bildeten eine Art Spalier oder Spagat – was war's noch gleich? Ich kann die beiden nie auseinanderhalten. Macht man ein Spalier, wenn man die Beine ganz breit spreizt und dann auf den Boden runterfedert, oder ist das ein Spagat? Jedenfalls war's das andere.«

»Sie suchen das Wort *Spalier*«, sagt Doug. »Glaube ich«, kneift er gleich wieder, um bescheidener zu wirken.

»Und dann gibt es noch den *Spencer Cocktail*«, stellt Mom fest. Soviel zum Thema Wörter.

Hier im St. Regis bekommt man die edle, klumpige Preiselbeersauce mit richtigen Beeren, ich ziehe allerdings die billige, geleeartige Variante vor. Offenbar schenke ich als einziger dem Essen eine gewisse Aufmerksamkeit. Nein, falsch –

anscheinend schnitzt Brooke ein Mandala in ihr Kartoffelpüree. »Also«, sagt sie und schaut müde auf. »Wie's aussieht, ist nichts passiert. Vielleicht seid ihr beide euch nie begegnet, du und Dad. Was mein Gefühl erklären würde, daß ich *in Wirklichkeit* gar nicht hier bin. Was wiederum meinen permanenten ontologischen Skeptizismus in bezug auf mich selbst erkären würde.«

»Und ob wir uns begegnet sind«, versichert ihr Mom. »Ich entdeckte deinen schüchternen Vater etwa zur Halbzeit des Tanzvergnügens. Er war genauso gekleidet wie jetzt – blauer Blazer, blaues Oxfordhemd mit Button-down-Kragen und so eine gestreifte Krawatte. Könnte dieselbe Krawatte sein.« Mein Vater betrachtet kopfschüttelnd den fraglichen Binder, Wimpel irgendeines untergegangenen Regiments des königlichen Heeres. In Wahrheit war er erst gestern bei Brooks Brothers, um sich mit besagten Kleidungsstücken zu bevorraten, die zentralen Komponenten jener Uniform, die meinem Vater und der Welt kundtun, wer er ist. »Er war irgendwie süß und spießig zugleich«, fährt Mom fort. »Und, ach, jetzt weiß ich's wieder … er trug zweifarbige, sportliche Halbschuhe.«

»Ich nicht«, widerspricht mein Vater, aber ich merke, daß er das genießt. »Höchstens weiße Wildlederschuhe.«

»Und ob. Das war noch fast das niedlichste an dir, deine hektischen, kleinen, braun-weiß verpackten Füße.«

»Meine Füße *sind* nicht klein. Zweiundvierzigeinhalb.« Er wendet sich an Doug. »Nennt man das klein?«

»Er hat uns immerzu umkreist, kam bei jeder Runde ein Stückchen näher, dabei war er ganz lässig und tat, als bemerke er mich nicht, obwohl sich natürlich nur schwer sagen ließ, welches Mädchen er so betont nicht bemerkte, denn wir waren ja vier, und er nahm uns so betont nicht zur Kenntnis. Tja, er geriet in Panik, als sie den letzten Song ansagten – ich glaube, es war ›Smoke Gets in Your Eyes‹.«

Meine Mutter unterbricht ihre Erzählung und trällert einen Takt: »*They asked me how I knew/My true love was true…*«

»Was ist denn mit dir los?« will mein Vater wissen, als er merkt, daß ich plötzlich in mich zusammensacke. Dieser Song in Bryan Ferrys Version war ein Lieblingslied von Philomena und mir. Und jetzt sitze ich hier und reiße mich zusammen.

»Und als mich ein anderer junger Mann um den Tanz bat«, fährt Mom fort, »wurde mir klar, daß er so getan hat, als ob er mich nicht bemerkte, denn er wurde aschfahl, er fiel regelrecht in sich zusammen, als dieser halslose Gesell mit seinem Bürstenhaarschnitt mit mir davontrabte. Ich spürte, wie uns seine entzückenden, traurigen, blauen Augen hinterhersahen, während wir tanzten.«

Ob dieses peinlichen Porträts schnaubt mein Vater mißbilligend. »Nun mach mal 'n Punkt.«

»Jedenfalls schlich ich mich nach draußen – wäre ich noch langsamer gegangen, hätte ich im Asphalt Wurzeln geschlagen wie eine große, alte Zypresse im Sumpf –, und als ich ihn gerade aufgeben wollte, spürte ich auf dem Parkplatz eine Hand auf meiner Schulter.«

»Was hat er gesagt?« wollte Brooke wissen.

»Er hat mich gefragt, ob er mir den Campus zeigen solle.«

Brooke bricht in johlendes Gelächter aus. »Wenigstens hat er dich nicht gefragt, ob du seine Briefmarkensammlung sehen wolltest.«

Dad wird rot wie eine gekochte Garnele. Die japanische Familie richtet ihre ernsten, dunklen Augen auf uns seltsam lärmende Gaijin. *Ach, so desu – das ist typisch amerikanische Familie*.

»Das hab ich *nicht* gesagt«, behauptet Dad.

Wie Frau ihren Verehrer dazu bringt, ihr einen Antrag zu machen

»Na, der Campus interessierte mich nicht besonders, aber ich antwortete, ich würde sehr gern irgendwohin, wo wir uns unterhalten könnten. Und so saßen wir schließlich im Buick seines Zimmergenossen. Und natürlich führte das Reden zum Küssen. Ich fand, er konnte phantastisch küssen, und nach ungefähr zehn Minuten merkte ich, daß er sich furchtbar quälte, und natürlich wollte ich ihm Erleichterung verschaffen. Ich fand, es war das mindeste, was ich tun konnte.«

»Lillie!«

»Und der arme, süße Junge war so dankbar, daß er mir auf der Stelle, auf der Rückbank des Buick, einen Antrag machte.«

»Was«, fragt Brooke, »du hast ihm einen geblasen?«

»Junge Dame!«

»Gott behüte, nein«, antwortet Mom, »ich habe nur, ihr wißt schon, meine Hand benutzt.«

Dad verwahrt sich

»Das ist kein Thema für ein Familiengespräch!« Dad schlägt mit der Faust auf den Tisch, so daß sich zitternde Wellen auf unseren Getränken bilden.

»Du hast ihm einen runtergeholt und dafür einen Heiratsantrag bekommen?« Brooke ist beeindruckt, Doug verdutzt. Mir fällt mittlerweile mein Essenserlebnis mit Pallas wieder ein; vielleicht hätte ich ihr einen Antrag machen, ihr anbieten sollen, sie von alldem wegzubringen… Aber wohin? Und früher einmal, als wir noch verrückt aufeinander und uns dessen jeden Augenblick bewußt waren, hat mir Philomena in einem Taxi einen runtergeholt. Warum habe ich ihr damals keinen Heiratsantrag gemacht? Warum hab ich das nie gemacht? Gott, war ich dämlich. Hätte ich es nur getan, würde sie jetzt hier sitzen, das Erntedankfestessen genießen und mit meiner Mom ihre Erinnerungen über postejakulatorische Anträge vergleichen. *Tja, als ich Connor damals im Taxi einen runtergeholt habe, kurz bevor uns der Fahrer sagte, wir sollten aussteigen, hat er mir sofort und auf der Stelle einen Antrag gemacht.* Doch falls sie hier gewesen wäre, hätte sie in genau diesem Moment gesehen, wie sich mein Vater zittrig erhebt wie eine Boosterrakete auf der Abschußrampe, schwankend, den festen Griff der Schwerkraft abschüttelnd. Er kippt fast um, als er unerwartet seine volle Größe erreicht, nimmt aber rasch wieder Haltung an. »Das ist nicht … ich laß mir das einfach nicht bieten.«

Er knallt die Handfläche auf den Tisch, damit wir ihm unsere ungeteilte Aufmerksamkeit schenken, bekommt so aber auch die der anderen Gäste.

Die Japaner sind gespannt. Ist das eine typisch amerikanische Sitte?

Der Kellner eilt herbei. »Ist alles in Ordnung, Mr. McKnight?«

»Klar, alles ist einfach phantastisch. Schlicht umwerfend. Meine Frau will alle Welt von unserem Intimleben unterrichten. Ein nettes Familiengespräch über eine Handarbeit am Erntedankfest.« Keine Frage, jetzt hat er die ungeteilte Aufmerksamkeit aller Anwesenden. Der Oberkellner schiebt sich in unsere Richtung, und die anderen Gäste widmen sich längst nicht mehr ihrem Puter samt Füllung und ihren öden Gesprächen. Dad, dem das nicht entgeht, verlegt sich nun offenbar darauf, für das ganze Restaurant zu spielen. Ich kenne diesen Blick in seinen Augen. Genauso guckte er, als er vor ein paar Jahren den Truthahn quer durchs Eßzimmer geschleudert hat.

»Hervorragend. Im alten Buick einen runtergeholt kriegen. Vielleicht können wir ja beim Weihnachtsessen über Oralverkehr plaudern. Offenbar hat meine Tochter ein Faible für das Thema. Entzückend. Warum lassen wir nicht einfach alles raus, wie ihr jungen Leute sagt. Ausgesprochen modern. Wie albern von mir, mich an altmodische Werte wie Anstand und Bescheidenheit zu klammern. Hinke hinter meiner Zeit her. Nichts ist mehr tabu, nichts ist heilig. Man sieht es ja täglich im Fernsehen, die Leute überschlagen sich, um ihre intimsten, schmutzigen Geheimnisse auszuplaudern. Hervorragend. Erzähl Amerika, erzähl deinem Sohn, deiner Tochter alles über das Geschlechtsleben ihres Vaters. Brooke, Connor, wollt ihr sonst noch was wissen? Hat eure Mom irgendwas vergessen? Vielleicht möchte sie euch ja gern was über meine Geschlechts ... teile erzählen. Wir könnten im Fernsehen auftreten. Das wäre sehr modern. Hervorragend. Warum veranstalten wir nicht eine echte Enthüllungssendung.«

Der Oberkellner hat sich soeben rechts hinter dem Stuhl meines Vaters eingefunden; er greift schnell, aber nicht schnell genug ein, als Dad seinen Hosenschlitz öffnet.

Die beiden japanischen Mädchen am Nebentisch heben simultan die Hände, um ihre Münder zu bedecken, aber nicht die Augen. Ihre Mutter kreischt auf – ich frage mich unwillkürlich, ob sie anatomische Vergleiche anstellt –, und dann kommt es mir so vor, als würde es im ganzen Raum totenstill.

Sogar *ich* bin sprachlos, obwohl ich weiß, wie beliebt dramatische Gesten in unserer Familie sind. Als mein Vater in einer theatralischen Schlußgebärde die Arme ausbreitet, greift der Oberkellner instinktiv nach unten in Richtung des freihängenden Glieds, reißt dann seine Hand kurz vor dem offensichtlichen Ziel zurück, als wäre er gebissen worden – im letzten Augenblick siegt die Einsicht über den Impuls. Für ihn ist das Problem schier unüberwindlich: Wie soll er das anstößige Organ verdecken, ohne es zu berühren? Offenbar erkennt mein Vater dieses Dilemma, und es bereitet ihm eine diebische Freude. Dank der wundersamen Alchemie des Alkohols hat sich sein Zorn in perverse Schadenfreude verwandelt. Der rechtsprechende Patriarch hat mit dem anarchischen Kind die Plätze getauscht. Lausbübisch grinsend stemmt er beide Hände in die Hüften, sich den Möchtegernhütern des Anstands widersetzend.

Einer plötzlichen Eingebung folgend, nimmt der Kellner die Serviette von seinem Unterarm und steckt sie vorsichtig in den Bund von Dads grauer Flanellhose. Und endlich, nach mehreren Ewigkeiten, gelingt es Oberkellner und Kellner mit vereinten Kräften, ihn wegzuführen. »Ich möchte ja bloß mit der Zeit gehen«, erkärt er den beiden. »Will die Neugier meiner lieben Anverwandten befriedigen. Meine geliebte Familie, so eine verfluchte Stütze für mich im Alter...«

Ich sitze da, schneide eine Grimasse in Richtung Brooke – aus deren Blick so etwas wie stumpfer Verdruß spricht – und tue so, als wäre ich nicht in diesem Raum, als hätte mein Vater nicht soeben in aller Öffentlichkeit vor vierzig oder fünfzig Leuten seinen Schwanz ausgepackt, als starrten jetzt nicht alle uns an, die Höllenfamilie, als wäre nicht Mad Dog anwesend, um Zeuge dieser Blamage zu werden, so daß ich zu allem anderen auch noch ein Gefühl familiärer Demütigung vor Doug zu erdulden habe.

Folgendes geht mir durch den Kopf: Hätte ich die Wahl, entweder die Uhr fünf Minuten zurückzudrehen, so daß dies eben nie geschehen wäre, oder alles noch mal zu erleben, und dafür käme Philomena zu mir zurück, treu und glücklich, wofür würde ich mich entscheiden?«

»Ich fand, es war eine nette Geschichte«, sagt Mom.

Natürlich würde ich mich für Philomena entscheiden.

»Das stimmt, Mom.« Brooke tätschelt ihr pergamentartiges, gesprenkeltes Handgelenk. »Uns hat sie allen gut gefallen, vielleicht mit Ausnahme von Dad. Connor, am besten gehst du ihn suchen.«

»Nein, ich werde wohl lieber mal eben ins Rathaus flitzen und meinen Namen ändern, danke sehr.«

»Dann geh ich«, sagt Doug, der hilfsbereite Idiot.

»Überredet«, sage ich. »Ich geh ja schon.«

»So was hat er noch nie gemacht«, ergänzt Mom der Ordnung halber.

Mehr zum Thema Wein

Achtg.: Frank Prial: Ich schlage vor, nächstes Jahr zum Aperitif eventuell einen leckeren Schierlingsbecher zu kredenzen.

Immer noch irgendwo da draußen

Wieder in der Wohnung, lasse ich mich aufs Sofa fallen und freue mich auf ein beruhigendes Footballspiel. Auf einen Ausländer wirkt das Knirschen zusammenprallender Körper chaotisch, und doch gibt es dabei gewisse Gesetzmäßigkeiten, die nach jedem Spielzeug freundlicherweise von den Kommentatoren erläutert werden. Auch wenn es keine direkte Parallele zu meinem eigenen, nicht existenten Fortschritt gibt, ist es doch erfreulich zu beobachten, wie zur Abwechlsung einmal jemand anderes verdroschen wird. Und doch scheint sich die erstickende Melancholie in mir immer mehr auszubreiten. Irgendwann merke ich, daß die knubbelige Wolle des Sofas nach Philomena duftet – nach dem lieblichen Geruch ihrer Seifen und Spezereien und auch nach intimeren, aufreizenderen Aromen –, daß mein Kopf genau an der Stelle liegt, wo sie normalerweise sitzt,und mir fällt ein, daß sie gerade Faulkners *Wilde Palmen* las, als ich sie das letzte Mal hier sitzen sah, wie sie aus ihrer köstlichen Trance aufschaute, um mich nach ungewöhnlichen Wörtern zu fragen... und erneut füllen sich meine Augen mit Tränen. Nach mindestens einem Dutzend tränenfreier Jahre bin ich zu einem veritablen artesischen Brunnen mutiert.

Die Nase aufs Kissen gepreßt, bemühe ich mich nach Kräften zu masturbieren, als plötzlich im Schlafzimmer Philomenas Telefon zu piepen anfängt. Das Glied in der Hand – ganz der Vater – gehe ich zur Tür, um zu lauschen, wie die Nachricht lautet, höre aber nur eine Reihe von Klick- und Piepgeräuschen, das Surren des Antwortbandes. Ich liege bereits wieder auf der Couch, als mir klar wird, daß *sie* anruft – wo auch immer sie sein mag, sie hört ihre Nachrichten ab.

Ich flitze zurück ins Schlafzimmer und reiße den Hörer von der Gabel. »Phil, hallo, bist du das? Leg bitte nicht auf. Sprich mit mir, ja? Meine Güte. Wo steckst du?«

»Hallo, Connor«, sagt sie ernst und nach langem Schweigen. Als wüßte sie von einer tödlichen Krankheit, über die die Ärzte mich, den Patienten, noch nicht informiert haben. »Ich dachte, du wärst mit deiner Familie unterwegs.«

»Das war ich auch.«

»Wie geht's ihnen?«

»Ich bitte dich. Ein mieses Melodram zu seiner Zeit. Phil, komm nach Hause.«

Keine Reaktion auf dieses Flehen.

»Wo *bist* du?«

»Ich bin... das geht dich nichts an.«

»Oder sollte ich fragen: biste allein?«

»Meinst du nicht: *bist du* allein?«

»Was soll das – willst du mich auf den Arm nehmen?« schreie ich. »Du würdest nicht mal den Unterschied kennen, wenn ich es dir nicht beigebracht hätte.«

Am anderen Ende wird es wieder still. Ich bin von meiner mangelnden Toleranz entsetzt, nicht nur weil ich Angst habe, sie könnte auflegen.

»Tut mir leid, Phil, ich wollte nicht... Mir ist bloß so elend, weil du mir fehlst und ich dauernd daran denke, daß du es mit einem anderen treibst...«

»Connor, hör auf. Hier geht's nur um dich und mich. Mit irgendeinem anderen hat das nichts zu tun.«

»Wieso glaube ich dann, es hat was damit zu tun, daß du dich verbessern willst?«

»Vielleicht liegt es an deiner mangelnden Selbstachtung.«

»Sag bloß.«

Als mir nichts mehr einfällt, was ich sagen könnte, muß ich an den Drohbrief denken. Ich erzähle ihr davon, biete an, ihn zu holen, bin aber froh, als sie erwidert, das müsse nicht sein, da sie in der Zwischenzeit wahrscheinlich auflegen würde.

»Das ist dieser Typ, der mich im GQ gesehen hat. Er ist sauer, weil ich nicht auf seinen Heiratsantrag reagiert habe.«

»Was, du hast eine Beziehung zu diesem Scheißkerl?«

»Nein. Er hat mir nur ein paar Fanbriefe geschrieben.«

»Wieso habe ich dann nie davon gehört?«

»Weiß ich nicht.«

»Du hast mir wohl eine ganze Menge nicht erzählt.«

Das Schweigen zieht sich in die Länge. Wenigstens ist sie noch in der Leitung, und wir streiten uns nicht richtig. Ich zögere, die Stille zu unterbrechen, und nach etwa einer Minute schätze ich sie allmählich als etwas Vertrautes. Als Beobachter packt mich die Neugier, wie lange diese Stille wohl anhalten wird, bis ich Angst bekomme, sie könnte auflegen, bevor ich Gelegenheit hatte, mein Anliegen vorzutragen, egal, wie es aussehen mag.

»Kenne ich ihn?« frage ich schließlich.

»Den Drohbrieftyp?«

»Nein, den Diaphragmatyp.«

Sie seufzt. »Vielleicht sollten wir uns einfach auf praktische Dinge konzentrieren«, schlägt sie vor. »Ist das möglich, bitte? Ich schicke nächste Woche eine Umzugsfirma vorbei. Könntest du dann zu Hause sein und die Leute reinlassen?«

»Liebst du mich denn *überhaupt* noch?«

»Frag mich nicht so was.«

»Hast du mich je geliebt?«

»Sei doch nicht albern, Connor.«

Wenn ihre Lippen meinen Namen aussprechen, ist das eine köstliche Folter. »Das ist meine Rolle. Albern zu sein. Genau die Rolle spiele ich in dieser kleinen Farce, die krampfhaft versucht, eine Tragödie zu sein.«

»Du bist nicht albern. Außer wenn du so was sagst.« Sie lacht. »Wer sonst würde so etwas sagen wie ›in dieser kleinen Farce, die krampfhaft versucht, eine Tragödie zu sein‹.«

»Komm nach Hause.« Meine Stimme ist ein jämmerliches, vogelartiges Krächzen, das zweifellos albern klingt.

»Mach es nicht unnötig schwer.«

»Ich sehe nicht, was daran so schrecklich, so unerträglich schwer für dich gewesen ist. Du warst nicht mal… du warst nicht mal bereit, mir gegenüberzutreten oder auch nur mit mir zu reden. Ich habe den Eindruck, daß du es dir bisher verdammt leichtgemacht hast.«

»Du hattest drei Jahre Zeit, mit mir zu reden, Connor. Du redest *überhaupt nicht*. Jedenfalls nicht bei mir.«

»Und ob ich rede.«

»Nicht über deine Gefühle.«

Ist da was dran? Glaub ich nicht. Na gut, vielleicht. Ich weiß auch nicht, ich dachte, für so was wäre später noch Zeit genug; ich dachte, es gehöre sich nicht, über seine Probleme zu jammern und zu klagen. »Das könnte ich lernen«, sage ich. »Verstehst du? Ich könnte lernen, wie man das macht.«

»Dafür ist es zu spät, Connor.«

»Warum ist es zu spät? Sag so was nicht.« Tränen rinnen mir über die Wangen, laufen in die Löcher der Muschel meines Telefons Marke Princess. Vielleicht wäre es am einfachsten, wenn ich jäh durch einen Stromschlag umkäme, während ich in Philomenas Telefon weine. Doch mir bleibt noch ein letzter, verzweifelter Versuch. »Phil, ich möchte, daß du mich heiratest.«

Vor einem Jahr, noch vor sechs, sogar drei armseligen Monaten wäre Philomena förmlich durchs Telefon gekrochen, um ja zu sagen. Was nicht heißt, daß ich mir damit schmeichele, es wäre ein unwiderstehlicher Gedanke, auf ewig mit mir verbunden zu sein. Doch ich glaube allerdings, daß die Ehe in ihren Augen ein perfektes Heilmittel für einen ganzen Komplex von Sehnsüchten und Enttäuschungen war, das heißt vor allem für eine mißglückte Kindheit; und ich bot mich als Kandidat geradezu an, sei es auch nur, weil ich *da* war. Wir sprachen darüber, deuteten an, daß dieser Schritt unvermeidlich war, daß er zwangsläufig kommen müsse, ganz vernünftig, wie Paare das tun, die schon lange zusammenleben.

Und tatsächlich, sie wartete. Sie deutete an, nein, sie stellte klipp und klar fest, daß sie nicht ewig warten würde. Daß es andere Männer gab, die sie für ziemlich toll hielten, die sofort zugreifen würden. Sie warnte mich vor genau diesem Augenblick, an dem es zu spät wäre, weil sie dann nicht mehr zur Verfügung stünde. Ja, jetzt fällt's mir wieder ein. Aber was zum Teufel hab ich mir damals bloß gedacht? Keine Ahnung, was mit mir los war. Hab vermutlich gewartet, bis ich mir völlig sicher war. Ich hätte auf Brooke hören sollen, als sie versuchte, mir Heisenberg und Gödel zu erklären; anscheinend gibt es eine solche Sicherheit in den Naturwissenschaften und in der Mathematik nicht mehr.

»Wir ziehen aus New York weg, mieten uns irgendwo ein Häuschen. Leben ein einfaches Leben.«

Jetzt ist endlich Philomena mit Heulen an der Reihe, während sie als Reaktion auf mein absurd verspätetes Angebot schluchzt: »Connor, sag so was nicht.«

»Ich meine es ernst.«

»Es ist zu spät.«

»Warum sagst du das ständig?«

Als sie antwortet, klingt ihre Stimme leidenschaftslos: »Ich ziehe aus, Connor.«

»Wohin ziehst du?«

»Hör zu, ich muß jetzt auflegen.«

»Leg nicht auf. Warte. Ruf mich unter meiner Nummer an – nur ganz kurz.«

»Warum?«

»Ich will nur … bitte.«

»Ich muß wirklich weg.«

»Bitte, Phil …«

»Adieu, Connor.«

Und weg ist sie, verschwunden in der unheimlichen Leere,

die ich in meiner Schlaflosigkeit durchstreife, wo sie ihre wollüstigen Laute unter einem Mann ohne Gesicht liegend ausstößt.

Dinner im »21«

Brooke verzichtet auf das Abschiedsessen, ihr sagt weder die Aussicht auf (1) essen noch (2) Familie sonderlich zu. Ich habe mich pflichtschuldigst zu dieser letzten Station des Kreuzwegs geschleppt – die alten Herrschaften reisen am nächsten Morgen ab. Nach seinem gestrigen Auftritt ist Dad kleinlaut und mürrisch. Seine Hände zittern, allerdings wird er in der Bar im Erdgeschoß fröhlicher, als ihn Bruce, der Geschäftsführer, und Joseph, unser Kellner, herzlich und persönlich begrüßen. Er schlürft schwarzen Kaffee, kippt dabei aber genausoviel auf die Untertasse wie er an seine Lippen bringt. In der festen Absicht, die Familienehre weiter zu besudeln, trinke ich Bloody Bulls.

»Dein Großvater hat immer in dieser Ecke gesessen.« Diese Aussage gilt mir, dem jungen Herrn, der offenbar die hohe Wertschätzung einer dritten Generation von Kellnern und Oberkellnern im »21« erben wird. »Hat immer auf dieser gepolsterten Eckbank da drüben gesessen, die Kellner waren noch vor ihm mit einem extratrockenen Beefeater-Martini an seinem Tisch, mit drei Oliven drin.« In der Stimme meines Vaters schwingt jede Menge sentimentaler, männlicher Stolz mit, als wäre es eine gewaltige dynastische Leistung, sein halbes Leben auf dem Hintern zu hocken und Martinis in sich reinzukippen. »Wenn wir ihn mal nicht fanden, haben wir immer zuerst hier angerufen. Als ich aufs Williams-College kam, hat er mich hierher mitgenommen und mir meinen ersten offiziellen Drink spendiert.«

Überlegungen zu meinem Großvater: Clever genug, den Börsenkrach von 1929 rechtzeitig zu wittern und ein paar Millionen zu retten, die damals *wirklich* noch ein paar Millionen waren, aber nicht clever genug, um zu begreifen, daß er mit all seiner harten Arbeit, seinem Geschäftssinn und seinen dubiosen Winkelzügen seinen Sohn nur lähmte, der das väterliche Erbe dann auch weitgehend verpraßte.

»Was ist los, mein Schatz?« fragt Mom, sobald Dad in Richtung Toilette abgezogen ist. Wegen ihrer zerstreuten Art vergesse ich manchmal, wie scharfsinnig Mom sein kann. »Hat sie dich verlassen, Connor?«

Sofort kommen mir die Tränen. Als sie mich zuletzt nach Philomena fragte, habe ich einen auf locker-flockig gemacht, von ihrer Reise, ihrer Karriere, unseren Plänen geplappert.

»Es tut mir ja so leid, Schatz.« Meine Mutter setzt sich neben mich auf die Polsterbank, nimmt mich in die Arme und trocknet mir das Gesicht. »Ich habe dich nicht sehr erfolgreich auf irgendwas vorbereitet, stimmt's?«

Noch in meinem Elend muß ich lachen, als ich mir Mom als Trainer vorstelle.

»Ich weiß noch, wie du zur Welt kamst«, sagt sie, »kurz vor dem strengen Frost. Natürlich erinnerst du dich nicht daran, aber die Temperatur fiel auf minus sieben Grad. Und dein Vater hat die ganze Nacht durchgeschuftet, hat die Bäume mit Wasser besprüht, als bei mir die Wehen einsetzten. Du warst eine Steißgeburt, hab ich dir das je erzählt? Und es war eine lange, furchtbare Nacht, für mich und für deinen Vater draußen auf der Plantage. Und wir lagen fast eine Woche im Krankenhaus. Als ich nach Hause kam, sah ich überall neben der Straße die Schäden – die Blätter wurden braun und fielen ab, aber das Obst hing noch wie Christbaumkugeln an den nackten Ästen. Und als wir bei den Jenkses' um die Ecke bogen und zu unserem Land kamen, sah ich, daß die Blätter noch grün waren. Das Eis hatte die Bäume gerettet. Und auf einmal wurde mir klar, daß alles anders hätte kommen können; ich hätte dich verlieren können. Und ich weiß noch, wie ich dich in dem Moment vor allem Kalten und Unangenehmen beschützen wollte.« Sie streicht mir übers Haar. Ihr Blick ist glasig, aber dieses eine Mal habe ich das Gefühl, daß sie mich wirklich ansieht. »Und es tut mir so leid, daß ich es nicht kann.« Ein Weilchen finde ich wunderbaren Trost in der dunklen, weichen Nähe der Brüste meiner Mutter.

Dann kommt Dad zurück und bringt die Welt und die traurige Distanz des Familienlebens mit sich.

Hausbesuch

Der Summer reißt mich aus dem wohltuenden Vergessen, das mich irgendwie auf der Couch überkommen hatte, mein erster richtiger Schlaf seit etlichen Tagen. Für jemanden wie mich, der verzweifelt auf ein Wunder hofft, kommt ignorieren nicht in Frage. Ich springe von der Couch und stolpere zur Tür, massiere mir den Nacken. Man stelle sich meine Überraschung und meinen Verdruß vor, als ich Dr. Halliwell auf der Türschwelle vorfinde. Allerdings brauche ich ein Weilchen, um ihn zu erkennen. Die grünen Krankenhausklamotten unter seinem Anorak geben schließlich den Ausschlag.

»Ich war gerade zufällig, äh, also, ich war drüben im St. Vincent's und dachte, ich schaue mal auf einen Sprung vorbei.«

Da ich in der Eile keine Verteidigungsstrategie entwickeln kann, winke ich ihn herein. Obwohl ich ihn für einen Schnösel halte, ist es mir unendlich peinlich, die Wohnung mit seinen Augen zu sehen. Habe letzte Woche die Putzfrau weggeschickt, weil ich endlich Schlaf nachholen mußte und es mir sogar peinlich war, daß *sie* diese Müllhalde zu sehen bekam, was zur Folge hatte, daß die Halde größer wurde und so rasch wuchs wie die Schuldzinsen auf einem unbezahlten VISA-Konto. Wenn ich jetzt auf der Stelle irgend etwas aus dem Abfall wegwünschen könnte, dann das Leergut, das Bier, die Absolut- und Jack-Daniel's-Flaschen, die sich über Nacht vermehrt zu haben scheinen. Natürlich ist mir klar, daß schmutzige Klamotten und Handtücher nicht ins Wohnzimmer gehören, wo sie die Luftqualität und den Gesamteindruck beeinträchtigen. Und wie kann ein einzelner Mensch solche Unmengen Zeitungen und Zeitschriften lesen, geschweige denn besitzen? Na, immerhin bin ich ein belesenes Ferkel. Außerdem läßt sich höchstens noch positiv anmerken, daß nur wenig verdrecktes Geschirr herumsteht, weil ich kaum etwas gegessen habe. Nur ein paar Pizzakartons verteilen sich auf den wenigen verfügbaren Abstellflächen, wie Nippes.

»Kleine Fete gestern abend«, nuschele ich. »Hab mir mit ein paar Freunden das Spiel angeguckt.«

»Oh, das ist sehr, das war bestimmt…«

»Hör mal, hier ist es ein wenig chaotisch. Wollen wir rausgehen und was trinken?« Ich schnappe mir meine Jacke von der Rückenlehne der Couch und schiebe ihn auf demselben Weg aus der Wohnung, auf dem er gekommen ist.

»Ich wollte dich nicht stören.«

»Eigentlich«, lüge ich, »habe ich gerade einen Artikel beendet.«

»Mir hat deine Arbeit gefallen, die über… ich hab ihren Namen vergessen. Schauspielerin.«

»Bestimmt denkst du an meine Ode an Cortney Thorne Smith.« Wäre Doug jemand anderes, wüßte ich, daß er sich über mich lustig macht. Das Traurige daran ist, daß er es wohl ernst meint. Vielleicht hat Doug die ergreifende Passage bewundert, in der Cortney zugab, daß sie sich schon immer für ihren Körper schämte und beinahe (ächz!) eine Brustverkleinerung hätte vornehmen lassen. Jedenfalls ruft er mir – wenn auch noch so unabsichtlich – das Absurde meiner Existenz in Erinnerung, was meine Stimmung nicht unbedingt hebt.

Wir kommen an einem schwarzen Transvestiten vorbei, der auf dem Weg zur Arbeit die Washington Street rauftrottet. Den Familienvätern in ihren Cherokee-Jeeps einen blasen; Vorsichtig, der Babysitz. Doug sieht sich nach der Transe um, und ich frage mich, ob er schockiert ist.

»Den habe ich vor ein paar Monaten gegen Hepatitis behandelt.«

Ich bin – tja, was wohl? Erstaunt, beeindruckt. Die Welt ist klein, doch Dougs Welt ist größer, als ich vermutet hätte.

Albert Kings Gitarre durchschneidet die kalte Abendluft vor der Kneipe, als ich Doug in das Automatic Slims schiebe, eine Abfüllstation, zu dieser frühen Stunde kaum besucht. Wieviel Uhr ist es denn? Was ist eigentlich aus meiner Swatch geworden? Und welcher von mir interviewte Schauspieler hat einmal gesagt, das beste am Ruhm sei, daß er keine teure Uhr mehr tragen müsse, damit man ihm Achtung entgegenbrächte?

Steht die Sonne schon über dem Rahnock? Bevor mein Vater sich den ersten Drink des Tages genehmigt, verkündet er gerne, daß sie es ist. Ich habe ihn nie gefragt, was das heißt. Sollte ich Doug fragen. Aber er sieht nicht wie ein Seemann aus. Und so bestelle ich eine Bloody Mary, die man immer trinken kann, während sich Doug mit einer Club Soda und Limonensaft begnügt.

»Hab um acht Uhr Dienst«, erklärt er. Denn sonst, ehrlich, würde er gewaltig über die Stränge schlagen, einen Kurzen nach dem anderen kippen und mächtig auf die Kacke hauen. Vielleicht sollte ich ihn mal mit ins Hogs and Heifers nehmen, wo Julia Roberts auf dem Tresen tanzt.

Ein ernstes Gespräch

»Hör mal, ich will dich nicht… ich bin nur ein wenig, nicht daß ich Angst hätte, sondern sagen wir mal, *besorgt* wegen Brooke.«

»In welcher Hinsicht?« Zwar bin ich wegen Brooke keineswegs unbesorgt – ich habe eine Scheißangst –, aber auch nicht unbedingt bereit, mich diesem weitgehend Fremden anzuvertrauen.

»Nun, da wäre zunächst einmal… sie ißt kaum etwas. Ich glaube, in diesem Bereich hat sie ein Problem, ein potentielles Problem. Und an manchen Tagen kommt sie kaum aus dem Bett.« Eine verlegene Pause – als fiele ihm ein, daß er soeben zu nachmittäglicher Stunde ihren Bruder geweckt hat. Aha! Das liegt also in der Familie. »Ich bemerke einige… sagen wir einfach: *depressive* Tendenzen.« Er nippt versonnen an seiner Soda. »Und ich dachte, vielleicht könntest du, ich dachte, wenn wir das einfach mal besprechen könnten…«

Ein Teil von mir würde sich diesem Mann gern öffnen, ihm gestehen, daß ich seine Sorgen teile, was mir das Herz bricht. Aber es ist *mein* Herz, und Brooke ist *meine* Schwester. »Brooke hat schon immer solche Phasen durchgemacht«, erkläre ich. »Sie wird ein wenig eigenartig, hört eine Zeitlang auf zu essen, und eines Morgens wacht sie auf und ist wieder völlig auf dem Damm.«

»Ich fürchte, es ist ein wenig schlimmer«, sagt er so nachdrücklich, wie ich ihn noch nie habe sprechen hören.

»Sie kommt wieder auf die Reihe«, beharre ich.

»Das klingt jetzt vielleicht, ich will nicht indiskret werden, aber hat es in eurer Familie schon früher ähnliches gegeben?«

Ich könnte ihm von meiner Großmutter väterlicherseits erzählen, die einmal versucht hat, einen gewissen bösen Geist zu ertränken, der ihrer Schilderung nach den fünf Jahre alten Körper meines Vaters bewohnte, und die alle paar Jahre in eine idyllische Anstalt nach Connecticut gebracht wurde, weil sie es, wie es damals hieß, mit den Nerven hatte. Der Clan meines Vaters, irische Katholiken, hat es hervorragend verstanden, sich die neurasthenischen Züge des alten Ostküstenestablishments anzueignen und zugleich die traditionellen Macken beizubehalten, die man mit der heimischen Scholle verbindet. Und dann ist da noch Moms faulknereske Sippe – die haben alle einen Sprung in der Schüssel.

Doch ich sage: »Nicht daß ich wüßte...«

»Die unterstützende Funktion der Familie könnte... etwas ausgeprägter sein.«

»Wir sorgen schon füreinander.«

»Ich erwähne das nur ungern, aber dein Vater hat sich gestern erst in aller Öffentlichkeit entblößt.«

»Ich habe nie behauptet, daß wir keine Exzentriker wären.«

Wenigstens schneiden wir ihn nicht ab, wie einige von Dougs Bekannten.

Er sieht mir in die Augen, meines Wissens zum erstenmal, und seine Miene verhärtet sich zu einer strengen Maske. »Du bist nicht der einzige, der Brooke liebt.«

Mir wird klar, daß ich mich wie ein echtes Arschloch aufführe. Und ich bin fast bereit, klein beizugeben, zu versuchen, mich wie ein anständiger Mensch zu verhalten, als Doug aufsteht und einen Fünfdollarschein auf den Tresen legt. »Danke dir«, sagt er. »Ich geh jetzt besser ins Krankenhaus.«

»Bis die Tage«, antworte ich und verabscheue mich ein kleines bißchen mehr als üblich.

Kontrollbesuch bei Brooke

Sie sieht sich im Fernsehen das bosnische Kriegsverbrechertribunal an.

»Laß uns ein Häppchen essen gehen.«

»Bestimmt hat dieser Mörder genau das gesagt, nachdem er einen bosnischen Moslem vor den Augen seiner Familie entleibte.«

»Es war ja nur ein Vorschlag.«

Sie nimmt den Blick immer noch nicht vom Bildschirm, wo der Angeklagte mit Kopfhörer und in Sträflingskleidung mit einem eher gelangweilten als kämpferischen Gesichtsausdruck der Verhandlung folgt.

»Dein Freund hat mich heute besucht«, sage ich.

»Du meckerst und jammerst ständig über die Promis, mit denen du dich angeblich abgeben mußt«, sagt sie mit gleichmäßiger ausdrucksloser Stimme, ohne den Blick vom Fernseher zu nehmen. »Aber leider bist du mittlerweile einer von ihnen.«

»Was hat das mit Mad Dog zu tun?«

»Du machst dich über ihn lustig, weil er nicht ›cool‹ ist, weil er sein Ego nicht wie eine zwei Meter lange Erektion vor sich herträgt, wenn er die Straße entlanggeht.« Ihr prüfender Blick auf mich ist kühl und brutal. »Ich sag das nur ungern, aber zur Zeit ist Doug ein besserer Mensch als du, Connor. Gestern nacht kam eine dreiundachtzigjährige Frau gegen Ende seiner Schicht in die Notaufnahme, deren Lunge voller Flüssigkeit war, und sie sagte zu Doug: ›Ich weiß, daß ich sterbe, sagen Sie die Wahrheit.‹ Und er sagte, das stimme. Dann fragte sie ihn, ob er bei ihr bleiben würde, während sie starb, und er versprach es. Und das tat er auch. Er blieb zwei Stunden neben der Frau sitzen und redete mit ihr und hielt ihre Hand, während sie sich verabschiedete ...«

Was ich irgendwann auch mache – ich verabschiede mich. War ich gekommen, um nachzusehen, wie es ihr oder mir ging?

Essen im »44«

»Entschuldige die Verspätung. Hör zu, ich war letztes Wochenende im Chaos, und da ist was völlig Irres passiert.« Tina Christian hält inne und betrachtet sehnsüchtig die Reihen gepolsterter Bänke im Hintergrund, auf denen sich die Pressezare und -zarinnen räkeln. »Beim nächsten Mal«, schlägt sie vor, »laß mich die Reservierung übernehmen.« Was auf unseren Tisch gemünzt ist, der sozusagen außerhalb der Burgmauern steht. Ich erhebe mich und halte ihr den Stuhl, der ritterliche McKnight.

»Da kommt so eine Latina-Tussi auf mich zu und labert mich voll. Irgendwie kam sie mir bekannt vor. Sie sieht recht schnucklig aus, ein bißchen wie Janet Jackson, aber sie war mit ein paar echt herb aussehenden Mädels zusammen, 'ne Art Gang oder so was. Auf einmal fragt sie mich nach dir. Zuerst klingt das alles noch total harmlos, aber dann will sie wissen, ob ich deine Freundin bin, und das kommt sehr seltsam rüber, bis ich irgendwann denke, Moment mal, das ist doch diese verrückte Schnepfe, die dir ihr Nacktfoto geschickt hat. Was uns übrigens allen ausnehmend gut gefallen hat. Doch bevor mir das klar wurde, dachte ich, sie wäre eine Freundin von dir, und wir sind halt irgendwie ins Quatschen gekommen. Offenbar hatte sie gewisse Zweifel, wer ich nun war, darum sage ich: ›Hey, schön wär's, Connor ist ein echt cooler Typ, aber er ist seiner Freundin total treu ergeben.‹ Schließlich hätte sie ja eine Freundin von Philomena sein können, was weiß ich denn. Darauf sie: ›Ach ja, sie soll ja wirklich toll sein‹, und ich antworte: ›Ja, für ein Model ist sie ganz in Ordnung.‹ Wenn du's wirklich wissen willst, ich hab gesagt, sie sei phantastisch. Was ja auch stimmt, ich hatte nie Probleme mit Philomena, nur daß es irgendwie eine Strafe ist, sich mit ihr im selben Zimmer aufzuhalten, denn selbst wenn sie für ihre Verhältnisse total übel aussieht, hat man verglichen mit ihr immer das Gefühl, als Basset neben einem Windhund zu stehen. Jedenfalls sag ich zu dem Mädchen, du wärst nicht der typische Modelstecher, und ihr beide wärt eher so was wie ein altes Ehepaar, und sie stellt immer noch mehr Fragen, die irgendwann total unangenehm werden. Am Ende merk ich, daß sie irgendwie durchgeknallt ist, also mache ich, daß ich wegkomme. Also echt, wer *ist* diese Tussi?«

»Keine Ahnung. Könnte meine nächste Freundin werden.« Und damit fängst du an, Tina in der Hoffnung auf den einen oder anderen weiblichen Ratschlag über deinen Liebeskummer zu informieren.

»Nicht gut«, sagt sie und knabbert an einem Pizzabrot.

»Was würdest du tun?«

»Meiner Erfahrung nach kann man in solchen Situationen nur so schnell wie möglich mit jemand anderem schlafen. Selbst wenn einem eigentlich nicht danach ist, bleibt einem wenigstens das Gefühl, sich gerächt zu haben. Und wenn man den Duft einer anderen Person an sich trägt, macht einen das automatisch für die schädigende Partei attraktiver.« Und dann, mit einem Blick in die Ferne: »O Gott, ich muß rausfinden, zu welchem Friseur Tina Brown geht.«

Eine Flamme

An: Schreiberling@aol.com
Von: Jenrod@inch.com
Betrifft: Modelstecher

Jetzt weiß ich also, warum du gar nicht erst im Chaos aufgetaucht bist und warum du so hochnäsig auf eine Person herabsiehst, die nichts weiter will als ein paar Karrieretips und eine freundliche Schulter »zum anlehnen«. Oder vielleicht auch, wer weiß? Mal sehen, was sich zwischen den beiden entwickeln könnte? Jemand die eine Seelenverwandte sein könnte und nicht nur ein hübsches Gesicht, aber ohne daß ich mein eigenes Loblied singen will jede Menge Leute sagen ich sehe viel besser aus als die meisten sogenannten Models in deiner blöden Zeitschrift. Bloß weil deine Freundin ein »Topmodel« ist hältst du dich wohl für was Besseres als andere Leute. Und von wegen zu Kopf steigen, bestimmt hat sie 'nen richtigen Wasserball zwischen den Ohren – nichts als Luft drin! Vermutlich weißt du gar nicht, daß die meisten Models lesbisch sind! Was glaubst du denn was sie so treiben, wenn sie den lieben langen Tag halbnackt in Umkleideräumen rumstehen? Du kannst mir ruhig glauben, daß sie die Nasen dann nicht mehr so hoch tragen! Aber vielleicht gehörst du ja zu den Perversen die gerne dabei zugucken. Irgendwann lernst du schon noch, was der Ausdruck »der Schein trügt« bedeutet. Aber dann ist es zu spät. Ich hab da noch eine Redensart anzubieten: Sei nett zu den Menschen denen du auf dem Weg nach oben begegnest, weil du

sie auf dem Weg nach unten wiedertriffst. Und vielleicht bin ich das dann, die dir aus meiner Limousine zuwinkt während du besoffen in der Gosse liegst. Und wo ist dann deine magersüchtige MÖSENLECKENDE Freundin?
Ich bin keine von den Leuten die alles glauben was sie hören, ich lege alles zu den Gunsten von Angeklagten aus bis ihre Schuld bewiesen wurde, sogar O.J Simpson. Daher gebe ich dir noch eine letzte Chance so höflich zu sein und wenigstens zu sagen: Hey tut mir leid daß ich dich versetzt habe.

Interview mit einem Vampir

Immer noch nichts von Chip Ralston, aber ich habe einen Interviewtermin mit seinem Freund Jason Townes. Chips PR-Frau hat das über Jasons Manager arrangiert. Jason ist im Four Seasons abgestiegen, hält sich in New York auf, um seinen neuesten Film zu promoten, und ich bin für zehn Uhr abends eingeplant. Nach allem, was man hört, ist er ein Nachtmensch. Ich überlege, ob ich anrufen soll, um den Termin zu bestätigen, beschließe aber, daß meine Chancen besser sind, wenn ich ihm keine Gelegenheit gebe, es sich anders zu überlegen. So gegen neun schlafe ich vor der Glotze ein und wache um 23 Uhr 30 zu der Schlußmusik einer alten *Cheers*-Folge wieder auf. Ich rase los, um ein Taxi zu kriegen, vergesse Notizbuch und Kassettenrecorder und treffe um zehn vor Mitternacht im Hotelfoyer ein. Ich nehme den Hörer des Haustelefons ab und lasse mich mit Stanley Kowalski verbinden; unter diesem Namen ist Townes hier abgestiegen, der seit Schülertheaterzeiten darauf wartet, von jemandem mit Brando verglichen zu werden.

»Und wen darf ich melden?« fragt die Hotelvermittlung. Nach vielen Minuten meldet sie sich wieder und teilt mir mit, es täte ihr leid, aber Mr. Kowalski sei nicht erreichbar. Ich bestehe darauf, daß ich einen Termin habe: McKnight, Connor. Schriftsteller. Wieder ein Muzak-Zwischenspiel – nicht Rod, Dank sei Gott –, ehe sie sich erneut meldet und mir eine Zimmernummer nennt.

Oben angekommen, klopfe ich mehrmals. »Ey, was 'n los?« Der Knabe, der mir schließlich öffnet, sieht wie ein Unisportler aus dem Mittleren Westen aus, kurzgeschorene Haare und irgendwie unscheinbar gutaussehend, wenn man von einem auffallenden goldenen Nasenring absieht. Er gibt mir die Hand. »Ich bin Tab.« Meine gründlichen Recherchen haben ergeben, daß Townes mit einem Trupp High-School-Kumpels unterwegs ist. In der Boulevardpresse wird das manchmal als Zeichen interpretiert, was für ein treuer, bodenständiger Bursche er doch ist – im Gegensatz zu, sagen wir mal, jemandem, der jede Menge Hilfe braucht, um sein Ego durch die Gegend zu schleppen.

In der Suite ist es so schummrig-halbdunkel, daß man nicht viel sieht, die Luft ist von Rauch gesättigt, und es herrscht eine diffus bedrohliche Atmosphäre. Jason Townes sitzt in einem weißen Frotteemorgenmantel auf einer Couch und glotzt auf den Fernseher. Eine mollige, üppige Brünette in einem winzigen, rosa Negligé hockt neben ihm und knetet ihm die Schultern. Als ich mich zögernd nähere, erhebt sich Jason und streckt eine Hand aus; er wirkt offen, wenn auch ein wenig ausgepowert.

»Hey, wie geht's denn so, Alter? Hau dich irgendwohin.« Tab setzt sich neben die junge Frau und betatscht ihre üppige Brust, beugt sich dann vor und trennt mit einer American-Express-Karte eine gewaltige *line* von einem auf dem Couchtisch liegenden weißen Pulverhaufen. Er schnieft die *line* durch einen Hunderter. Alles ausgesprochen achtzigerjahremäßig.

Ein muskulöser junger Skinhead taucht aus einem der Zimmer auf, ein Handtuch um die Hüften geschlungen; auf den ersten Blick scheint er ein grellbuntes Hawaiihemd zu tragen. Dabei hat er gar kein Hemd an; seinen Oberkörper schmückt ein Mosaik aus Tätowierungen, dessen schweißbedeckte Täfelchen aus Schädeln, Drachen und nackten Frauen bestehen. Seinen eigenen zusammengerollten Geldschein zückend, bückt er sich zum Tisch runter und zieht eine *line* rein, das Handtuch züchtig an sich gepreßt.

Ich stelle mich vor. Jason, der sich selbst auf dem Bildschirm betrachtet, sieht nicht auf. Der Tätowierte nickt und sagt dabei: »Kirk.«

»Kirk«, sagt der Nasenberingte, »war bis vor kurzem mit den Red Hot Chilis auf Tour.«

»Das war echt abgedreht«, sagt Kirk. »Apropos Möse, da war 'ne Schnalle dabei, die wollte sich von uns die Klitoris durchbohren lassen.«

»Tja, also«, wirft Tab ein, »das ist wie bei Jason, Mann – als ihm diese reiche Schlampe mal fünfundzwanzig Riesen für eine Strähne Schamhaare geboten hat.«

»Voll kraß.«

»Das Heftigste«, meldet sich Jason, die Augen immer noch auf den Bildschirm gerichtet, »war der Typ, der sich mal auf der Bühne umgebracht hat, als die Cure in Brasilien auf Tour waren. Das nenn ich echte Hingabe.«

Kirk sagt: »Ich kenn da einen Dopedealer ...«

»Wir sind schockiert«, behauptet Jason.

»Dieser Dealer behauptet, er kennt 'n Typ, der Errol Flynns Pimmel in 'ner Art Einweckglas hat. Angeblich is er heimlich abgeschnitten und in irgend so 'm Zeug konserviert worden. Soll für eine Million zu haben sein.«

»Siehst du, ich sollte dich löhnen lassen«, sagt Jason zu dem Mädchen, die garantiert von irgendwem die sechzehnjährige, sizilienstämmige Cousine aus Queens ist. »Meiner müßte mindestens hundert Mille wert sein.«

»Dann mußt du nett zu mir sein«, erwidert das Mädchen.

»Da fällt mir 'ne Geschichte ein, die mir mal einer erzählt hat«, sagt Jason, wird aber von seinem eigenen Bild auf dem Schirm abgelenkt. »Die Stelle find ich super.« Er zeigt mit dem Finger. »Den Stunt hab ich selber gemacht.«

»Absolut«, bestätigt Tab. »Der Regisseur sagt: ›Jason, raus aus dem Wagen, wir setzen das Double rein.‹ Darauf J.: ›Kommt nich in Frage, Mann. Seht euch das an.‹«

Die Anwesenden jubeln verblüfft, als das Auto von einer Überführung rast und auf einem anderen in Bewegung befindlichen Fahrzeug landet.

»Das«, sagt Kirk, »ist exzellente Straßenarbeit.«

Ohne den Blick vom Schirm zu nehmen, sagt Jason: »Was hast du anzubieten? Drei Minuten; Zeit läuft.«

»Anzubieten?« wiederhole ich.

»Für den Streifen.« Endlich sieht er mich an. »Biste kein Drehbuchautor?«

»Eigentlich bin ich hier, um Sie über Chip Ralston zu interviewen.«

»Apropos Volltrottel«, sagt Kirk.

»Chip?« Das Mädchen sieht hoch. »Den find ich sexy.«

Jason runzelt die Stirn, dann schiebt er ihr plötzlich seine Hand zwischen die Beine. Sie windet sich und quietscht wie ein Kind, das durchgekitzelt wird.

»Chip ist in Ordnung«, räumt Jason ein. »Scheiße, er ist mein bester Freund. Wir beide sind total gute Kumpels. Chip fehlt nichts, was ein Persönlichkeitsimplantat nicht beheben könnte.«

Tab lacht – ein heiseres Bellen, das Jason offenbar goutiert.

»So was solltest du nicht über deinen Freund sagen«, quengelt die Brünette.

»Persönlichkeitsimplantat«, wiederholt Jason, »und eine Egoverkleinerung.«

»Echt stark, J.«

»Dieser Arsch ist so unbedarft, der geht nich mal pissen, ohne vorher seinen Astrologen anzurufen. Halt, jetzt fällt mir die Geschichte wieder ein«, ruft Jason. »Chip hat mal in einem Interview erzählt, er mag van Gogh. Wahrscheinlich hatte er den Namen gerade erst von 'nem Typ gehört, der bei seinem letzten Film Regie geführt hat. Eine Woche später kriegt er ein abgeschnittenes Ohr mit der Post. Irgendeine *Nutte* hat sich das Ohr abgeschnitten, um ihre Begeisterung für den großen Chip Ralston zu demonstrieren. Verflucht, is ja zum Kotzen, wie der Typ mich in dieser Szene gefilmt hat«, schließt Jason und zeigt wieder auf den Schirm. »Seht euch das an, zurückspulen. Scheißtyp – könnte nich mal bei 'ner Pamperswerbung Regie führen.«

Tab grölt und schlägt sich auf den Oberschenkel.

»Das alles *bleibt unter uns*«, sagt Jason zu mir. »Jedes einzelne, bisher gefallene Wort. Und das alles auch…« Er beschreibt mit dem Arm eine Art Kreis um die Couch und deren unmittelbare Umgebung. »Willste was essen, irgendwas trinken?« Er deutet auf den riesigen Beistelltisch in der Mitte des Zimmers: gestreifte, orangefarbene Garnelen und silbergrauer Kaviar, Pâtés und zerfließende Mousses, Käse und Brot, Sushi und Sashimi. Irgendwie sieht alles hyperreal aus, in der trüben Umgebung der Suite so aufdringlich unappetitlich wie die lackierten Plastikmodelle in japanischen Restaurantfenstern.

Davon wird einem mehr als nur leicht übel. Die Bar sagt mir schon eher zu, in silbernen Champagnerkübeln stehen ein Cristal und ein 85er Montrachet; außerdem gibt es eine gute Auswahl klarer und brauner Schnäpse sowie diverse Mixgetränke.

Ich probiere den Wein, der vermutlich ausgezeichnet schmecken würde, wenn man nicht fünf Tage am Stück geraucht und gesoffen, sondern noch ein paar Geschmacksknospen übrig hätte. So gieße ich mir lieber ein großes Glas Absolut ein. Auf dem Weg zu einem Stuhl trete ich beinahe auf etwas, was sich bei genauerer Betrachtung als gebrauchtes Kondom entpuppt und auf der struppigen Savanne des Teppichs glänzt, als hätte es vor kurzem noch gelebt und sei erst kürzlich erlegt und abgehäutet worden.

»Au, das tut weh«, ruft die junge Dame und bemüht sich, die Hand des Stars zwischen ihren Beinen hervorzuholen.

»Zeig dem netten Mann deine Titten«, schlägt Jason vor, zieht seine Hand heraus und riecht geistesabwesend daran.

Sie zuckt gelassen mit den Achseln, streift die Träger ihres Negligés über die Schultern und weiter über ihre runden Arme, so daß ein Übermaß, regelrechte Unmengen an blau geädertem, weißem Brustfleisch sowie dunkle, vorstehende, silberdollargroße Warzen zum Vorschein kommen. Wie beim Buffet ist es irgendwie zuviel.

»Hübsch, hm?«

»Toll«, sage ich.

»So isses. Du bist also ein Scheißjournalist.«

»Eigentlich nicht. Ich würde mich kaum …«

»Ich dachte, du wärst der Drehbuchautor, mit dem mich mein bekackter Agent verkuppeln wollte. He, der vor ’n paar Jahren einen Oscar gewonnen hat. Er ist ziemlich berühmt. Wie heißt er noch gleich?« Jason sieht Tab an.

»Steve noch was«, verkündet Jasons Freund nach einer langen Pause und einer weiteren *line*. »Vielleicht auch Victor.«

»Irgendwas in der Art. Sollte er nicht raufkommen und mir was schmackhaft machen? Vielleicht könntet ihr beide koordinieren. Seid ja schließlich zwei echte Wortschmiede.« Er kichert, denkt offenbar über die Absurdität und Stumpfsinnigkeit des logozentrischen Reiches nach, wo Schreiberlinge kritzeln und rackern, Schauerleuten gleich schnaufend und ächzend dicke latinisierte Verben und Präpositionen hochheben und durch die Gegend schleppen, während Jason und seinesgleichen die ganzen Weiber flachlegen. Er nimmt den zusammengerollten Geldschein und steckt ihn in den Hügel aus weißem Pulver.

»Ich arbeite tatsächlich gerade mehr oder weniger an einem Drehbuch.« Gott, habe ich das wirklich gesagt? Und sogar ohne die Ausrede, Drogen genommen zu haben? Noch ehe ich den Satz beendet habe, widere ich mich selbst an.

Jason stöhnt auf. »Genau wie der Scheißtyp, der meinen Pool saubermacht.« Er wendet sich dem Mädchen zu. »Ey, *du* arbeitest *garantiert* auch gerade an einem Drehbuch.«

»Manchmal kommen mir einige Gedanken«, antwortet sie. »Die schreibe ich in ein Tagebuch.«

Er sieht mich an. »Was habe ich dir gesagt?«

Unversehens taucht ein splitternackter junger Mann aus einem anderen Teil der Suite im Flur auf, sein glatter, halberigierter Penis wippt wie eine Wünschelrute grotesk auf und ab.

»Ich bin dran«, sagt Kirk und erhebt sich hastig von der Couch. Eine wunderschöne Frau in einem weißen Frottee-Morgenmantel taucht im Flur auf, schwebt wie ein Traum auf uns zu.

»Ich brauch noch mal fünfhundert, wenn ich bleiben soll«, sagt sie, sieht mich aber erst kurz nachdem ich sie erkannt habe.

»Kirk, hol das Geld aus meiner Kommode«, sagt Jason. Und weiter: »Was, ihr zwei kennt euch?«

Pallas wird sogar rot. Ich nehme aus dieser Begegnung nur die Erkenntnis mit, daß auch sie rot werden kann. Keine Ahnung, warum mir das etwas bedeutet; ich weiß nicht genau, welches Vertrauen ich geglaubt hatte, treuhänderisch bei dieser Frau hinterlegt zu haben, die mir nie etwas anderes als einen Tanz für zwanzig Dollar sowie einen guten Blick auf exzellente Brüste versprochen hat – und die mir obendrein gratis einen geblasen hat.

Eigentlich bin ich nicht empört, nur völlig leer.

»Willst du zuerst?« fragt mich Jason. »Kirk kann warten. Er war heute abend schon mal drin.«

»Zweimal«, korrigiert ihn Kirk.

»Mach dir keine Sorgen wegen der Knete, ich geb einen aus«, versichert Jason. »Sie ist gut, Alter.«

»Das bezweifele ich nicht«, sagte ich. »Mir ist nur gerade eingefallen, daß ich rasch nach Hause und die Bekenntnisse des Augustinus zu Ende lesen muß.«

»Tja, auch gut, egal«, sagt Jason. »Ey, Kirk, wo ist die Fernbedienung? Laß den Film bis zu der Zweiereinstellung zurücklaufen.« Trotz all seiner entspannten Großzügigkeit hat mich Jason Townes schon lange bevor ich an der Tür bin vergessen.

»Ey, das ist mein Geldschein«, sagt er zu irgendwem. »So kriegt man Gelbsucht, wenn man zusammengerollte Geldscheine mit anderen Leuten teilt.«

Ein seltener persönlicher Auftritt

Als ich zu Hause ankomme, lehnt Jeremy an meiner Wohnungstür und drückt auf die Klingel. Er scheint berauscht, was gar nicht seine Art ist.

»Zählen irgendwelche Auftragsmörder zu deinen Bekannten?« fragt er. Er geht in meinemWohnzimmer auf und ab, hält aber kurz inne, um das Chaos zu begutachten. »Meine Güte, ich glaube, man hat dich beraubt.«

»Das sehe ich genauso.«

»Gratuliere! Da bist du nicht der einzige.« Er kramt in seinen Taschen, reicht mir ein Briefchen:

> *Leider ist uns Ronald zu sehr ans Herz gewachsen, um ihn wieder herzugeben. Doch vielleicht lassen wir uns später einmal dazu überreden. Verzeihen Sie die Unannehmlichkeiten, die Ihnen dadurch möglicherweise entstanden sind.*
> *Hochachtungsvoll – Edie Jamison.*

»Klebte an der verfluchten Haustür. Haus war leer. Alle ausgeflogen.« Offenbar ist Jeremy, wie er schließlich ausführt, soeben von einer Fahrt nach New Jersey zurückgekehrt, wo er, wie zuvor vereinbart, viertausend Dollar in gültiger US-Währung im Austausch für den Setter übergeben wollte. »Und sie besitzt die Frechheit, hab ich dir das erzählt, Sean – der schon einen Namen hat, den er kennt und auf den er reagiert –, sie hat die Unverfrorenheit, ihn in *Ronald* umzubenennen… wie der beschissene Ronald McDonald!«

Als ich meine Faust gegen die Wand schmettere, verstummt Jeremy und atmet durch. Er schlendert rüber und betrachtet die Delle im Putz. »Das hat bestimmt weh getan«, stellt er fest.

Noch ein literarisches Rätsel gelöst

Später trinken wir in der Whitehorse Tavern, umgeben von der üblichen Ansammlung Studenten, einem harten Kern Einheimischer und Touristen, die den Wallfahrtsort besuchen, wo Dylan Thomas seinen letzten Drink gekippt hat.

»Ich überlege, ob ich nach L. A. fliege«, sage ich.

»Besser du als ich. Kennst du den Witz: Ein Filmstudio will *David Copperfield* verfilmen, sagt der Studioboß: ›Was ist mit dem Drehbuch?‹ Antwortet ein Manager: ›Wir denken da an William Goldman, Robert Towne.‹ Fragt der Studioboß: ›Was ist mit dem Autor? Ist der mit 'm anderen Projekt beschäftigt oder was?‹« Der betrunkene Jeremy bricht ab. »Das ist übrigens eine wahre Geschichte.«

»Dabei weiß ich nicht mal, ob sie in L. A. ist.«

»Moment, ruhig, das ist mein Lieblingslied«, befiehlt Jeremy, als die melancholischen ersten Akkorde von »It Wouldn't Have Made Any Difference« aus der Musicbox triefen. Jeremy singt mit, ausnahmsweise ungehemmt, während mir die Tränen in die Augen steigen: *»It wouldn't have made any difference, / if you loved me… / You just didn't love me.«*

Bei Liebeskummer bekommen Schlager etwas Tiefgründiges. Ich zünde eine Zigarette an. *Rauch steigt ihm in die Augen.*

Als das Lied zu Ende ist, sagt Jeremy: »Wenn man es zu Hause spielt, ist es nicht dasselbe wie in einer Kneipe, aus einer Musicbox. Der Qualm, das Bier vom Faß, die Gesellschaft all der vielen Verlierer, die blechernen Low-fidelity-Boxen, die gegen die nervigen Stimmen unserer Mittrinker ankämpfen müssen. Wie rauh und trostlos das alles ist. So muß man bestimmte Songs hören. Musicboxen sind die Zeitmaschinen oder Trauernden.«

Jeremy schüttelt seine lange Mähne, womit er unwissentlich NYU-Studentinnen an einem Tisch am anderen Ende des Raums in Unruhe versetzt. Vermutlich spricht es für Jeremy, daß ihm meist entgeht, welches Interesse er beim anderen Geschlecht weckt, obwohl ein hämischer Beobachter diese Wahrnehmungslücke darauf zurückführen könnte, daß er zu sehr mit sich selbst beschäftigt ist.

»Hör zu«, sagt Jeremy, »und denk mal darüber nach.« Er verstummt, um größere Wirkung zu erzielen.

»Ich höre.«

»Holly Golightly und Sally Bowles.«

»Ich bitte dich, genug Schlampen für einen Abend.«

»Ich las gerade die Biographie von Wie-heißt-er-doch-gleich über Capote, als es mir wie Schuppen von den Augen fiel. Capote war ein großer Bewunderer Isherwoods, und irgendwann wurden die beiden Freunde. Also habe ich die *Berlin-Geschichten* zur Hand genommen und dann noch mal *Frühstück bei Tiffany* gelesen. Keine Frage, Holly ist ein amerikanischer Klon von Sally Bowles, bis zu dem nicht überzeugenden heterosexuellen Kumpel. Total geklaut. Keine Frage, das ist praktisch ein Plagiat.«

Was Philomena Briggs mit Holly Golightly und Sally Bowles verbindet

Als das Connor nicht unbedingt vom Hocker reißt, fragt Jeremy: »Was meinst du mit ›genug Schlampen für einen Abend‹? Ist Philomena wieder da?«

Plötzlich hat Connor eine gespenstische Eingebung. »Weißt du etwas über Phil, das ich nicht weiß?« Mittlerweile bildet er sich ein, gegen das Schlimmste gewappnet zu sein, es sogar zu erwarten. »Oder willst du mich bloß aufheitern?«

»Was sollte ich schon wissen?«

»Keine Ahnung, treibt sie sich im Lincoln Tunnel rum und bläst irgendwelchen Typen einen? Schläft sie mit Vierlingen? Anders gesagt, gehe ich fehl in der Annahme, daß sie treu war, daß unsere Beziehung einigermaßen intakt war, daß diese letzte ... *Sache*, irgendwie – *untypisch* ist?«

Jeremy zögert, atmet ein und wieder aus, wie es die Zen-Meister vorschreiben. »Hör zu, ich wollte dir das schon lange sagen. In der neuen Kurzgeschichtensammlung gibt es eine Story, die ›Letzter Schrei‹ heißt. Rein *fiktiv*, okay. Eine fiktive Erzählung. Aber ich wollte es dir sagen, bevor du sie liest.«

»Mir was sagen?«

»Es ist im Grund eine Erzählung über Illusion und Realität, über die Anbetung falscher Götzen. Im Einklang mit der generellen metaphorischen Konstruktion der Sammlung – über den klaustrophobischen Irrsinn der Großstadt.« Er betrachtet mich erwartungsvoll, als wolle er sagen: *Wer könnte die Relevanz eines solchen Themas in Frage stellen?* »Es geht, na ja, um einen Schriftsteller und ein Model.« Er seufzt. »Die Story handelt von einem Mann, der ein Verhältnis mit der Freundin seines besten Freundes hat. Was einem, falls man gerade seinen paranoiden Augenblick hat, so vorkommen könnte, als beruhte es auf wahren Begebenheiten. Aber ich schwöre, es ist nie passiert. Es ist, was Roth *Gegenleben* nennt. Eine Art Was-wäre-wenn-Version, die Denkbar-wäre-es-Version. Das wollte ich dir nur sagen, bevor du es liest.«

Als er Connors Unglauben spürt, wird er ungehalten. »Ich weiß nicht mal, warum ich dir das erkläre, du kennst doch den

Unterschied zwischen Fiktion und Realität. Na schön, klar, hasse mich ruhig wegen meiner Phantasie, aber ich wollte nicht, daß du glaubst ... du weißt schon.«

Er trinkt einen großen Schluck Bier und beobachtet Connor über den Rand seines Krugs.

Trotz aller Abstriche, die Connor in den letzten Jahren in puncto Selbstachtung gemacht hat, wäre er nie auf den Gedanken gekommen, Philomena könnte sich für jemand anderen interessieren.

»Was ist passiert?«

»Hab ich dir doch gesagt – gar nichts. Die Geschichte ist reine Projektion.«

»Du redest mit mir, Jeremy. Ich weiß alles über deine sogenannte Fiktion.«

»Es ist eine von mehreren möglichen Welten.«

»Nun mach mal 'n Punkt, Jeremy.«

»Eigentlich ist gar nichts passiert. Zugegeben, vielleicht wollte ich ... Es war nichts.« Er seufzt erneut, stellt seinen Krug vorsichtig auf den Untersetzer. »Du warst in L.A. Ist vielleicht ein Jahr her. Wir sind uns zufällig im Kino über den Weg gelaufen und haben danach noch was getrunken.«

»Etwas getrunken.«

»Ich hab ihr von einem Buch erzählt, weiß auch nicht, irgendwas in dem Film erinnerte mich an Jim Salter, und so sind wir nachher zu mir gefahren, damit ich ihr das Buch leihen konnte.«

»*Aber ja*, Salter. Klasse. Womöglich *Ein Spiel und ein Zeitvertreib*.«

Er zuckt die Schultern. »Ja, stimmt.«

»Ich glaub's einfach nicht.«

»Ich will mich ja gar nicht rausreden, klar? Mir war wohl klar ... eventuell spürte ich eine gewisse amouröse ...«

»Was ist passiert?«

»Wir haben uns geküßt. Einmal. Mehr nicht.«

Connor rastet aus. *»Geküßt?«* Er will es deutlich vor sich sehen, in Farbe, damit er es bis in alle Einzelheiten durchleiden kann. »Wer hat angefangen?«

»Weiß ich nicht, es ist halt irgendwie passiert.«

»Was?«

»Eben haben wir uns noch über *Ein Spiel und ein Zeitvertreib* unterhalten, und dann waren wir... haben wir uns geküßt. Eine Minute lang. Weniger als eine Minute lang. Ich meine, wir haben aufgehört, bevor... du weißt schon. Bevor irgendwas.«

»Nein, erzähl's mir. Ich weiß es nicht. Ich war nicht dabei. Hat sie sich ausgezogen? Hast du ihre Titten begrapscht? Den Finger in ihre Möse gesteckt?«

»Nichts dergleichen. Wir haben vorher aufgehört, klar?«

»Wer hat aufgehört?«

»Wen interessiert das? Keine Ahnung.«

»Wer hat aufgehört? Und wer wollte nicht aufhören?«

»Connor, gib's auf. Das bringt doch nichts.«

»Und ob. Gib *du's* auf.«

»*Ich* hab aufgehört, in Ordnung? Bist du jetzt zufrieden? *Ich* war's.«

»Mein Freund.«

»Genau.«

Connor befindet sich hier in einem seltsamen Dilemma, er muß entscheiden, ob er lieber von seinem besten Freund oder von seiner Geliebten betrogen worden wäre. Von seiner ehemaligen Geliebten. Seiner entschwundenen Geliebten.

»Tut mir leid, Connor, ich habe mich so lange selbst kasteit, bis mein Gewissen grün und blau war. Für mich wäre es leichter gewesen, wenn ich es dir gesagt hätte. Sieh mal, es hätte schlimmer kommen können. Eigentlich ist gar nichts passiert. Wir waren betrunken. Es war nur ein Kuß, mehr nicht. Und später – aus Schuldgefühlen und purer Spekulation heraus und weil ich nun mal Schriftsteller bin – habe ich es zu einer Geschichte aufgebauscht.«

»Und alle werden glauben, daß die Geschichte wahr ist.«

Benommen

Alles in dem Raum sieht aus, als wäre es in Gaze verpackt. Du fühlst dich der physischen Umwelt entrückt, als wärst du high. Du spürst Jeremys Hand auf deiner Schulter, und falls dich deine Erinnerung nicht trügt, ist es das erstemal, daß er Körperkontakt aufnimmt. Kleinigkeiten sind dir schon immer aufgefallen – Jeremys Überspanntheiten beispielsweise, oder deine eigenen kleinen Stimmungsschwankungen –, aber jetzt wird dir klar, daß du die wichtigen Dinge nicht bemerkt hast. Du hast an einem chronischen und massiven Bewußtseinsausfall gelitten. Und dir kommt der Gedanke, daß mangelnde Beachtung, kumulativ, über Jahre hinaus, ein ebenso großes Verbrechen sein könnte wie Untreue.

»Laß dir wegen *allen Leuten* keine grauen Haare wachsen«, sagt Jeremy, kampflustig wie eh und je. »Wer ist denn schon ›alle‹? Wie viele Leser habe ich? Und wie viele Freunde habe ich eigentlich?«

»Einen weniger.« Noch während du das sagst, weißt du, daß es melodramatisch ist und du Jeremy vergeben wirst. Doch zunächst einmal mußt du dich an die üblichen Entrüstungsrituale halten. Du stehst auf, wirfst einen Zwanziger auf die Theke, eine radikale Reaktion, wenn man bedenkt, wie wenige du noch hast.

»Sie wußte von der Schauspielerin in L. A.«, ruft Jeremy, als du den Rückzug antrittst.

Ach, das.

Draußen trägt die kalte Luft dazu bei, dich in einen verspäteten Zustand der Wachsamkeit zu versetzen. Du gehst die Straße rauf, denkst über jeden Schritt nach, den du machst, als würdest du beim Gehen meditieren. Du strahlst eine solche Bedrohlichkeit aus, daß ein zerlumpter Bettler zuerst näher kommt und sich dann lieber davonschleicht.

Tina als Retterin

Du wanderst in westlicher Richtung zur Washington Street. Du willst in einem kleinen, überfüllten Raum voller Fremder sein, die einander wegen der Musik kaum hören können, willst aktiv *und* passiv rauchen, so viel Drecksqualm aufnehmen, wie in deine Lunge paßt. Zurück ins Automatic Slims, proppevoll von der Theke bis zu den Fenstern. Als du deinen Körper in das Chaos wirfst, beschleicht dich unwillkürlich das Gefühl, daß er der älteste im ganzen Raum ist. Hier sieht niemand viel älter als zwanzig aus. Und alle wirken so verflucht vergnügt, als wüßten sie nicht, wie beschissen ihr Leben bald sein wird, sobald sie erst ihr Studium an der Columbia Uni oder am Sarah Lawrence College oder dem Jurafachbereich der NYU beendet haben und merken, daß die Katerstimmung nur noch schlimmer wird.

Wann genau ist dir das Gefühl der Unverwundbarkeit und unendlicher Zuversicht abhanden gekommen, dein Glaube an dich selbst und daran, daß du noch jede Menge Zeit hast? Wie es dazu kam, ist dir nicht aufgefallen, aber heute nacht steht fest, daß es weg ist.

Eine blonde Flagge an einem schwarzen Stock: Tina Christian taucht aus dem Männerklo auf, hält sich die Nase, umarmt dich ungelenk.

»Connor, ich bin ja *so* froh, dich zu sehen, du siehst scheiße aus. Ich bin unterwegs in die Spy Bar. Begleite mich doch einfach.«

»Ich bin kein sehr guter Gesellschafter.«

»Ich kann's mir nicht leisten, wählerisch zu sein. Wenigstens bist du größer als ich.« Sie zerrt dich in Richtung Tür. »Hast du mit Jeremy gesprochen?«

»Ich habe ihn gerade getroffen.«

Sie bleibt stehen, um irgendwem hinter dir zuzuwinken. »*Wo?* Hat er mich erwähnt? Gott, ich *muß* mit ihm reden. Ich bin *überhaupt* nicht stolz auf mich, aber irgendwie konnte ich nichts dagegen machen. Kevin hat sich so beschissen benommen, und ich war dermaßen sauer auf ihn, daß ich ihm erzählt habe, ich hätte mit Jeremy geschlafen. Ich muß wohl betrunken gewesen sein. Außerdem war ich ein bißchen wütend auf Jeremy, weil er mich nicht angerufen hatte. Ich weiß, ich weiß... ich fühl mich deswegen einfach *gräßlich*...«

Tagesanbruch

An Schlaf ist nicht zu denken. Um Viertel nach fünf dringt pochend das rote Licht durch die Jalousien, und ich bin nüchtern trotz all meiner Bemühungen, mich zu betäuben; obwohl Tina alles versucht hat, bin ich letztlich doch standhaft geblieben. Ich habe sie weggeschickt, als ich irgendwann merkte, daß ich mich in ihrer Gegenwart schlechter anstatt besser fühlte. Jetzt setze ich mich auf und sehe zwischen den Jalousienstäben hindurch; gerade wird eine Leiche hinten in einen Krankenwagen geschoben. Das Laken ist über den Kopf gezogen.

Zuvor hatte ich mich in Tinas schäumendem Kielwasser treiben lassen, war ihr zuerst in die Spy Bar, dann ins Chaos gefolgt, weil ein Freund von ihr behauptet hatte, dort werde Chip Ralston erwartet. Chip war zwar nicht da, doch Tina stellte mich auf der Toilette einem Freund vor, der nicht nur behauptete, er habe ihm letzte Woche etwas Ketamine verkauft, sondern mir auch einen Ring andrehen wollte, der angeblich River Phoenix gehört hatte. »Falls echtes Interesse besteht«, sagte er, »ich kenne einen Typ, dessen Vetter in dem Bestattungsinstitut arbeitet. Der hat eine Handvoll Asche aus der Urne genommen und verkauft sie grammweise.« Während ich das narbige Gesicht nach einem Funken Ironie absuchte, hörte ich Tina in einer der Toilettenkabinen kotzen.

Guten Morgen: Ein Fax!

Lieber Connor,
habe gestern endlich Brooke erwischt und ihr von Weihnachten erzählt. Sie sagte, das verstünde sie, dabei klang sie aber ein wenig durchgedreht. Ich zähle darauf, daß Du Dich um sie kümmerst. Falls ihr was zustoßen sollte, würdest Du wünschen, ich hätte Dich ersäuft, als du sechs warst.
Ein paar Tage vor Weihnachten habe ich einen Termin in New York, vielleicht können wir ja gemeinsam nach Florida fliegen und dort ein paar Tage verbringen, ehe ich nach Freeport weiterreise.
Alles Liebe,
Corvetta

Ralstons Lager meldet sich

Abends: Ich sitze gerade an meinem Computer und sehe diverse Websites durch – http://www.starzzz.com; www.hollywood.com –, als das Telefon klingelt. Auf dem Display erscheint eine Nummer aus Los Angeles.

»Hallo?« Ich notiere mir die Nummer, sie beginnt mit 310.

»Hallo, könnte ich bitte mit Colin McNeal sprechen?«

»Wie wär's statt dessen mit Connor McKnight?«

»Warum nicht. Hier spricht Cherie Smith. Chip Ralstons Assistentin. Chip läßt Ihnen ausrichten, daß er sich das mit dem Artikel anders überlegt hat. Er kann nun doch nicht daran mitarbeiten.«

»Soll das ein Witz sein?«

»Er hat mir nur aufgetragen, es Ihnen auszurichten, mehr nicht.«

»Verzeihen Sie«, sage ich. »Könnte ich vielleicht mit ihm reden?«

»Tut mir leid, aber er ist momentan sehr beschäftigt.«

»Ich bin zwar nicht versessen darauf, diesen Artikel zu schreiben, habe aber nicht genug Geld auf dem Girokonto, um meine Hälfte der nächsten Monatsmiete zu bezahlen, von der Hälfte meiner verschwundenen Freundin ganz zu schweigen.«

»Es tut mir leid, aber ich mach nur meine Arbeit. Einen schönen Tag noch. Tschüs.«

So leicht gebe ich nicht auf. Jetzt habe ich die Nummer. Während ich mir ein Päckchen Zigaretten kaufen gehe, mache ich Jason Townes nach, übe seine berühmte rauchige Stimme ein, um an der Assistentin vorbeizukommen und direkt mit Ralston zu sprechen, meiner Beute, dem Drecksack.

»Jason Townes hier.« Nein, nicht ganz. »Hi, Jason am Apparat. Kann ich Chip sprechen?« Beinah. »Hi, hier ist Jason«, sage ich, während ich frierend an der Ecke Twelfth und Hudson Street stehe. »Jason Townes.«

»Klar, und ich bin Michelle Pfeiffer«, sagt die junge Schwarze, die hinter mir mit ihrem Hund Gassi geht.

Wieder in der Wohnung, paffe ich zwei Zigaretten, um meine Stimme zu schmirgeln, warte eine Viertelstunde und rufe dann die auf meinem Notizblock stehende magische Nummer an.

»Hallo?« sagt die vertraute Stimme. »Hallo? Wer ist da?«

»Phil?«

»Connor?«

»Was tust du da?« frage ich, als ich endlich meine Stimme wiederfinde, obwohl die Antwort ziemlich naheliegend, wenn auch irgendwie unglaublich zu sein scheint.

»Woher hast du…«

»Ist das *wichtig*?« sage ich. »Also echt, du fragst *mich*, woher ich… unfaßbar. Das ist doch unglaublich.«

»Ich wollte dir nicht weh tun.«

»Du wolltest mir nicht weh tun? *Darum* treibst du's also mit Chip Ralston – um mich zu schonen? Was würdest du denn tun, wenn du mich unter deinen spitzen Pfennigabsatz nehmen und mir endgültig den Rest geben wolltest?«

»Ich meine ja nur, deshalb solltest du es nicht erfahren.«

»Und *deshalb* hat er das dämliche Scheißinterview abgeblasen?«

»Connor, du hättest unter diesen Umständen wohl kaum ein objektives Porträt schreiben können.«

»Ich *kannte* die Umstände überhaupt nicht.«

»Aber du hättest sie erfahren.« Nach einer Pause fügt sie hinzu: »*Hard Copy* hat uns gestern abend gefilmt, als wir aus Morton's kamen. Wahrscheinlich wird es heute ausgestrahlt.«

»Ich nehme das nächste Flugzeug.«

»Connor, laß es. Es ist aus. Außerdem fliegen wir heute nachmittag nach Montana.«

»Montana?«

»Chip hat eine Ranch außerhalb von Livingston. Da werden wir eine Weile bleiben.«

»Das muß einfach… *zauberhaft* sein.«

»Ich sagte dir doch, ich will ein einfacheres Leben.«

»*Einfacher?* Du fliegst in das beschissene Livingston, Montana, mit dem beschissenen Chip Ralston. Ist dir überhaupt klar, was für ein Klischee das ist? Ich hab's in meinem Computer. ›CTRL, *Montanaklischee*.‹ Das ist nicht einfach. Es ist bloß beknackt.«

Am anderen Ende der Leitung herrscht Schweigen; ich für mein Teil bringe kaum ein Wort über die Lippen. Schließlich sage ich: »Das ist ein Scherz, stimmt's?«

»Connor, so was kommt vor. Verstehst du? Da kann keiner was für.«

»Chip Ralston?«

»Ich versteh ja, daß du aufgebracht bist.«

»Es ist das letzte.«

»Zwing mich nicht, Dinge zu sagen, die du nicht hören willst.«

»Der Typ ist ein verfluchter Zwerg, Phil.«

»Mach dir deswegen keine Sorgen, Connor. Wo es wirklich drauf ankommt, ist Chip ein Riese, danke sehr.«

Ich knalle den Hörer auf und bereue es sofort. Ich nehme einen Imari-Porzellanfrosch – eins von Philomenas wertvollsten Stücken – und schmeiße ihn an die Wand, wo er natürlich zersplittert. Wir haben ihn in Kioto auf dem Flohmarkt gekauft, und ich weiß noch, daß ich mich fragte, was wohl daraus werden würde, dem ersten dauerhaften Objekt, das wir je gemeinsam erstanden hatten: Würde es eine Klammer werden, die uns miteinander verband? Würden wir es uns zehn, zwanzig Jahre später ansehen und in Erinnerungen schwelgen? Anschließend fuhren wir in das Ryokan westlich der Stadt, wo der hohe Zedernholzzuber in Erwartung unserer Ankunft dampfte und blauweißgestreifte Bademäntel auf den schwarz umrandeten Tatamimatten lagen. Was würde ich geben, um wieder zurückzugehen, wenn ich könnte? Würde ich alles wieder genauso machen bis zu diesem Moment, obwohl ich wüßte, was passieren würde? Oder würde ich die Schlampe umgehend im Badezuber ertränken?

Die nächsten zwanzig Minuten rufe ich die Nummer auf meinem Block immer wieder an, fülle das Band auf Chips Anrufbeantworter mit Beschimpfungen und inständigen Bitten. Nach dem fünften Anruf klingelt es immer weiter.

Ich stelle mir vor, wie ich die nächsten dreißig Jahre lang mit mir leben werde, als es an der Tür bimmelt.

Mehr Kummer

In der Tür steht Jeremy. Wild dreinblickend, schiebt er sich an mir vorbei in die Wohnung.

»Du und deine beschissene Freundin!«

»Ich habe gerade mit ihr telefoniert.«

»Mit wem?«

»Mit Philomena.«

»Erwähne den Namen nie wieder.«

»Was denn«, sage ich. »Was hast du gehört?«

»Lies selber.« Er wedelt mit einer Zeitung herum.

»Philomena steht in der Zeitung?«

»Das kann man wohl sagen.«

Connor findet es völlig normal, daß der Verrat seiner Freundin in der *New York Times* enthüllt wird. Mit zitternden Händen nimmt er das in der Mitte der Sektion C aufgeschlagene Blatt und sieht ein Foto von Jeremy, der ihn finster und gutaussehend anblickt, unter der Überschrift: AALGLATTE DEPRESSIVE ZUR SCHAU GESTELLT. Verwirrt sagt Connor: »Es ist eine Buchbesprechung.«

»Es ist keine verfluchte Buchbesprechung«, brüllt Jeremy, »sondern ein Messer in mein Herz.«

Connor liest weiter:

> Jeremy Greens erster Kurzgeschichtenband verschaffte dem Autor einen soliden, wenn auch bescheidenen Ruf als literarischer Handwerker, heimgesucht von einer schwarzhumorigen Vision. Seither wurde er auf Schickeriazusammenkünften in der Gesellschaft von Mannequins und beim Herumalbern mit Filmstars wie Liam Neeson und Natasha Richardson fotografiert. »Eingemauert«, seine neue Sammlung, scheint weniger das Projekt eines originellen, visionären Künstlers zu sein, vielmehr die verkrampfte Zurschaustellung gepflegter urbaner Angst...

»Drei Jahre Arbeit, eine lebenslange Lehrzeit, bis ich mein Scheißhandwerk beherrsche...« Ein heftiger Tritt schickt ein Sofakissen quer durchs Zimmer. »Zählt das etwas? Trotz heftiger Gegenwehr zu *einer einzigen* miesen Party geschleift, aus *einem einzigen* Prominentenlokal geworfen – und schon bin ich eine Nutte? ›Gepflegte urbane Angst?‹ Mit Filmstars ›herumalbern‹?«

Obwohl Connor Schwierigkeiten hat, sich zu konzentrieren, fällt ihm auf, daß sich die restliche Rezension syllogistisch aus dem Aufmacher ergibt. Er fragt sich: Wenn er die Wahl hätte, Phil wiederzubekommen oder Jeremys Rezension rückgängig zu machen... und stößt dabei an die Grenzen von Altruismus. »Sie ist mit Chip Ralston durchgebrannt«, sagt er.

»Scheiß auf Chip Ralston. Und scheiß auf Philomena. Ihr könnt mich alle mal.«

Da ihm nichts anderes einfällt, füllt Connor zwei Gläser mit Wodka und reicht das eine Jeremy.

»Ich kann mir vorstellen...«

»Keiner kann sich das vorstellen«, blafft Jeremy. »Keiner, der das nicht durchgemacht hat.«

»So schlimm ist es auch wieder nicht«, sagt Connor. »Ich hab schon schlimmere Verrisse gelesen.«

Jeremy betrachtet das Glas, als sähe er es zum ersten Mal, und schleudert es quer durchs Zimmer. Er steht auf, hastet zur Tür, knallt sie sicherheitshalber zu und läßt Connor mit einem frühen Belegexemplar der Zeitung zurück.

Einige Abschiedsworte von der Chefredakteurin

Am folgenden Morgen platzt die nächste Bombe.

»Connor? Bleiben Sie dran. Jillian Crowe will Sie sprechen.«

Ich sage ihr, ich kann nicht dranbleiben, doch plötzlich ist Jillian am Apparat: »Egal womit du Chip Ralston und seine Leute vor den Kopf gestoßen hast, es ist...«

»Womit *ich* Chip Ralston vor den Kopf gestoßen habe? Dieser Wichser fickt mit meiner Freundin.«

»Tja, Auge um Auge. Das ist wohl kaum seine Schuld, Connor. Nach deinem kleinen Abenteuer mit seiner Konkubine. Ich finde es sogar ausgesprochen demokratisch von ihm. Droit du seigneur und so weiter. Aber leider hat Lapidus acht Anzeigenseiten aus der Zeitschrift genommen.«

»Hä?«

»Charles Lapidus ...«

»Der Typ, der seine Frau verprügelt?«

»Und auch ohne offizielle Erklärung wissen wir wohl beide, wessen Schuld das ist. Weißt du, ich dachte dauernd, du bist jetzt schon so lange dabei, du müßtest mittlerweile trocken hinter den Ohren sein. Ich habe gewartet. Jedenfalls glaube ich nicht, daß du je mit dem Herzen bei diesem Unternehmen warst. Du findest mit Sicherheit anderswo eine Aufgabe, die deinen Talenten eher entspricht. Dein Vertrag läuft doch zum Jahresende aus, stimmt's? Vergiß bitte nicht, die Welt ist klein, und alle verleumderischen Behauptungen würden deine Zukunftsaussichten ganz erheblich verschlechtern, so begrenzt sie auch sein mögen. Tja, damit wäre wohl alles gesagt. Adieu, Connor.«

Zwei Wochen später, Theater District

Wir drängeln uns um den Seiteneingang des Ed Sullivan Theater an der West Fifty-third Street, wo die Talk-Show *Late Night with David Letterman* aufgezeichnet wird, und frieren uns die Hintern ab, während wir auf die Stars warten. Zwei blaue Polizeiabsperrgitter bilden einen Korridor hinter dem Bordstein, und ein Sicherheitsmann lungert teilnahmslos am Bühneneingang herum. Wir drücken unsere Unterleiber gegen die Gitter, Autogrammbücher und Stifte an die Oberkörper gepreßt, schauen auf die Straße und treten auf der Stelle, damit die kalten Füße durchblutet werden. Doch im Grunde stört uns die Kälte nicht, sie belegt, wie ernst wir es meinen und wie wild entschlossen wir sind. (Außerdem sind einige von uns ein *ganz* klein wenig beschwipst.) An so einem Tag bleiben die Schönwetterfans zu Hause. Das Studiopublikum ist schon im Gebäude; Reservepublikum und Touristen warten am Vordereingang. Doch das sind Amateure, bläßliche Enthusiasten, im Gegensatz zu uns. Wir sind echte Fans, große Fans. Wir sind die größten Fans. Wie in: »Ey, Clint, ich bin dein größter Fan.«

Clarence beispielsweise, groß wie ein Bär, mit seinem riesigen Parka aus Armeebeständen, der pelzbesetzten Kapuze, der intellektuell wirkenden, dicken, schwarzen Hornbrille, seinem ultraprofessionellen Auftreten, dem unbeeindruckten Gebaren eines Mannes auf einer wichtigen Mission, bei der ihm kaum jemand das Wasser reichen kann: »Ich hab gerade Brooke Shields bekommen, Mann. Sie ist total nett. Total nett. Tja, ich hab sie vor ein paar Minuten drüben bei NBC erwischt, sie ist bei *Conan*. Nicht wie diese Geena Davis, Mann. Weißt du noch letzte Woche, die schiebt sich einfach an einem vorbei, sieht niemanden an, hält sich für 'ne verdammte Königin. Sieht aus wie 'ne Fummeltrine, wenn du mich fragst. Arnold, das ist auch so einer. Gibt keine Autogramme. Ich sag dir, wen ich mag, ich mag Richard Harris. Ein Gentleman, verstehst du? Der ist cool. Nicht wie dieser Richard Chamberlain. Richard Chamberlain, der kommt hier durch und schüttelt einem die Hand, was Scheiße is, Mann, was soll ich mit'm Handschlag? Deinen Freunden kannste keinen Handschlag zeigen, den kannste nicht an die Wand hängen.«

»Kannste nicht verkaufen«, sagt Charlie und zieht den

Reißverschluß seiner Mets-Baseballjacke hoch. Er ist Klempner in Patchogue auf Long Island, wenn er nicht vor dem Ed-Sullivan-Theater oder im Foyer der NBC-Zentrale im Rockefeller Center steht; er und sein Freund Tony sind mit unlinierten Karteikarten im Format fünfzehn mal dreiundzwanzig Zentimeter bewaffnet. Sie sind zwar Fans, aber ihre Heldenverehrung ist von kommerziellen Motiven befleckt. Von drei unterschriebenen Karten verkaufen sie zwei an einen Händler.

Clarence hält nichts von Tony und Charlie. »Ich verkaufe keine Autogramme. Das mach ich für mich, Mann, nicht wie einige andere. Das soll nicht heißen, es wär ungesetzlich, ich sage nur, es wirft kein gutes Licht auf uns andere, verstehste? Man muß einen gewissen Respekt vor diesen Leuten haben, stimmt's? Sind schließlich auch Menschen. Der größte Superstar auf der Welt ist ein Mensch, genau wie du und ich. Hab ich recht? Er hat sein Leben, seine Probleme.«

»Logo«, sagt Tony, »und zwar: ›Wie oft will ich mir heute den Schwanz lutschen lassen?‹«

»Ey, Scheiße, Mann. So ist das überhaupt nicht, verstehste?« Clarence spricht mit der Autorität eines Mannes, der in einem anderen, nicht lange zurückliegenden Leben ein großer Star war und sich noch allzu gut daran erinnert. Diese Bemerkungen gelten teilweise allen Anwesenden, teilweise seinem Begleiter Vasya, dessen blaue Augen hinter den dicken Brillengläsern wäßrig und auf nichts Bestimmtes gerichtet sind, die Ohrenklappen seiner Jagdmütze stehen ab, auf seinem Kinn stehen flechtenartige Inseln von Bartstoppeln. Vasya ist mit einer uralten Kodak-Brownie-Kamera bewaffnet, die er von Zeit zu Zeit ans Ohr hält, als erwarte er, daß sie ihm etwas sage.

Plötzlich erstarrt und verstummt die Menge, gerinnt zu

einem einzigen zitternden Sinnesorgan, als eine glänzende, schwarze, extralange Limousine vorfährt und am Bordstein hält, die Fracht hinter den getönten Scheiben unsichtbar. Der uniformierte Fahrer marschiert beflissen um den Wagen herum und öffnet die Tür am Bordstein.

»Chip!« brüllt einer der Fotografen. »Hier drüben!«

»Hey, Ralston!«

»Ich bin dein größter Fan, Chip!«

»Wie wär's mit einem Autogramm, Chip?«

»Sieh mal hierher! Lächeln!«

Ein Star zum Anfassen

Der Schauspieler zögert, von der offenen Limousinentür eingerahmt, sondiert die Lage, ehe er sich in Richtung Bühneneingang stürzt, geduckt, den Kopf soweit wie möglich in den Schildkrötenpanzer seines Jacketts gezogen, er bewegt sich schnell, aber nicht schnell genug, um mir auszuweichen, als ich unter dem Polizeigitter durchrutsche und ihm den Weg abschneide.

»He, Chip, ich bin Connor McKnight.« Eine Nanosekunde lang genieße ich, wie sich die Angst in seinen vielbewunderten und tatsächlich bemerkenswert haselnußbraunen Augen breitmacht, dann versetze ich ihm einen direkt auf den Sattel seiner Nase zielenden Kopfstoß, der ihn jedoch an der Schläfe trifft, als er auszuweichen versucht. Nichtsdestotrotz solider Kontakt. Solid genug, daß mir der Kopf verdammt weh tut.

»Ich bin dein größter Fan, du Arschloch«, sage ich.

Er knickt ein, hält sich mit einer Hand am Polizeigitter fest, mit der anderen an seinem schwer getroffenen Schädel, und geht im selben Augenblick in die Knie, als mich der Wachmann umwirft und mein Gesicht auf den kalten, körnigen Asphalt drückt.

Connor stellt sich der Presse

Nach ein paar Stunden in der Arrestzelle wird mein Name aufgerufen. Zum Glück war der stärkste Mann in der Zelle, der gerade erst drüben in der Ninth Avenue einen Komplizen erschossen hatte, kein Fan von Ralston. Als ich berichtete, welcher Missetat ich mich schuldig gemacht hatte, nahm er mich unter seine Fittiche. Ralston hatte in seinen beiden letzten Filmen einen Bullen gespielt und wurde zum Schlappschwanz erklärt.

Brooke wartet im Eingangsbereich auf mich; genau wie ein Reporter von der *Post*. Der bleiche, für eine Boulevardzeitung steinalte Mann – gut und gerne vierzig – schiebt den Schirm seiner »NEW YORK IT AIN'T OVER«-Mütze nach hinten und klappt seinen Stenoblock auf.

»Warum haben Sie das gemacht?« fragt er, sobald ich meine Entlassung unterschrieben habe.

»Ich mag die Rollen nicht, die er gespielt hat.«

»Stimmt es, daß Sie Chip Ralston seit Monaten nachstellen?«

Brooke nimmt mich am Arm, und wir rennen Richtung Tür. Draußen steigen noch mehr Reporter und Fotografen die Treppe hoch.

»Connor, hierher!«

»Ist das Ihre Freundin?«

»Wie heißt sie?«

»He, Connor.«

»Wollt ihr beide euch nicht mal für ein Foto küssen?«

Sie verfolgen uns, als wir die Straße hinunterlaufen. Ein Reporter rennt mit gezücktem Kassettenrecorder neben uns her: »Was ist dran an dem Gerücht, daß er Ihnen noch Geld von einem Drogendeal schuldet?« Zwei Paparazzi überholen uns, hocken sich auf dem Gehsteig direkt vor uns in den Weg und drücken ununterbrochen auf die Auslöser.

»Welches Gerücht?« fragt Brooke.

»Zum Gerücht wird es«, erkläre ich ihr, »sobald sie dich zitieren, wie du es abstreitest. Geh weiter.«

»Sag schon, Connor«, sagt der Reporter.

Erstaunlicherweise verspüre ich eine seltsame Hochstimmung, weil mir diese Pressemenschen ihre Aufmerksamkeit schenken und Passanten mich prüfend mustern. So ist das also, denke ich. Mein erbärmlicher kurzer Augenblick des Glanzes. Nicht gerade das Rampenlicht. Eher das Schlampenlicht, der Abglanz des Ruhms, wie ihn Eintagsfliegen in Sachen Erfolg oder die Sexualpartner der Stars erleben. Diese Sehnsucht, genau wie sie außerhalb der eigenen Person zu existieren. So wie jetzt Philomena. Doch Brooke wird immer wütender.

Etliche Straßen weiter flüchten wir in ein japanisches Restaurant. An der Bar rauchen japanische Geschäftsleute. Einen Moment lang kommt es mir so vor, als hätte ich eine Zeitreise in die Vergangenheit unternommen, nach Kioto. In die Zeit vor Phil, vor allem anderen.

Dem Reporter, der uns in das Restaurant folgt, erkläre ich, Chip und ich seien ein Liebespaar, und er habe mich auf brutale Weise benutzt und mißbraucht. Das müßte ihn eine Weile beschäftigen. Von Chips PR-Tante ganz zu schweigen. Während der Reporter ins Büro eilt, bestelle ich einen Gimlet.

»So kannst du nicht weitertrinken, Connor.«

»So kannst du nicht weiteressen«, gebe ich zurück.

»Ich esse nichts.«

»Eben. Du bist magersüchtig, Brooke.«

»*Ich?* Bist du noch ganz dicht? Ich esse wie ein Schwein.«

»Hast du heute was gegessen?«

»Klar habe ich gegessen.«

»Was?«

»Ein paar Brezeln.«

»Du bist krank, Brooke.«

»Und was bist du?«

»Ich bin traurig. Ich bin einfach nur ungeheuer scheißtraurig. Klar? Meine Güte. Wenigstens hast du dich in letzter Zeit nicht selbst verletzt.«

»Schrei mich bitte nicht an. Im Moment vertrag ich's nicht, wenn du mich kritisierst.«

»Schon gut.« Ich nehme ihre Hand, ihre schmale, knochige Hand, bis sie sie wegzieht, um sich am glimmenden Rest der alten Zigarette eine neue anzuzünden.

»Fehlt sie dir?« fragt Brooke.

»Was glaubst du denn?«

»Meinst du«, fragt sie, »du hättest Philomena geheiratet, wenn ich nicht gewesen wäre?«

»Was sollte das denn mit dir zu tun gehabt haben?«

»Weiß nicht – daß du das Gefühl hattest, dich um mich kümmern zu müssen?« Ehe mir eine Antwort einfällt, fügt sie hinzu: »Das ist wohl eine ziemliche Selbstüberschätzung.«

»Leider kann ich keinem außer mir echte Vorwürfe machen. Würdest du ein belegtes Brötchen essen, wenn ich es bestelle?«

»Na dann«, sagt Brooke, als wir in das wolkenlose Halbdunkel der Häuserschlucht treten, »wozu hast du Lust? Zum Rockefeller Center gehen, dir den Weihnachtsbaum und die Schlittschuhläufer ansehen?«

Aus irgendeinem Grund finde ich das rasend komisch. Ein Junge und seine Schwester betrachten die Sehenswürdigkeiten. Ich muß so heftig lachen, daß ich mich an Brooke klammere, damit ich nicht umkippe. »Dann vielleicht die Schaufenster von Saks, die Weihnachtsshow in der Radio City Hall?«

Jetzt lacht sie auch, tätschelt mir den Rücken.

»Ich weiß nicht, ob man Verbrecher reinläßt, damit sie sich die Rockettes ansehen.«

»Na und? Zu Hause hängen die Apfelsinen an den Bäumen. Können das diese verdammten New Yorker auch sagen? Ist dir klar, daß wir morgen fliegen?«

»Ohne Corvetta ist es nicht Weihnachten«, sagt Brooke, ihr Lächeln wie weggewischt. Pötzlich kommt ihr eine Idee, und sie muß wieder lächeln. »Ich weiß was, wir fliegen nicht nach Hause. Laß uns auf die Bahamas fliegen. Wir lassen all die Weißen mit ihren Einkaufstüten und ihrem Familienterror zurück.«

»Wir können sie nicht zurücklassen. Das sind wir *selbst.*«

Als ich ihre traurige Miene sehe, nehme ich sie in die Arme, inmitten der Fußgängermassen der Fifth Avenue. Und ich sehe Philomena vor mir, wie sie letztes Jahr engelsgleich in einem weißen Morgenmantel auf einem Hocker gestanden und den Stern auf dem Weihnachtsbaum angebracht hat.

Rachephantasien

– Chip Ralston, in den Hügeln bei Livingston, Montana, von einem Elch aufgespießt. Im Unterleib.

– Philomena von Chip betrogen, der sich mit Milla Jovovich aus dem Staub macht. Sämtliche Boulevardzeitungen berichten groß von ihrer Hochzeit in Las Vegas.

– Chip stirbt an einer Überdosis Drogen auf dem Bürgersteig vor dem Viper Room in Los Angeles, während Fußgänger vorbeigehen. Später unterhält Christina Applegate auf dem Parkplatz ihre Freunde damit, daß sie seine Todeszuckungen nachäfft.

– Die todkranke Philomena kehrt nach New York zurück. Connor McKnight – ein wahrer, wenn auch agnostischer, Christ – nimmt sie wieder auf, entgegen dem Rat von Freunden und Verwandten, und pflegt sie während ihrer langen Krankheit. Ihre letzten Worte: »O Connor, es tut mir unendlich leid. Du bist der einzige, den ich je geliebt habe.«

Pyjamaparty

Da Brooke merkt, daß ich nicht besonders wild darauf bin, allein in meine Wohnung zurückzukehren, macht sie den Vorschlag, die Nacht vor unserem Flug nach Florida gemeinsam bei ihr zu verbringen. Sie erklärt sich einverstanden, etwas zu essen, wenn ich nichts trinke – für uns beide eine schwierige Vereinbarung. Corvetta ruft vom Flughafen aus an, um uns mitzuteilen, daß ihr Flug Verspätung hatte, daß sie direkt ins Hotel fährt und uns morgen nach ihrem Meeting trifft. Ich bin ganz froh, daß Brooke und ich den Abend für uns allein haben. Als das Essen kommt, stochert sie im Szechuangemüse herum, schwingt die Eßstäbchen wie ein Juwelier, zerlegt smaragdene Erbsenschoten, untersucht die Wassernüsse auf Farbe und Klarheit.

Brooke hat ihren Pyjama an – eigentlich Dads alte Flanellschlafanzughose von, wer hätte das gedacht, Brooks Brothers. »So wie früher, als du klein warst«, stellt sie vergnügt fest, »und in mein Zimmer geschlichen kamst.«

»Bevor du weggegangen bist, aufs Internat«, sage ich, und aus meiner Stimme spricht ein Groll, der selbst mich überrascht.

Obwohl sie in den maßgeblichen Fächern auf ihrer High-School nur Topnoten hatte, beschloß man, daß Brooke ihren Abschluß auf einem Internat machen sollte, nachdem sie beim Kiffen auf ihrem Zimmer erwischt worden war. Während unsere Eltern geflissentlich *ignorierten*, was ihre Tochter so trieb, und statt dessen jeden Abend tüchtig dem Alkohol zusprachen, wurde meine Schwester schließlich in flagranti von Daisy ertappt, einer seit Jahren bei uns beschäftigten, streng baptistischen Haushälterin, eine viel größere Autorität als Mom oder Dad, mit weit rigideren Vorstellungen, wie sich ein weißes Mädchen aus gutem Hause zu benehmen hatte. Daisy machte bei dieser Gelegenheit einen solchen Aufstand, daß mein Vater sich bemüßigt fühlte, aktiv zu werden. Brooke fand sich damit ab, wie ich noch weiß, aber ich war wie vor den Kopf gestoßen. Und ich war wütend auf sie, weil es mir fast so vorkam, als ob sie erwischt werden wollte; sie wußte nämlich, daß Daisy im Haus war, und Daisy schlich nicht gerade auf Zehenspitzen herum, ihr Kommen kündigte sich immer durch Schnaufen, Keuchen und Möbelwackeln an.

»Du hast meine Kindheit ruiniert«, sage ich, »und das nur, weil du im Haus einen Joint rauchen mußtest.«

»Es lag nicht am Kiffen«, sagt Brooke.
»Was heißt das, es lag nicht am Kiffen?«
»Man hat mich mit Sandy Soundso erwischt, dem Anstreicher. Das wußtest du doch.«
»Das wußte ich nicht.«
»Im Grunde wolltest du es wohl nicht wissen.«

Connor McKnight, Tierpräparator

»Du warst ein komisches Kind«, sagt Brooke und streicht mir über den Kopf. »Wir waren da draußen auf der Plantage so isoliert, daß ich Angst hatte, du würdest noch mal total wunderlich werden. Briefmarken und Münzen und Käfer hast du gesammelt, und mit Eidechsen gespielt. O mein Gott! Weißt du noch, deine Phase als Tierpräparator? Hätte ich fast vergessen. Als Vermeer, der Papagei, starb, und du beschlossen hast, ihn auszustopfen? Wenn ich's recht bedenke, warst du nie sehr gut darin, irgendwas loszulassen. Dad hat dich zu dem Präparator in die Stadt mitgenommen. Und du hast einen Fernkurs angefangen. Wie immer wieder irgendwelche Leute mit gewilderten und überfahrenen Tieren an die Hintertür kamen? Ich mache das Kühlfach auf, weil ich ein Eis will, und da glotzt mich eine tote Eule an. Ich glaube, damals hab ich aufgehört, regelmäßig zu essen.«

Chip Ralston, mutiges Verbrechensopfer

Um halb zwölf sehen wir uns *Letterman* an, und zwar die Sendung, die erst vor ein paar Stunden aufgezeichnet wurde, trotz eines Zwischenfalls, den Gastgeber und Gast dem Publikum mitreißend nacherzählen. Ralston kommt prima rüber, als er mit einem großen Eisbeutel auf dem Kopf berichtet, wie sehr ihm das Kampfsporttraining für seinen neuen Film bei der Abwehr des Angreifers – ein Verrückter, der ihm schon lange nachgestellt hat – zugute gekommen sei, und er erörtert mit David, wie angemessene Bewunderung gelegentlich, im Fall einiger weniger verkorkster Individuen, in gefährliche Obsession umschlägt. »Aber, hey, Dave, das gehört nun mal dazu, wenn man so wie wir im Licht der Öffentlichkeit steht, und ich werde wegen dieses Zwischenfalls mich nicht gegen meine Fans abschirmen. Ich werde auch nicht paranoid. Verdammt, das ist der tollste Beruf der Welt, und man muß das Leben eben nehmen, wie es ist.«

Das Studiopublikum bekundet lautstark seine Zustimmung.

Weitere Racheszenarien

– Connor McKnight als Toshiro Mifune in dem Film *Yojimbo – Der Leibwächter,* in einen zerschlissenen Kimono gewickelt, das Schwert in sein Obi gesteckt, schreitet O-beinig eine staubige Straße in einem japanischen Dörfchen entlang. Im Ort ist es unheimlich still. Unversehens stürmen zu beiden Seiten der Straße Männer mit erhobenen Schwertern aus den Häusern. Sie bedrängen McKnight, der einen nach dem anderen zu Boden streckt, bis nur noch ihr Anführer, der heimtückische Yukazaboß Chip Ralston, vor ihm steht. Der entsetzte Ralston versucht zu fliehen, zieht aber, als er in eine Sackgasse läuft, eine Pistole aus seinem Kimono und schießt – ein niederträchtiger Verstoß gegen Bushido, den Kampfkodex der Samurai. McKnight, von der Kugel gestreift, schreitet furchtlos weiter, um den Feigling niederzustrecken. Dann steckt McKnight sein Schwert in die Scheide und begibt sich die Straße runter in das Bordell, wo er die Mama-san wie einen Sack Getreide beiseite schleudert und der Kurtisane Philomena-chan erklärt, sie sei jetzt frei. »Nimm mich mit«, fleht sie und umklammert seine Knie. »Ich reise allein«, entgegnet er, schüttelt sie ab und schreitet als stoischer, O-beiniger Ritter die staubige Straße hinunter.

– Chip Ralston spielt Dinner-Theater in Winter Haven, Florida, da seine letzten fünf Filme gefloppt sind; Nummer vier und fünf wanderten direkt in die Videotheken, ohne vorher in den Lichtspielhäusern gelaufen zu sein. Connor McKnight, der gerade mit seiner wunderschönen Frau, Schauspielerin/Model Milla Jovovich, seinen Familienstammsitz besucht, lädt seine dankbaren, alternden Eltern zu einem unterhaltsamen Dinner außer Haus ein, bevor er am nächsten Tag mit seinem Privatjet in die Karibik startet. Nach der Show läßt Connor dem ehemaligen Star liebenswürdigerweise einen Drink bringen, dazu eine Visitenkarte, ohne Adresse oder Titel – nur seinen in dunkel getönter Antiqua auf Cranes naturbelassenem Kartenpapier eingestanzten Namen; auf der Rückseite dieser Karte hat Connor zwei Telefonnummern notiert, die eine gehört zu dem Apparat eines untergeordneten Agenten bei William Morris, die andere ist die gebührenfreie Nummer der amerikanischen Friseurinnung, dazu der Satz: »Kostenlose Typberatung«.

Ich im Rampenlicht

Am nächsten Tag wache ich in Brookes Bett auf, allein. Ich höre sie im Nebenzimmer herumwuseln. Es ist kurz vor zwölf. Ohne das Bett zu verlassen, höre ich meinen Auftragsdienst ab. Sechzehn Nachrichten – darunter Interviewanfragen von *New Yorker* und landesweit vertriebenen Boulevardzeitungen sowie von den Fernsehmagazinen *Hard Copy* und *A Current Affair*. Außerdem der Anruf einer Besetzungschefin, die sagt, sie habe mein Foto gesehen, und fragt, ob ich nicht für eine Rolle in einem Film vorsprechen wolle, die Dreharbeiten fingen nächste Woche an.

Ich lösche alle Nachrichten, krabble aus Brookes Bett und gehe leise zur Tür.

Szene aus einem imaginären Drehbuch

NAHAUFNAHME *auf die Schneide einer scheinbar im Raum schwebenden Rasierklinge.*

Immer noch nah, *aber sich entfernend sehen wir, daß die Klinge an einem einziehbaren Farbkratzer befestigt ist, den eine weibliche Hand hält.*

GEGENEINSTELLUNG AUF

CONNOR MCKNIGHT, *der im Rahmen der Schlafzimmertür steht. Entsetzen im Blick.*

GEGENEINSTELLUNG AUF

BROOKE MCKNIGHT, *eine sehr schöne, wenn auch etwas ausgemergelte Frau von fünfunddreißig, deren Hand den Farbkratzer hält, und die ihn unverwandt ansieht.*

Andere Einstellung, *die uns mehrere Narben an der Innenseite von Brookes nacktem linken Arm zeigt.*

CONNOR *(aus dem Off)*

Brooke!

Sie starrt immer noch die Klinge an, wie in Trance…

Renovieren

Connor nähert sich ihr vorsichtig, während sie weiterhin das gefährliche Werkzeug in ihrer Hand betrachtet. Er küßt sie auf die Wange und entwindet ihr das Werkzeug. Was offenbar den Bann bricht.

»Guten Morgen«, sagt sie fröhlich. Mit ihrer plötzlich freien Hand fischt sie nach einer Zigarette. Jetzt bemerkt Connor, daß sie einen farbbespritzten Kittel anhat. Auf ausgebreiteten Zeitungen steht ein halbes Dutzend offene Farbdosen; alle Bücher aus ihrem Bücherregal stapeln sich auf dem Fußboden. Die Wand neben dem Kamin ist mit pfirsich- und lachsfarbenen Flecken gesprenkelt, von denen jeder – an einem normalen Tag – sehr hübsch zu ihrer eigenen karottenfarbenen Haut passen würde.

»Hab ich dir zufällig meine alte Taschenbuchausgabe von Jim Harrisons *Legenden der Leidenschaft* geborgt? Erinnerst du dich an den Umschlag? Ich kann's nirgends finden, darauf war so ein netter, lachsfarbener Schatten im Hintergrund, das wäre meines Erachtens eine phantastische Farbe hier drin, meinst du nicht auch?«

»Brooke, wieso interessierst du dich auf einmal für Inneneinrichtung? Wir wollen in drei Stunden über Weihnachten nach Hause fliegen.«

Connor macht der Farbgeruch nervös, er steht für neue Anfänge und frohe Erwartungen. Er sieht seiner Schwester zu, wie sie durch das Zimmer wirbelt und gelegentlich stehenbleibt, um einen Stuhl zu verrücken oder die Asche von ihrer Zigarette zu klopfen.

»Als ich meine Schubladen durchging, fand ich diesen apricotfarbenen Pullover, den mir Mom vor ein paar Jahren bei Land's End gekauft hat, und da fiel mir auf, wie deprimierend die Wände sind. Sie sehen aus wie die Wände eines unglaublich trostlosen Büros in irgendeiner sterbenden Stadt in einem heruntergekommenen, ehemaligen Industrierevier. Meine Güte, die sind ja nicht mal weiß, sondern haben die Farbe von Smog oder so was – wie die Luft an einem deprimierenden Tag in Los Angeles.« Sie betrachtet die Farbkleckse an der Wand. »Welche gefällt dir am besten, ehrlich?«

Das fragt sie so, als wäre Connor allgemein dafür bekannt, daß er seine Lieblingsfarbe gern für sich behält.

»Brooke, kannst du mich hören?« Da er dieses derwischmäßige Verhalten bereits kennt, schiebt er sie gegen die Wand, schlingt beide Arme um sie und drückt sanft. »Wir brechen heute auf. Corvetta müßte jeden Moment hier sein.«

»Irgendwie mag ich den rauchigen Pfirsichton – natürlich höre ich dich –, aber ein kleiner Tupfer ist nicht sehr aussagekräftig, wenn man die ganze Wand streicht, könnte es viel zu dunkel sein.«

Connor verstärkt den Druck seiner Umarmung, preßt sein Gesicht in die kupferrote Masse ihrer nach Kokosnußshampoo und Zigaretten duftenden Haare. Seine Wange an ihren Hals gedrückt, registriert er ihren Monolog als Abfolge entfernter Vibrationen. Auf einmal findet er es hier, im Dickicht ihrer dezent duftenden Haare, ungeheuer friedlich, eine an die Kindheit erinnernde, unerwartet Zuflucht verheißende Umgebung. Während Brooke weiterplappert, schläft Connor beinahe ein. Doch sie läßt ihn nicht, hebt zu einer schrillen Verteidigung der Ockerfarben in all ihren Schattierungen an. Er drückt immer fester zu, bis sie schließlich aufhört zu brabbeln.

»Wir fliegen nach Hause, Brooke.«

»Jerry heiratet wieder«, sagt sie mit leisem Stimmchen.

»Wann hast du das erfahren?«

»Heute morgen. Er rief mich an, damit ich es nicht der Presse entnehmen müsse, wie er es großspurig ausdrückte. Nicht, damit ich es nicht von anderen *hören* müsse, was eine durchaus hinlängliche Formulierung gewesen wäre. Damit ich es nicht *der Presse entnehmen müsse.*« Sie verstummt, um in einem einzigen Zug eine halbe Marlboro aufzurauchen. »Als stünde es nächste Woche auf dem Cover von *People*. Scheiße, wahrscheinlich tut es das. Er heiratet am Strand auf Bali. Eine seiner Studentinnen – Überraschung. Ich sagte: ›Jerry, meiner Ansicht nach gehört es sich für einen Wissenschaftler nicht, ein dermaßen vorhersehbares, durchsichtiges und schlicht *determiniertes* Wesen zu sein.‹«

»Liebst du ihn noch?«

Sie seufzt und überlegt. »Nein. Wenn ich ihn wirklich liebte, würde ich doch wollen, daß er glücklich ist, oder?«

Tja, denkt Connor, das dürfte das Malen, die Farbskala und die Rasierklinge weitgehend erklären.

»Hör zu, wenn du versprichst, daß du packst, verspreche ich, dir beim Malen zu helfen, wenn wir zurückkommen.«

Er ist nicht unbedingt versessen darauf. In den letzten Jahren hat Philomena mit ihrer freudigen, kindlichen Erwartung den weihnachtlichen Ritualen einen frischen Glanz verliehen. In ihrem ersten gemeinsamen Jahr in Japan trieb sie einen winzigen Bonsaibaum auf und heftete Strümpfe an die Wand über den Kerosinofen, und als ihm das einfällt und er das Nervenbündel Brooke vor sich sieht, kann er sich gerade noch zurückhalten, den Farbkratzer an die eigenen Pulsadern zu legen.

Das Rampenlicht, Fortsetzung

Der Flug geht um vier Uhr nachmittags. Aus Angst, Brooke alleinzulassen, überrede ich sie, mich in meine Wohnung zu begleiten und mir beim Packen zu helfen, mehr oder weniger unter dem Vorwand, ich hätte Angst, dort allein zu sein. Was mehr oder weniger zutrifft. Zum Glück ruft Corvetta von ihrem Meeting aus an; ich sage ihr, daß wir uns bei mir treffen.

Wir machen am Kiosk halt. Ein Foto von meiner Wenigkeit auf Seite 3 der *Post* dieses Morgens, ausgesprochen soigné in meiner Patagonia-Skijacke, wie mich der Wachmann vor dem Theater auf den Gehsteig drückt, mein Gesichtsausdruck der eines leicht umnebelten Psychopathen. Im Hintergrund entdecke ich Vasyas wadenhohen, vulkanisierten Gummistiefel – erkennbares Detail, das mir realistischer und bekannter vorkommt als mein eigenes Gesicht oder der schriftliche Bericht über den Zwischenfall. KARATE KID KLOPPT CHIP. Irgendwie hat der Reporter der *Post* meinen japanischen Background herausbekommen und daraus offenbar geschlossen, ich sei ein Karate/Kung Fu/Aikido-Experte, hätte den schwarzen Gürtel in einem halben Dutzend tödlicher Kampfsportarten. Die Karate-Connection paßt hervorragend zu der Werbung für Chips aktuellen Streifen, in dem es in einem Handlungsstrang um Ninjas geht. Ein nicht genannter Sprecher behauptet, ich hätte zahlreiche Drohanrufe an Chips Geheimnummer gerichtet, die ich angeblich als ehemaliger Prominentenschreiber für *CiaoBella!* herausbekommen habe, und bestreitet kategorisch, daß es jemals eine Liebesbeziehung zwischen mir und dem Star gegeben habe. Ein Sprecher für *CiaoBella!* gibt zu Protokoll, daß mein Vertrag auslaufe, und führt als Begründung »unberechenbares Verhalten« an. Eine »Quelle« in der Zeitschrift bestätigt, ich sei »so was wie ein Einzelgänger, ein Spinner«. Auf der Fahrt gebe ich die Zeitungen an Brooke weiter und blättere *Beau Monde* durch, wo ich Kevin Shipleys Rezension von *Eingemauert* entdecke.

> Peter Benchley hatte wenigstens den Mut seiner anspruchslosen Überzeugungen, als er beschloß, Moby Dick umzuschreiben. [*Nein, zugegeben, aber ich habe den Film gesehen.*] Gleiches läßt sich von Jeremy Green nicht behaupten, dem Brad Pitt der Literatenschickeria der Upper West Side. Nachdem ich mich durch »Eingemauert« gequält habe, Greens unsagbar prätentiöse Hommage an Thoreau – ganz recht, Henry David –, mache ich mich auf Jay McInerneys Version von Whitmans *Grashalme* gefaßt.

Ich kann nicht ehrlich sagen, ob ich weitergelesen oder die Zeitschrift in diesem Augenblick aus Respekt vor meinem einstigen Freund zugeklappt hätte, jedenfalls hielt das Taxi vor meiner Wohnung, als ich mit dem ersten Absatz fertig war.

In New York City, vor allem im Village, ist es nicht ungewöhnlich, daß sich Leute auf deinem Treppenabsatz breitmachen. Von der jungen Frau auf meiner Treppe habe ich nur noch ein Bild vor Augen – es schien so, als bildete der Weihnachtskranz meiner Vermieterin einen Heiligenschein hinter ihrer federnden, dunklen Haarpracht. Ich legte den Arm schützend um die Schulter meiner Schwester, die gerade das Taxi verließ.

Als die Treppensitzerin aufstand, nahm ich an, sie wolle uns Platz machen. Hübsch, dachte ich, und mir fiel auf, daß sie der Schauspielerin Jennifer Lopez ähnelte. Sie kam die Treppe herunter und sah mich starr an, als würde sie mich kennen. Neben uns kam ein Taxi zum Stehen. Ich drehte mich um und sah Corvetta aussteigen, einen Ausdruck des Erstaunens auf dem Gesicht, als ob *sie* uns nicht erkannte. Ich folgte ihrem Blick, wandte mich rechtzeitig um, so daß ich sah, wie die junge Frau in der Lederjacke einen Arm hob und in der Luft hielt, bei ihrer seltsamen Körperhaltung – und vielleicht auch durch die Erinnerung an ihre stachlige Kranzkrone – mußte ich an die Freiheitsstatue denken, die etwas in der Hand hielt, was in der Wintersonne glänzte wie eine winzige Fackel…

Ein Jahr später

An: Schreiberling
Von: Philo
Betrifft:
Lieber Connor,
ich hab das Gefühl, daß so viel passiert ist. Gern hätte ich Dir geschrieben, als ich das mit Jeremy gehört habe, fand aber irgendwie, ich sollte mich da

raushalten. Mein Gott, was für ein Schock. Daß es so bald geschah, nachdem ich Dich verlassen hatte, war bestimmt ziemlich niederschmetternd. Ich wünschte, ich hätte das besser hinbekommen. Andererseits scheint es, als hättest Du aus den Widrigkeiten das Beste gemacht. Ich hörte, Du seiest vor ein paar Monaten im Château Marmont abgestiegen, dachte aber, Du würdest wohl als letztes von mir hören wollen. Aber falls Dir danach ist – es wäre schön, Dich zu sehen, wenn Du das nächste Mal nach L. A. kommst. Doch wenn nicht, verstehe ich das auch.

In Liebe, Phil

Eintracht aus Zwietracht

Dezember ist der ideale Monat für eine Hochzeit in Florida, warme Abende, von Orangenblütenduft durchweht – die merkwürdige Zeit, wenn die eine Ernte noch am Baum hängt und die andere daneben in Blüte steht. Obwohl in diesem Fall die Hochzeitsgedichte melancholisch angehaucht sind, da Dad gezwungen war, das alte Anwesen zu verkaufen, nachdem er es bis zum Anschlag mit Hypotheken belastet hatte. Doch hier sind wir, haben uns in einem Zelt neben dem alten, weißen Haus mit seinen Veranden und Giebeln versammelt, umgeben von Baumreihen in ordentlicher Fruchtbarkeit. Im ersten Stock packte man die Überbleibsel meiner Kindheit – die ausgestopften Tiere und juvenilen Gedichte, die Briefmarkensammlung, Marvel-Comics, Baseballkarten, Fleißkärtchen und Liebesbriefe – in Kartons, damit sie nach New York gebracht wurden. In ein paar Wochen wird eine Familie aus Ohio hier ihr Glück versuchen. Dad ist jetzt seit drei Monaten trocken, die Chancen stehen also gut, daß die Zeremonie ohne peinliche Zwischenfälle über die Bühne geht. Meine Eltern haben eine kleine Eigentumswohnung in Naples gekauft, nicht weit vom Strand, und wenn sie Glück haben, kommen sie mit ihrem Geld über die Runden. Falls nicht, hat Doug seine Unterstützung zugesichert. Schließlich gehört er jetzt zur Familie. Trotz meiner schlechtesten Vorsätze fällt es mir immer schwerer, ihn nicht zu mögen. Als er mich bat, sein Trauzeuge zu sein, fühlte ich mich schrecklich. Und jetzt steh ich kurz davor, einen Toast auf den Bräutigam auszubringen. Unter anderem hoffe ich, bezeugen zu können, daß Brooke tatsächlich und glücklicherweise den besseren Mann von uns zweien gewählt hat, wie sie mir vor über einem Jahr in New York zu verstehen gegeben hat.

Brooke ist – darf ich das sagen? – glücklich, was für mich im Moment als Wunder genügt, weil es lange Jahre so wenig wahrscheinlich schien. Sie hat Doug überredet, sich ein Jahr lang beurlauben zu lassen, um in Zentralafrika mit Flüchtlingen zu arbeiten und wird ihn als Krankenpflegerin begleiten. Innerhalb eines Jahres hat sie knapp fünf Kilo zugenommen; bald ist sie kräftig genug, um bei der Ford Agency als Model zu unterschreiben. Eine wunderschöne Braut, trotz des lädierten Ohrs. Ich muß an die kuriose medizinische Behandlungsmethode aus dem neunzehnten Jahrhundert denken – den Patienten zur Ader lassen. So richtig von einem durchgedrehten Mädchen mit einem Tapetenmesser verletzt zu werden, hat offenbar, nachdem sie jahrelang amateurhaft versuchte, sich selbst zu verstümmeln, alle negativen Gefühle ausgemerzt. Ihre Ohrspeicheldrüse sollte vielleicht noch unter Beobachtung bleiben, doch in Wahrheit ist sie, angesichts ihres lebenslangen Mißtrauens gegenüber Schönheit, seltsam zufrieden damit, leicht entstellt zu sein: durch eine erhöhte rosa

Sichel unter ihrem Ohrläppchen. Zum Glück hat sie sich genau im richtigen Moment abgewandt.

Brooke hat darauf bestanden, daß die Angreiferin, Jennie Rodriguez, zu ihrer Hochzeit eingeladen wurde; deren Arzt war der Meinung, das würde einen Schlußpunkt unter diesen unseligen Zwischenfall setzen. Ich habe zweimal an Jennies gerichtlich verordneter Therapie teilgenommen, die immerhin insofern erfolgreich war, als sie nun weiß, daß es gesellschaftlich nicht akzeptabel ist, andere Leute mit Tapetenmessern aufzuschlitzen, auch wenn es unter dem Erwartungsdruck Gleichaltriger geschieht. Sie ist wirklich ein sehr nettes Mädchen. Besonders leidet sie darunter, daß sie die Falsche erwischt hat – meine Schwester anstelle meiner Freundin. »Ist es nicht abgefahren«, hat sie gerade erst gesagt, »was sich daraus alles ergeben hat?«

»Das kann man wohl sagen«, stimmte ich ihr zu.

Jennie mag Florida, jedenfalls das, was sie bisher davon gesehen hat, und erzählt mir, sie wolle eventuell nach Miami ziehen.

Bob Jamison aus Flemington, New Jersey, bleibt auf Kaution auf freiem Fuß und ist, wenn man den Presseerklärungen seines Anwalts glauben darf, der Ansicht, es sei sein gutes Recht als Hausbesitzer gewesen, um drei Uhr morgens einen Eindringling in seiner Küche zu erschießen. Der Vorfall ereignete sich in der Nacht, bevor *Beau Monde* ausgeliefert wurde. Auch wenn einige angedeutet haben, daß da eine Verbindung bestand, kommt es mir eher unwahrscheinlich vor, daß Jeremy Kevin Shipleys Rezension gelesen haben könnte, bevor er beschloß, mitten in der Nacht nach New Jersey zu fahren, um seinen Hund zu befreien; er hatte kein Exemplar der Zeitschrift bei sich. Spätere Rezensionen – und posthum erschienen jede Menge – waren beinahe durchgängig positiv. Der Rezensent der *Times* entdeckte in beiden Büchern Vorahnungen eines verfrühten Ablebens, während ein Kollege von ihm Jeremys Tod als die tragische Kapitulation einer Seele schilderte, die zu zart war, um das bösartige und von keinerlei Sachkenntnis getrübte Urteil eines oberflächlichen und feindlichen, kritischen Establishments zu ertragen. Meiner Meinung nach hätte es Jeremy besonders gut gefallen, das Wort *oberflächlich* in diesem Kontext verwendet zu sehen. Mir gefiel es, auf Seite 6 der *New York Post* zu lesen, Kevin und Jeremy seien Rivalen um die Gunst von Tina Christian gewesen. Falls jedoch die Arbeitgeber des ersteren diese Nachricht irritierend fanden, haben sie ihren Verdruß bisher für sich behalten.

Ich für mein Teil habe eine kleine Narbe auf meiner Handfläche, wo ich vor einem Jahr das Tapetenmesser gepackt hatte, die ich als Symbol größerer Wunden in Ehren halte. Wenn ich morgens aufwachte, war monatelang mein erstes Gefühl der dumpfe Schmerz nach einem Verlust, der beinahe umgehend durch Schuldgefühle kompliziert wurde, als müßte ich mich zwischen der Trauer um Jeremy und dem Verlust von Phil entscheiden... als hätte ich Angst, daß plötzlich ein Flaschengeist auftauchen und mir eröffnen würde, ich hätte die Wahl, daß er mir entweder den einen oder die andere zurückbrächte.

Ich schaffte es, mir Chip Ralstons neuesten Film nicht anzusehen, in dem Philomena eine kleine Rolle spielte. (Allerdings nahm ich Jason Townes' letzten Streifen mit – und registrierte leicht verdutzt, daß meine alte Freundin Pallas einen Kurzauftritt hatte.) Ich berichte nicht ungern, daß Chips Film recht erbärmlich startete und im Nu in die Videotheken wanderte. Laut *People* ist Chip immer noch mit Phil zusammen, sie hat aber eine eigene Wohnung. Laut *starzzz*, einer Klatschseite im Internet, geht er mit einer Stripperin, und seit Phils kürzlichem Kontaktversuch bin ich geneigt, diesem Bericht Glauben zu schenken. Ein Jahr lang sah ich in der inständigen, wenn auch abnehmenden Hoffnung, von ihr zu hören, täglich meine E-mail durch und hörte meinen Anrufbeantworter ab. Als der Brief endlich auf meinem Bildschirm erschien, schrie ich vor Begeisterung auf, habe aber noch nicht geantwortet. Die Wege des Herzens sind unergründlich. Falls der Begriff große Liebe irgendeine Bedeutung hat, dann doch wohl die, jenen riesigen Bereich unerklärlicher Anziehungskraft abzudecken, der nicht unter die Kategorien pure Lust oder wohldosiertes Eigeninteresse fällt.

Sobald ich die erste Fassung meines Drehbuchs beende – wahrscheinlich noch *am selben Tag* –, besuche ich sie. Aber nicht vorher. Ich warte ab, weil ich sie im Augenblick meines Triumphes aufsuchen will. Und weil – ist das möglich? – ich befürchte, das tatsächliche Wiedersehen könnte eventuell weniger rund und schlüssig sein als die Version, die ich für die Leinwand entwerfe.

Wie Connor seine ersten Schritte im Showbusineß unternimmt

In seinem letzten Willen hat Jeremy mich zu seinem literarischen Testamentsvollstrecker bestimmt. Die Arbeit mit seiner Agentin Rachel ist recht zeitaufwendig: Anfragen nach Rechten für Veröffentlichungen in Fortsetzungen, Nachdruckrechten, Filmoptionen, Übersetzungen. Nach der reißerischen Publicity verkaufte sich *Eingemauert* als gebundene Ausgabe flott, und die Taschenbuchausgabe kommt bald auf den Markt. »Menschen für den ethischen Umgang mit Tieren« – die einzigen Begünstigten seines Nachlasses – werden noch etliche Jahre lang ein hübsches Sümmchen einstreichen.

Auch wenn mir nicht ganz wohl dabei war, meine Position als Jeremys Testamentsvollstrecker auszunutzen, um für meine eigenen Interessen als Drehbuchautor davon zu profitieren, so sagte ich mir irgendwann: Wer sonst, wenn nicht ich? Das Studio war interessiert, was zum Teil an dem Drehbuch lag, das ich aus meiner Schublade holte, zum Teil auch daran, daß es mich zum Tarifhonorar bekam – in diesen Kreisen eine geringfügige Summe. Gegenwärtig bearbeite ich Jeremys Geschichte »Letzter Schrei«, auf die Fox eine Option hat. Jemand, der für Brad Pitts Produktionsgesellschaft arbeitet, hat ihm angeblich ein Exemplar des Buches gegeben; da er sein Interesse bekundet hatte, konnten Rachel und ich einen ansehnlichen Abschluß durchsetzen, und zwar sowohl für die Rechte als auch für meine erste Drehbuchfassung plus Überarbeitung sowie eine optionale zweite Fassung. Ob Brad mitmacht, steht natürlich in den Sternen; bei unserer letzten Produktionsbesprechung fiel unter anderem der Name Chip Ralston. Nachdem ich vorgab, über diese Möglichkeit gründlich nachzudenken, sagte ich, meiner Ansicht nach käme er für die Rolle nicht in Frage. Zur Zeit tun die Produzenten noch so, als interessierten sie sich für meine Meinung.

Noch ein Happy-End

Wir verkaufen das Drehbuch als »Liebeskomödie mit Film-noir-Anklängen«, die Geschichte der kurzen und stürmischen Affäre eines schwergeprüften Schriftstellers mit der Verlobten seines besten Freundes. Natürlich kann man sich nicht sklavisch an Jeremys Story halten, schließlich sind Film und Literatur zwei verschiedene Medien. Doch ich tröste mich damit, daß Untreue genau das Thema von Jeremys Geschichte ist. Bei unseren ersten Sondierungsgesprächen sagte mir der Produzent, wir bräuchten einen dritten Akt, und zur Zeit sind wir offenbar alle, wie er es kürzlich formulierte, »auf einer Wellenlänge«.

Es ist ein merkwürdiges Gefühl, am dritten und letzten Akt zu arbeiten, dem Teil, der nicht in Jeremys Geschichte steht. Der darüber hinausgeht. Doch die letzte Szene ist bereits geschrieben. Sie schrieb sich von selbst, wie man so sagt. Wie das Ganze ausgehen würde, stand eigentlich nie in Frage. Wenigstens das spricht für das Kino.

Zum Schluß kehrt sie zu mir zurück.